Signe

DAVID CAMACHO COLÓN

RARE ● SEED

Rare Seed
10 Campo Bello
Guaynabo, PR, USA 00969

www.loszapatosblancos.com

ISBN (edición impresa): 978-0-9903121-6-1
ISBN (eBook): 978-0-9903121-7-8

Посвящается Александре

CAPÍTULO I
Me huele a soviético

El hospital tenía un olor metálico. No era un olor desagradable, solo peculiar. Poco tardaría en catalogar la fragancia como "soviética", empeñándose en perfumar a todo edificio construido previo al colapso de la Unión Soviética. Sin embargo, para los rusos era un olor tan común que ninguno de ellos podía percibirlo.

A lo lejos vi a un grupo de enfermeras hablando entre ellas. Me daban la espalda pero de vez en cuando una que otra me echaba un vistazo. Hablaban de mí. Parecían estar debatiendo por quién iría a atenderme, ya que recién había despertado. Supe después que ninguna de ellas hablaba inglés, por lo que no se atrevían a acercarse.

Mientras tanto, mis ojos buscaban pistas alrededor de la habitación, algo que me dijera dónde exactamente me encontraba. Era obvio que estaba en un hospital, pero nada más. A la vez caí en cuenta no solo de que no sabía dónde estaba sino que tampoco recordaba cómo había llegado ahí. Nada. Pronto brinqué de la confusión al miedo. Estaba indefensa.

Una de las enfermeras se acercó a mí y comenzó a decirme cosas en ruso. No la entendía.

—No puedo hablar ruso. —dije, con un nudo en la garganta. Le agarré la mano con la mía que temblaba y la miré con ojos tan abiertos, que ardían. Le hablé en inglés, ya que seguramente no me hubiera entendido si le hubiera hablado en mi lengua materna, el español. —Necesito hablar con el doctor urgentemente. Mi mente está en blanco.

La enfermera definitivamente no entendió ni una palabra de lo que yo le dije. Miró mis ojos aguados y se puso nerviosa —con una pizca de histeria— luego volteó su cabeza hacia las otras enfermeras a lo lejos; hasta hacía poco antes disfrutaban del espectáculo. Algo les gritó que las espantó. Al voltearse hacia mí, la enfermera repitió lo mismo que me había dicho antes, hablando rapidísimo.

—¡Perdón! ¡No te entiendo, pero necesito que me ayudes! —dije, casi perdiendo la paciencia. Me podía repetir lo mismo cinco o seis veces más y no la iba a entender. Ambos parecíamos pensar que lograríamos hacernos entender solo con palabras.

—*Doktor.* —dijo la enfermera al voltearse nuevamente, esta vez aliviada al ver al doctor acercarse.

El doctor se apareció con una mochila pequeña, la cual puso a mi lado tan pronto llegó —asumí que tenía que ser mía, si me la estaba dando.

—¿Signe, cómo te sientes? —preguntó el doctor, mirando mi récord. Tenía un acento ruso muy fuerte, como si cada palabra que dijera buscara que se tragara su propia lengua. —Te trajeron aquí inconsciente. Tienes el cuerpo un poco machacado pero por suerte no te has roto ningún hueso. Dime, ¿cómo fue que terminaste tan golpeada?

Entonces me llamo Signe, pensé. Bonito nombre. El doctor me acababa de regalar una pista más hacia mi pasado;

era como agua para mi sed. No sabía de dónde venía, dónde estaba, ni para dónde iba. Para colmo, estaba sola. ¡Estaba tan asustada! Él me podía ayudar. Quería contarle todo lo que me ocurría para que me ayudara a recordar. Bueno, al menos esa era mi intención. Pero justo a punto de revelarle al buen doctor cuán vulnerable me encontraba, me cayó en la mente un recuerdo que lo cambió todo.

Estaba dentro de un carro con un pie sobre la alfombra, una rodilla sobre el asiento y la espalda contra el cristal de la ventana. Estaba atrapada en esa esquina mientras, desde el asiento delantero del pasajero, un hombre venía hacia mí con una cuchilla. Mi memoria borró las facciones de su rostro; veía solo una mezcla de colores. El conductor iba embalado por la carretera; esquivaba el tráfico con cambios de carriles torpes. Yo chocaba la cabeza contra la capota mientras me agarraba de donde pudiera para mantener el equilibrio.

—¡No te muevas! ¡No te atrevas a moverte! —dijo el hombre con la cuchilla. Hablaba inglés pero con un fuerte acento ruso.

—¡No! ¡Déjenlo! —grité. Lloré. Tenía a un hombre a mi lado, pero mi memoria lo había hecho un espectro de sombras fluctuantes de colores. Indistinguible. Solo llegaba a escuchar sus alaridos de dolor.

El espectro del hombre tenía un destornillador enterrado en su barriga. Vi sangre, mucha sangre.

No recordaba más. Solo sabía que seguía con vida. Ante tales imágenes aterradoras, mis manos se apresuraron a cubrirme los ojos en lo que recobraba el control sobre mí misma. ¿Cómo me habré podido escapar de esa situación? No me lo podía imaginar. ¿Quiénes eran mis captores? No lo sabía. ¿Quién tenía a mi lado? Ni idea. En ese momento, fácilmente pude haber caído en pánico y solo con eso el doctor se habría percatado de que las cosas me iban terriblemente mal. De ahí en adelante me hubieran tocado estudios, cuestionamientos, policía, criminales buscándome, y un sin fin de causas y efectos que para nada convenían a una persona que acababa de atestiguar un homicidio y vivió para contarlo.

Por fortuna, ese no fue el caso. Si para algo sirvió el recuerdo y las consecuencias de cada acción que estaba por tomar, fue para enfocarme y afilar el pensamiento. Aunque estuviera destrozada por dentro, me mantuve en control ante quienes me rodeaban. De esto tenía que salir viva, libre.

—Me siento bien, un poco adolorida, pero bien. —le contesté al doctor, calmada. Sentí un dolor en la cabeza y las costillas. Vi que me habían puesto vendajes simples. —Fue solo un tropiezo en la acera, pero no vi con qué me tropecé.

Me lo inventé. Decidí callar mi falta de memoria hasta que supiera con certeza en qué estaba metida.

—Te habrás tropezado con un hueco de alcantarillado. En mi país todos los accesos al alcantarillado están destapados. Lo curioso es que las tapas siempre están justo al lado del hueco. Se destapan solas, como por arte de magia. —dijo el doctor. Hacía círculos en el aire con sus manos y flexionaba los dedos, como si se tratara de un conjuro. —Es sorprendente cómo nos hemos acostumbrado a eso. La gente de aquí no se cae por ahí para abajo. Quienes se caen son los extranjeros. Afortunadamente para ellos, no suelen ser muchos los que visitan Vladivostok. —añadió, riendo. —¿Qué haces en Rusia? ¿En qué hotel te estás quedando? ¿Vas a tomar el tren a Moscú?

Mientras el doctor seguía hablando y hablando, yo rebuscaba dentro de la mochila. No tenía respuestas a sus preguntas pero tenía que encontrarlas. Adentro encontré un pasaporte, un teléfono y una buena cantidad de rublos rusos—cientos de miles de ellos, estimando a ojo.

Disimulé no estar muy sorprendida al ver el dinero y lo mantuve escondido dentro de la mochila, fuera de vista. De pronto se me ocurrió que si el doctor no sabía nada de mí, ¿cómo habrá sabido que me llamaba Signe? Seguramente él—teniéndome en su hospital como paciente extranjera inconsciente—sabía lo que había en la mochila porque ya la habría rebuscado para identificarme y contactar a alguien que me conociera. Por alguna razón, él también fingió no estar consciente del hecho y no tocó el tema.

Saqué el pasaporte. Era italiano pero yo no hablaba italiano, solo español e inglés. Aprendí algo de ruso durante mi viaje, pero fue después de que salí del hospital. El pasaporte decía que me llamaba Signe Costa, pero para mí ese era el nombre de una desconocida; de ahí lo habría sacado el doctor. Tampoco estaba estampado por ningún otro país, solo por Rusia. También encontré entre las páginas una visa rusa, pero no recordaba haber visitado, vivido, ni trabajado ni en ese país, ni en ningún otro. Para ser sincera, no recordaba nada de lo que había hecho en toda mi vida.

Saqué el teléfono y me puse a rebuscar en la memoria. No tenía historial de llamadas ni mensajes guardados, solo tenía una entrada escrita en la sección de "Notas":

« Solo en caso de emergencias: San Petersburgo, Calle Yablochkova 2/10 -6 »

No era mucho, pero al menos me decía a dónde tenía que ir; sin duda había emergencia. El doctor me dejó otra pista: estaba en Vladivostok. Sería largo el viaje que tendría que dar. Bueno, en ese momento ni sabía dónde estaba Vladivostok. No sería hasta esa tarde en la casa de mi futura amiga, Yana, que me enteraría que Vladivostok estaba en la costa del mar de Japón, casi llegando a Japón. Medio mundo tendría que recorrer antes de poder llegar a San Petersburgo.

—Ese es el plan, llegar a Moscú. Ya mi tren se fue. —contesté, fingiendo mi frustración. Él no tenía por qué saber para dónde realmente iría. A la vez que contesté me percaté de que no tenía nada de ropa para tal viaje, pero tal vez ese detalle no le pasó por la mente al doctor. Él estaba distraído por la emoción que sintió al escuchar mis planes de viajar.

—¡Tendrás una aventura! Vas a conocer la verdadera Rusia. Al final de tu viaje conocerás más de Rusia que yo. Tienes que ir a San Petersburgo, si te da el tiempo. Es una ciudad preciosa. ¿Cuánto tiempo estarás en Rusia? ¿Viajas sola, verdad? El hombre que te trajo dijo que te encontró sola. Dijo que no te conocía. —preguntó el doctor. Estaba tan entusiasmado y se veía tan amigable. Era una pena que no pudiera conversar abiertamente con él.

—Sí, ya quiero comenzar mi viaje. Viajo sola pero, como usted dice, es parte de la aventura. —dije. No tenía ánimos de inventarme más respuestas, así que aproveché que el mismo doctor me las ponía en la boca. Probablemente no me equivocaba, tampoco. Si hubiera estado con alguien, seguramente hubiera venido conmigo al hospital o ya me hubiera encontrado ahí. Dudaba que Vladivostok fuera una ciudad grande; no podía haber muchos hospitales en dónde buscarme. Sola, estaba yo. Un silencio incómodo siguió mis palabras, cosa que al parecer hizo que el doctor desistiera de su cuestionamiento.

—Bueno, te voy a dar de alta, pero te recomiendo que te tomes un descanso de varios días antes de encaminarte a Moscú. Viajar es maravilloso pero debilita al cuerpo, especialmente esos viajes de tantas horas en tren. —dijo el doctor, luego continuó hablando adelantándose a mi reacción como si yo le fuera a discutir el consejo. —Tu cuerpo está ya lo suficientemente cansado; hay que dejarlo descansar. No comiences tu viaje todavía. —continuó, luego se volteó hacia la enfermera histérica que le tocó atenderme y le dijo dos o tres cosas en ruso.

Aunque parecía como si se hubieran puesto a pelear, en realidad ese era el tono normal en el que conversaban los rusos. Difícil adivinar sin conocer la lengua. Solo sé que escuché mencionar mi nombre varias veces.

—La enfermera se llama Karina. Dice que puedes quedarte en su casa unos días en lo que te recuperas. Vas a estar muy cómoda allí y podrás descansar. Además que su hija, Yana, habla muy bien el inglés y no tiene nada que hacer. Tendrás una auténtica y verdadera experiencia rusa. —dijo el doctor, descansando una mano sobre el hombro de la enfermera. —¿Qué piensas? Mejor que un hotel, ¿no?

La enfermera me miró con ojos nerviosos y me sonrió. Yo le devolví la sonrisa.

—¡Suena genial! —dije. Ahí estaría segura por unos días.

El edificio donde vivía Karina era uno de los típicos complejos residenciales construidos durante la era soviética. Por fuera era feísimo, al igual que todos las demás réplicas exactas que vi a lo largo de mi travesía. La construcción, según como me la imaginé, se habrá llevado a cabo de una manera muy pragmática: muros anchos y grandes prefabricados en concreto, luego puestos unos encima de otros hasta crear la caja de fósforos a la que llamaban "edificio residencial". La superficie externa nunca se empañetó ni se pintó, dejando expuestas las ranuras entre cada pared de concreto y dándole un aspecto terriblemente rústico. Cada apartamento tenía su balcón, muchos de ellos encerrados con techos y ventanas para poder darles algo de uso durante los inviernos con temperaturas de cuarenta grados bajo cero en la escala Celsius. Tras la caída de la Unión Soviética, los inquilinos luego se encargaron de adornar la superficie externa con satélites de televisión. Más de cincuenta años después de su construcción, no había belleza apreciable en éstos. Nunca la hubo y nunca la habrá.

—Yana, *english*. —dijo Karina. Era una mujer muy seria y de pocas palabras pero amigable. Apuntaba hacia una ventana en el tercer piso del edificio. De ahí me saludaba una chica con un gato en sus brazos.

Entramos al edificio por una puerta de acero gruesa, oxidada por las esquinas, que hacía un crujido fuerte al abrir. Adentro, oscuro, como si hubiéramos entrado a una mina abandonada. Rápidamente sentí el fuerte fuetazo de la misma fragancia "soviética" que había percibido en el hospital. Karina alcanzó un interruptor y encendió una bombilla incandescente que iluminó nuestro camino con una luz amarilla tenue. Subimos hasta el tercer piso por escaleras agrietadas, desgastadas y con barandales oxidados. La tierra y el polvo se acumulaban en las esquinas y rincones de los pasillos. Las paredes estaban adornadas con viejos anuncios comerciales manchados por los elementos. Telarañas colgaban de cada rincón. Aparentemente, en esas áreas comunes no había nadie a cargo de la limpieza. Me preocupaba que el hogar de Karina fuera a estar igual de descuidado y abandonado.

Afortunadamente, no era el caso. El hogar de Karina era muy acogedor y estaba muy limpio. Lo noté desde que entré porque me hicieron quitarme los zapatos y dejarlos en la entrada. Vendría a saber después que esto era una costumbre común en todo el país. Había que quitarse los zapatos porque el exterior era, por definición, un lugar sucio y los zapatos traían consigo la mugre. Así no había que limpiar adentro tan a menudo.

Yana nos dio la bienvenida. Era una chica linda y sonriente de pelo castaño. Parecía estar muy feliz de verme.

—Mi mamá pregunta que si tienes hambre. Me imagino que sí. Ella dice que no has comido desde que llegaste al hospital. Te pide disculpas porque es malísima hablando inglés. —dijo Yana, guiándome hacia la cocina. Ahí estaba sentada su abuela de lo más tranquila. Intercambiamos sonrisas porque ella tampoco hablaba inglés.

—Te mentiría si te dijera que no. Estoy que ni recuerdo la última vez que comí. —dije. Era cierto. Literalmente no recordaba la última vez que había comido.

Yana agarró dos platos del gabinete de la cocina y los puso sobre la mesa, luego sacó varias lascas de pan integral y las sirvió. Mientras tanto, la abuela sacó un frasco de cristal lleno de jalea de fresa y lo puso sobre la mesa.

—Podemos comer de esto para matar al hambre en lo que está la comida. Le sugerí a mi mamá que preparara una pizza para darte una bienvenida a la italiana. Tengo que

9

aprovechar que estás aquí para que ella cocine. Cocina muy rico, pero si no tenemos invitados me pone a cocinar a mí porque estoy de vacaciones. —dijo Yana. Se tapó la boca y rió porque sabía que su madre no había entendido lo que dijo. —Mi mamá está nerviosa porque quiere que estés a gusto aquí, feliz.

—Qué linda. Dile que me siento muy cómoda aquí. —dije. Comprendí por qué Karina siempre estaba tan seria; no sabía cómo comportarse alrededor de mí. Seguía nerviosa.

—¿Dónde estuviste antes de Vladivostok? ¿Viniste de China o volaste de Australia? —preguntó Yana.

—Volé de Italia. —dije. Aunque no recordaba jamás haber estado en Italia, mi supuesto país de origen, al menos tenía un concepto histórico de lo que era y representaba el país. De China y Australia no sabía nada. —¿Tienes un mapa? —pregunté. No sabía ni dónde yo estaba.

—¿Y te regresas a Italia desde aquí? Impresionante. —dijo Yana, caminando hacia su habitación. Yo esperaba verla regresar con un mapa en la computadora, pero se apareció con un mapa grande en papel. Lo abrió sobre la mesa de la cocina como un mantel, poniendo sobre éste los platos y la jarra de jalea de fresa como pisapapeles. —No se ven muchos viajeros por aquí. Los que vienen de Europa en el transiberiano, desde San Petersburgo o Moscú, generalmente llegan hasta la República de Buriatia y bajan por Mongolia hasta llegar a Beijing. Pocos lo siguen adelante hasta Vladivostok. Otros pueden venir desde Australia, desde Harbin en China, desde Corea del Sur o desde Japón para comenzar su viaje por tren y llegar a Europa.

Yana trazó con su dedo esas rutas exóticas de las que hablaba sobre el mapa descrito en ruso. Cuando me percaté lo lejos que estaba de San Petersburgo, cerré los ojos de la frustración, pero solo por un instante para que mi rostro no me delatara. Tardaría mucho en conseguir respuestas.

—Entiendo. Yo quise hacerlo al revés, para variar. De todas maneras hubiera tenido que comprar el pasaje de vuelta a Italia porque no tengo tanto tiempo para viajar, así que no hacía mucha diferencia por dónde comenzara. —dije.

—¡Qué aventura! ¿Tu próximo destino, cuál es? —preguntó Yana.

—Hmm, no sé. —dije. ¡No sabía! ¡Tantas preguntas! Eran perfectamente razonables para mantener una conversación, pero no si me tenía que inventar todas las respuestas. ¡No me quedaba de otra! —No quise hacer planes. Me dejo llevar. ¿Tienes alguna recomendación?

—¿Sin planes? Me encantaría poder irme contigo, ¡pero tengo que ahorrar! —dijo Yana. Todo lo que le decía era gloria para sus oídos. Yo personificaba todo lo que ella quería hacer. —Tengo una amiga en Jabárovsk que te puedo presentar. Tal vez te podrías quedar unos días con ella. Está loca de remate, así que se van a divertir mucho. Jabárovsk es la ciudad grande más cercana. Desde ahí no hay mucho más hasta que llegues a Chita. Tendrías que pasar más de dos días metida en el tren si te vas directo a Chita, por lo que no te recomiendo que vayas hasta allá sin un descanso. Luego está el lago Baikal; es el lago más grande del mundo. ¡Tienes que ir! No sé mucho más. No he dado el viaje. ¡Te admiro!

—Gracias. Suena como un buen plan. —dije mientras le pegaba un mordisco a otra lasca de pan con jalea de fresa. Me encantó. —¡Qué rica, la jalea!

—¿Te gusta? La hizo mi abuela. Ella plantó y cosechó sus propias fresas en la *dacha* y la preparó. —dijo Yana.

—¡Oh! —dije. Miré a la abuela de Yana y apunté a la jalea, luego junté los dedos y les di besitos para que comprendiera lo mucho que me gustó. De todas maneras, Yana estaba traduciendo. —¿Qué es una *dacha*?

—Una *dacha* es como una casa de campo para pasar los veranos o inviernos. Ahí podemos tener algunas siembras y pasar el día, despejar la mente. Nos hace falta la naturaleza porque los inviernos son muy fuertes y salimos poco de la ciudad. Tenemos una no muy lejos de aquí, donde abuela se pasa todo su día. —contestó Yana entre los maullidos de una gata que se apareció por la cocina. Era la misma gata que había visto en sus brazos desde la entrada del edificio. — Esta es mi gata, Murka. Se la ha pasado maullando todo el día. Está en celo. Por ahí está Félix, escondido.

—¿Eso para qué es? —pregunté, solo por curiosidad, ya que por alguna razón escondida dentro de mi cabeza no me gustaban los gatos. Yana había sacado un frasco de una de las gavetas del gabinete de la cocina y comenzó a echar gotas dentro de la boca de la gata.

—Es medicina para bajarle las ganas. Yo sé que puede hacerle daño, pero es la única forma que tengo para calmarla. De lo contrario no nos deja dormir. —dijo Yana.

—¿No tienes miedo a que vaya a quedar preñada? Dijiste que hay otro gato macho por ahí. —pregunté.

—Félix no se mete con Murka porque ella se pone violenta cuando él se acerca. Ella es muy mayor para él. En todo caso, Murka está castrada aunque se comporte como si no lo estuviera. —contestó Yana, luego le habló a la abuela en ruso. Conversaba conmigo y con su abuela a la vez, cambiando del inglés al ruso y del ruso al inglés.

—Abuela me está preguntando cómo es tu *dacha* en Italia. Yo le digo que no hay *dachas* en Italia, pero ella no entiende cómo se preparan ustedes durante el invierno. No me entiende cuando le digo que los inviernos en Italia no son tan fuertes como los de acá, que ustedes no necesitan ninguna *dacha* para cultivar huertos. —dijo Yana.

—Es cierto. No tenemos que prepararnos para el invierno. Si necesitamos algo, lo compramos en el mercado. —contesté. Me lo inventé también. ¿Qué sabía yo?

—Ya le dije, pero ella no comprende. Es que acá no compramos tanto en el mercado. Si viene de la *dacha*, mejor, así no nos metemos tantos conservantes en el cuerpo y el costo es prácticamente cero. —dijo Yana. Continuó explicándole a la abuela en ruso, quien seguía preguntando.

Yo las vi a ambas tan ocupadas, que decidí ayudarles a limpiar los platos.

—¡No! ¡Deja eso! No te preocupes, que nosotros los limpiamos. —dijo Yana, algo alarmada, como si me hubiera estado velando todo este tiempo para evitar que me pusiera a hacer justo lo que pretendía hacer.

—¿Por qué? ¿Qué pasa? Quiero ayudar. —dije. ¿Qué podía haber de malo en querer ayudar?

—Si fuera por mí, yo te dejaría. Es mi mamá quien está siendo incordia. Dice que me va a castigar si te dejo limpiar los platos. Es cosa de tontas supersticiones rusas. Dice que los tengo que limpiar yo porque ella está cocinando. —contestó Yana.

—No entiendo cuál es el problema. —dije, riendo. —¿Cuál es la superstición?

—Un invitado nunca debe limpiar los platos; de lo contrario, la familia de la casa no tendrá dinero. —contestó Yana mientras me quitaba la esponja y el plato que tenía en mis manos. No llegué ni a echarle jabón.

A la vez que Yana intentaba conversar conmigo, también discutía con su abuela—quien no entendía que en otros países no había que prepararse para el invierno; discutía con su madre—quien quería salvar a la familia de la pobreza inminente que les caería si yo lavaba los platos de la casa; y le daba la medicina a su gata bellaca.

—¡Me desesperan las dos! —dijo Yana en inglés. La pobre, siendo la joven adulta en una casa de señoras que aún la miraban como una niña, fácilmente perdía la paciencia. La abuela no paraba de hacer preguntas y comenzó a apuntar hacia mi mochila. Yana dejó ir a su gata y me miró. —Signe, ¿solo viajas con esa mochila pequeña? ¿Te cabe todo ahí?

CAPÍTULO II
Felino sin compromisos

Al otro día, Yana olvidó que yo estaba ahí para descansar y me quería llevar para todos lados como si yo fuera su nueva mascota. Durante la mañana fuimos a comprar ropa y otras cosas que necesitaría para un viaje en tren que ni siquiera estaba segura si iba a dar. No obstante, tenía que mantener las apariencias. Me tuve que inventar todo un cuento para explicar cómo había perdido mi equipaje.

—Fueron los de la maldita aerolínea italiana. —dije, indignada. —Para llegar a Vladivostok, hicieron una alianza con una aerolínea rusa. Llegué hasta San Petersburgo desde Italia y de ahí tenía que cambiar a la otra aerolínea para llegar a Vladivostok. El problema fue que llegué tarde a San Petersburgo y me perdí la conexión. Tuve que esperar horas y horas hasta el próximo vuelo. Eventualmente llegué a Vladivostok pero, como era de esperar, mis cosas nunca llegaron.

Fue lo mejor que se me ocurrió, ya que se me hubiera hecho mucho más difícil explicar simplemente perder mi equipaje. Otra opción hubiera sido que me hubieran robado, pero eso hubiera implicado un delito y seguramente Yana hubiera insistido en reportarlo a la policía. Eso no convenía.

—¿Entonces? ¿Qué te dijo la aerolínea? —preguntó Yana, preocupada por mí. —¿Ha conseguido tu equipaje?

—Pues, me dijeron que apareció en Alemania, no sé cómo, y que tardaría unos días más en llegar a San Petersburgo. ¿Qué tú crees de eso? ¡Ja! —contesté.

—¡Horrible! ¿Pero, no significa que te debes quedar aquí hasta que te lleguen las maletas? —preguntó Yana.

—No, ya yo hablé con ellos. Les dije que dejaran el equipaje esperando en San Petersburgo. Con lo ineptos que son, quién sabe cuánto tiempo más tardará en llegar. Mejor compro lo básico acá y comienzo mi viaje. —contesté.

El cuento de las aerolíneas no estaba sin sus riesgos. Yo no tenía ni idea de qué tipo de alianzas existían entre las aerolíneas ni los vuelos que operaban en el país. Confié en que Yana quizás tampoco conocía de esas cosas y que la historia sería lo suficientemente creíble como para no levantar sospechas ni ofertas de ayuda que yo no tuviera razón para rechazar. Tuve suerte de que funcionó. Yana no volvió a hacerme más preguntas al respecto.

Luego de hacer compras, me quedaba pasar el resto del día con Yana, que era una chica muy conversadora y curiosa. Me estaba volviendo loca con sus preguntas. ¿Qué te gustaría ver? ¿A dónde quieres ir? ¿Qué comida rusa quieres probar? Tal vez estaba siendo muy dura con ella. Mis heridas no eran tan graves como para estar de cama el día entero y en realidad no me molestaban sus preguntas; lo que me molestaba era que no sabía cómo contestarlas.

De Rusia solo sabía lo que había visto entre el hospital y el apartamento de Yana. No sabía de atracciones turísticas—aparte de esa catedral de colores en Moscú cuyas torres parecían helados—, ni de la cultura—aparte de la propaganda contra la Unión Soviética y los estereotipos anti comunistas que por alguna razón tenía sembrados dentro de mi ser—, ni de la comida—aparte de que tenían una dieta abundante en patatas—, ni de nada por el estilo. Si supe de esas cosas alguna vez, se habían ido al olvido como el resto de lo demás. Gracioso cómo trabaja la memoria.

Para colmo me faltaría añadir que para algunas cosas soy terrible tomando decisiones. Creo que cuanto más hubiera sabido del país, más difícil se me hubiera hecho decidir lo que quería hacer.

—Pues, quiero que vayamos a tu lugar favorito. ¿A qué lugar te encanta ir para tomar aire y pensar? ¿Dónde te sientes en paz? —pregunté. Que se encargara ella de mi entretenimiento, se me ocurrió.

—¡Ah! Te tengo el lugar perfecto. ¡Te va a encantar! —contestó Yana mientras amarraba una bolsa de basura y se la llevaba hasta la puerta. —Vamos.

Salimos del edificio hacia la parada de autobús pasando frente a un pequeño parque con columpios de acero, despintados y deformados por el tiempo. Los niños, quienes no podían evitar la distracción momentánea que el paso de una extranjera causaba en ellos, me gritaban *hello!* a lo lejos mientras se tambaleaban de un lado a otro sobre mecederos con formas de muñecos raros que no reconocí. Eran osos, perros, leones, lobos y liebres pero ninguno me era familiar. Pensé que tal vez se habían borrado de mi memoria pero, ¿por qué sí recordaba a Mickey?

Llegamos a la parada y tomamos el autobús hasta las afueras de Vladivostok, donde había una pequeña estación de autobuses con una que otra triste casucha a su alrededor.

Me sentí un poco insegura pero no dije nada y seguí los pasos de Yana confiando en que ella era de ahí y sabía por dónde nos estábamos metiendo y a dónde íbamos. Poco a poco me percataría de que en ese estado estarían muchas cosas en el país. Las apariencias no tenían que ver en lo absoluto con cuán seguro o inseguro fuera un lugar.

Caminamos de bajada por una carretera de tierra que, a medio kilómetro, se convertía en una de brea. A lo lejos, vi el mar azul. Iban mejorando, las cosas. Sin embargo, la carretera justo la habían acabado de construir ese mismo día. Mis sandalias sufrieron el pegue y despegue de cada paso contra la brea fresca. Esa noche acabarían negras y pegajosas, con piedras fijadas a las suelas y una banda rota. Durante la caminata, nos encontramos con la maquinaria y obreros quienes, como en todo país del mundo, tenían a una persona sudando el trabajo mientras las otras supervisaban. Duro camino para llegar al sitio favorito de Yana.

—Siempre camino hasta aquí desde el centro de la ciudad. Me relaja. —dijo Yana.

—¡Pero si son varios kilómetros! —dije. Pensé que Yana estaba loca, pero no lo estaba. Poco a poco me daría cuenta de que no solo a ella, pero también a muchos rusos, no les molestaba caminar una hora para llegar a donde tenían que llegar. Ahí supe de dónde las rusas sacaban esas piernas tan envidiables que tenían.

—No es tanto. La disfrutarías, pero no te has recuperado del todo. ¿Todavía sientes dolor? —preguntó Yana.

—Sí, un poco pero nada serio. —contesté.

—Ahí está. —dijo Yana, con su dedo apuntando al mar. Era un pequeño faro pintado de blanco. Quedaba sobre una isleta justo entre el mar y la bahía. —Ya casi llegamos.

—¡Me encanta la vista! Ya entiendo cómo puede ser tu lugar preferido. ¿Cómo vamos a llegar al faro? ¿No queda muy lejos para nadar? —pregunté. No me creía capaz de nadar. ¿Sabía nadar?

—No hay que nadar. Vamos caminando desde la torre de eléctrica. —dijo Yana.

La torre era altísima, unas diez veces más alta que el propio faro. Era una de varias que sostenían a los cables de alta tensión que cruzaban al otro lado de la bahía. Quedaba también sobre su propia isleta en medio del agua, como la del faro, pero conectada a la costa por un largo pero bien angosto camino de concreto y piedras. —La marea hoy está alta. Por eso no puedes ver el camino al faro.

—¡Ah! ¡Ya veo el camino! Ahí hay gente caminando hacia nosotros. —dije. Era una pareja rusa regresando del faro. El agua no les llegaba ni a las rodillas.

—¡Vamos, corre! —gritó Yana. Se apresuró al agua en dirección al faro.

—Lista. —dije mientras me quité mis sandalias embreadas y metí los pies en el agua.

Yana jugaba conmigo. Ella sabía que sería una carrera de tortugas. Sí, había un camino, pero éste estaba lleno de piedrecitas de todo tipo de tamaños y superficies irregulares. Eran una tortura para los pies, como caminar sobre clavos.

—Ven, no exageres. Mira, ¡ya casi llegamos! —dijo Yana. Reía mientras tomaba la delantera sin esforzarse.

—Claro, como tú habrás recorrido este caminito de la tortura cientos de veces, para ti no es nada. Desde niña te habrán entrenado esos pies de goma que tienes. —dije.

Las piedras afiladas se me metían entre los dedos de los pies. Calculaba cada paso que tomaba gritando del dolor. Me rebasó una pareja de rusos, cosa que me frustró al ver que me llevaban por lo menos cuarenta años en edad. Hacía solo unos minutos antes, cuando miré hacia atrás pensando en rendirme y no llegar al faro, los había visto a doscientos metros de distancia. Así de lento iba. Cuando me pasaron por el lado rieron al atestiguar mi sufrimiento. Pese a todo, vi la gloria cuando finalmente llegué a la isleta y pude recostarme sobre una gran roca lisa entre Yana y el pequeño faro. Fue una sensación orgásmica en mis pies, después de haberlos hecho sufrir tanto. No fue hasta ese momento que finalmente pude disfrutar de la belleza que me rodeaba, de la brisa, de admirar un cielo azul totalmente despejado.

—Signe, ¿tienes hermanos? —preguntó Yana.

Maldita sea su curiosidad. No sabía si tenía hermanos o hermanas, padre o madre. Me hubiera encantado revelarle cuánto no sabía, pero no era prudente, no hasta que le sacara el sentido a las imágenes que seguían salpicando mi mente: un hombre amenazándome con una cuchilla; el otro hombre a mi lado ensangrentado con un destornillador perforándole la barriga; yo, aterrorizada, pegada como una salamandra a las esquinas del carro para evitar ser degollada.

Con el tiempo, esas imágenes las hice mías; me acostumbré a tenerlas en mi cabeza. Ya no me asustaban como lo hicieron esa primera vez en el hospital. Sin embargo, había pasado un día entero desde que conocí a Yana y aún no conseguía recordar más. La noche anterior rebusqué entre mis cosas: un pasaporte italiano que seguramente era falso porque no sabía hablar italiano, dinero que no sabía de dónde venía y un teléfono con una dirección en San Petersburgo.

La dirección en San Petersburgo fue lo primero que busqué por Internet tan pronto tuve acceso a la computadora de Yana. Según las fotografías, el edificio se encontraba al norte de la ciudad en una calle angosta y poco concurrida. Nada de lo que vi me llamó la atención, como si nunca antes hubiera pasado por ahí. También busqué mi nombre por Internet y nada; era quizás la única desconocida en un mundo donde las vidas privadas de todos estaban abiertas al escrutinio público.

¿Qué pasaba con mi memoria? ¿Volvería a ser quien sea que era o sería yo uno de esos casos raros que nunca llegan a recuperarse? ¿En qué momento debía darme por vencida y entregarme por el bien de mi salud, sin importar las consecuencias? Por otro lado, ¿me convenía recobrar mi memoria?

No tenía respuestas. Lo que sí me quedaba claro era que no podía contarle a Yana acerca de mis problemas. Por más hospitalaria que ella y su familia hubieran sido conmigo, no borraba el hecho de que realmente no las conocía y que me encontraba en un país extraño para mí. No tenía amigos de confianza; no era dueña de mi pasado; mis documentos de identidad seguramente eran falsos; y la única pista que me regalaba mi cabeza me ponía en peligro. ¿Cómo me hubieran podido ayudar ellas? ¿Qué me hubiera ocurrido si yo hubiera sido cómplice en algún crimen? ¿Cómo arriesgarme a que me fueran a delatar? Mejor guardar verdades hasta que supiera qué hacer con ellas.

—Tengo un hermano. —contesté finalmente la pregunta de Yana. Pensé que sería más prudente tener hermanos a ser hija única. Se me ocurrió que así podría manipular la conversación cosa de esquivar preguntas muy personales y, por consecuencia, difíciles de contestar. En otras palabras, así se me haría más fácil mentirle.

—¿Es mayor o menor? —preguntó Yana.

—Mayor; es seis años mayor que yo. —contesté. Tener un hermano menor complicaría mucho las cosas. Ante la curiosidad de Yana, seguramente hubiera tenido que inventarme no solamente mi vida completa sino lo que, siendo la hermana mayor, recordaba de la vida de mi hermano imaginario. Mejor era tener un hermano mayor a tener uno menor, así no tenía que mentir si no recordaba ciertas cosas de su vida y los años de diferencia justificarían un vacío en interacciones fraternales.

—¡Oh! Te lleva muchos años. Debió haber estado muy pendiente a tus novios de adolescente, para protegerte. ¿No es así? —preguntó Yana.

—No, a él no le importaban mis novios. Sabes, nunca hemos tenido una relación muy cercana. Como él me lleva tantos años... —dije. Me la puso fácil, Yana.

—¿Ya tiene su propia familia? —preguntó Yana.

—No. Sigue soltero viviendo en la casa de mis padres. —dije. Reí, como burlándome de mi hermano imaginario. Tenía que hacer que él fuera la persona más aburrida posible, así Yana dejaría de hacerme preguntas. Mejor, la haría hablar de sí misma. La gente adora hablar de sí mismo. —¿Tú tienes un novio?

—No, ahora mismo no. Tuve uno, pero nos dejamos hace tres meses. —contestó Yana.

—¿Sí? Cuéntame, ¿cómo era? ¿Era apuesto? —pregunté.

—Sí. Yo lo encontraba muy atractivo pero mis amigas no. —dijo Yana. Cambió su tono, como para aclarar lo que decía. —A mí me gustan los chicos mayores que yo y a muchas chicas no les gustan. Por eso, si yo lo encuentro apuesto, quizás tú lo encontrarás terriblemente feo. No tengo problemas con eso; así no tengo que preocuparme por celos.

—¡Ja, ja! Ya veo. Pero, ¿de cuántos años de diferencia estamos hablando? —pregunté.

—Hmm, un poco mayor que tu hermano. Diez años de diferencia, como mínimo. —contestó Yana.

—¡Eso no es un poco mayor, es casi el doble! ¡Entonces ya tienes todo calculado, veo! —dije.

—Mis novios siempre han sido mayores. —dijo Yana.

—Eso es normal, ¿no? Las mujeres maduran más rápido que los hombres, por eso nos gusta que nuestro novio sea un par de años mayor. Pero diez son bastantes. —dije.

—Bueno, para mí es diferente. A mí me gustan mucho mayores y siempre ha sido así. —dijo Yana.

—¡Buscas un padre, entonces! —dije.

—Será, pero es que siempre me he sentido más cómoda así. Me gusta que un hombre pueda valerse por sí mismo, que tenga mucha experiencia, que me pueda enseñar cosas. Yo lo que tengo son veintitrés años; los varones de mi edad son aún chicos, no hombres. —dijo Yana.

—Y tu mamá, ¿qué opina de eso? —pregunté.

—A ella no le importa. Claro que comentarios y bromas no han faltado ni de ella ni de abuela. Dicen que les quito los novios. —dijo Yana, riendo. —Bromas aparte, ella siempre me dice que me crió para ser una chica responsable. Su preocupación más grande cuando yo era adolescente fue que quedara preñada. Gracias a Dios, eso no pasó. Ahora me dice que su preocupación es que no me case. Dice que ya estoy grande y que terminé mis estudios, así que si tengo un desliz y quedo en cinta, no le importa.

—¡Pero si solo tienes veintitrés años! ¡Te quedan tantos años para disfrutar de la vida! —dije. No podía creer lo que escuchaba. Me parecía innatural casarse a esa edad.

—¿A qué edad se casan en Italia? —preguntó Yana.

—Alrededor de los treinta años, diría. —dije. Ya que no recordaba, me inventé un número que no me revolcara la cabeza del espanto, un número que me pareciera normal.

—Me parece una buena edad. En Rusia, la familia comienza a presionarte desde los veintidós y veintitrés. Las conversaciones de ese tipo se vuelven más y más recurrentes. A los veinticinco eres una vieja con alto riesgo a quedar jamona, sin marido. Llegando a los treinta te conviertes en tema de burla durante las reuniones familiares. —dijo Yana.

—Cuéntame. ¿Cómo se burlan? —pregunté.

—Justo tengo una prima que va por los treinta y no se ha casado. Te lo digo, las reuniones familiares son lo peor. —dijo Yana. Se tapó los ojos con ambas manos, de la vergüenza ajena que sentía al recordar ese día. —Entre primos, comenzaron a hacer la matemática de su vida. Ella acababa de cumplir treinta. Si se consigue un novio mañana mismo, habría que darle al menos un año más en lo que se conocen lo suficientemente bien como para decidir casarse. Es un estimado razonable, a menos que se apresuren demasiado. Entonces estaría casada a los treinta y un años. De ahí, a esperar nueve meses antes de tener el primer bebé. A lo mínimo, tendría su primera criatura poquísimo antes de cumplir sus treinta y dos años.

—¡Qué crueles! Y eso sería si se consiguiera un novio mañana mismo. ¡Que horrible se debió haber sentido! —dije.

—Casi lloraba, la pobre. Es que en Rusia hay más mujeres que hombres. No es inusual ver por ahí a una que otra jamona que nunca se casó y jamás se casará. También es más común ver hombres con varios matrimonios que mujeres con varios matrimonios. Mi mamá desde pequeña me ha dicho que cuanto más joven me case, mejor. Cuanto más tarde en casarme, más difícil se me va a hacer conseguir un marido. Me advierte que al hombre le gusta la mujer joven porque es más bella. ¿Sabes el dicho? La mujer se enamora por el oído mientras que el hombre se enamora por los ojos. —dijo Yana.

—Eso explica por qué veo tantas mujeres en la calle vestidas tan bellas, tan bien arregladas, mientras que los hombres parecen todos mafiosos. —dije. Puse una cara seria con la trompa alzada, imitando al típico hombre ruso. —¡Ah! ¡Y todos tienen el mismo peinado!

—¿El mismo peinado? —preguntó Yana.

—¡No lo puedo creer! ¡Imposible que no te hayas dado cuenta! —dije. Quedé sentada de la sorpresa. —¿No ves que el noventa y cinco por ciento de los hombres se peina hacia el frente?

—¿Cómo va a ser que se peinan igual? ¡Estás loca! —dijo Yana. No paraba de reírse pero yo sabía que realmente no creía lo que decía.

—¡En serio! Vamos, no me refiero a que se peinan exactamente igual, pero todos siguen las mismas reglas. Obvio que no se incluyen aquellos con la cabeza afeitada o el pelo muy corto pero, tan pronto ves que el pelo crece lo suficiente, cae la pollina sobre la frente. Ya sea más larguita o más cortita, hay pollina. Todos, desde los más niños hasta los más viejos, la tienen. —dije.

—No puede ser. —dijo Yana. Comenzó a dudar.

—Bien. ¿Nos paramos aquí un minuto y lo comprobamos? —pregunté, poniéndome de pie.

—OK. —respondió Yana. La agarré por las manos y la ayudé a levantarse.

—Mira a tu izquierda. Sé disimulada para que no piensen que estamos hablando de ellos. Ahí en el agua hay dos chicos. —dije. Yana los miró y sonrió. —¿Ves? Ah, detrás tuyo. Por ahí viene una pareja con el hijo. ¿Crees que el hijo tiene ese peinado solo para parecerse a su padre? Todos lo tienen.

—No lo puedo creer. Nunca me di cuenta de eso. —dijo Yana. Quedó boquiabierta con la palma de su mano derecha abierta y las puntas de sus dedos descansando sobre su quijada y el labio inferior.

—No te creo yo a ti. Es de las primeras cosas que me percaté en Rusia. ¿Cómo puede ser que no te hubieras dado cuenta? —pregunté.

—No sé. Para mí es algo normal. No veo nada malo en sus peinados. Si se hicieran cualquier otra cosa en la cabeza serían metrosexuales. —dijo Yana.

—¿Metrosexuales? ¿Cómo es posible que peinarse para cualquier lado que no fuera con la pollina hacia al frente sea cosa de metrosexuales? —pregunté.

—No sería muy masculino... —contestó Yana.

—¡Ja! Bueno. —dije. Decidí no continuar con el tema de las pollinas de los chicos ya que la conversación estaba adquiriendo un tono incómodo. No veía cómo podía ser poco masculino el llevar el cabello de una forma que no fuera con la pollina colgándoles de la frente. Se podían peinar hacia un lado, como en los tiempos de antes, o hacia atrás. No tenía que ser nada muy moderno ni complicado. El punto era avivar las cosas un poco, tener algo de variedad. Pero no me iba a poner a discutir esas cosas con Yana, quien no había visto más que Rusia y para ella el asunto era tan normal que ni se había percatado. Al fin y al cabo, no era un tema tan importante para mí. —¿Entonces piensas casarte alguna vez?

—Sí, pero quiero hacerlo cuando tenga sentimientos por alguien. Sabes, ambas mi mamá y mi abuela están divorciadas. —contestó Yana.

—Como ellas se divorciaron, debes pensar que sus recomendaciones valen poco, ¿cierto? La experiencia que ellas tuvieron no te da una prueba de que el casarte te traerá la felicidad. —dije.

—Algo así. Me siento como si quisieran que me casara solo para reproducirme, sin importarles todo lo que eso pueda implicar cuando el amor se debilite y el hombre comience a emborracharse e irse de putas a diario. —dijo Yana.

—¡Ja! Bueno, eso es un extremo muy fuerte. —dije.

—Sí, ja, ja. Creo que exageré un poco, pero tú entiendes lo que quiero decir. Si él dejara de amarme, se puede conseguir otra. También cabe la posibilidad de que él me fuera fiel, pero eso sería peor, pienso. En ambos casos no sería un buen matrimonio porque si él no me es infiel sufriríamos los dos en vez de yo sola. El infiel al menos tiene la posibilidad de pasarla bien. —dijo Yana.

—A menos que tú le seas infiel también. Tal vez no será el matrimonio más feliz, pero al menos ambos estarían igual de felices. —dije.

—¡Ja! ¡Qué mala eres! —dijo Yana.

Regresamos al apartamento de Yana por la tarde. Al entrar, me quité los zapatos y me apresuré a su habitación. Estaba loca por recostarme y descansar los pies.

—Yana, ¿sabes por qué las camisas que compramos esta mañana están tiradas por el piso? —pregunté.

—¿Tiradas por el piso? —preguntó Yana desde el pasillo mientras caminaba hacia la habitación.

—Sí, están tiradas por todos lados: sobre la mochila, sobre la cama, en una esquina... —dije.

—¡Ah! ¡Lo siento mucho, Signe! —dijo Yana.

—¿Por qué? ¿Qué pasó? —pregunté.

—¿Recuerdas el día que tú llegaste y te dije que mi gata estaba en celo? —preguntó Yana.

—Sí, ¿qué tiene que ver? —pregunté. Honestamente no entendía la conexión. No sabía nada de gatos.

—Eso a veces vuelve loco a Félix. Seguramente también hay otra gata merodeando por ahí. ¡Félix le quitó la virginidad a tu ropa! —contestó Yana, riendo.

CAPÍTULO III

¡Povorot, povorot!

Al otro día, fui con Yana, su primo y la novia a los fortines abandonados de la isla Russky. La isla no quedaba muy lejos del centro de Vladivostok pero hasta solo unos años atrás quedaba inaccesible al público. Tenía una base militar repleta de soldados y armas pero ésta fue desocupada, salvo a una que otra área que aún quedaba restringida.

No se podía decir que era una isla turística. Cuando los soldados desocuparon la base, las docenas de fortines subterráneos esparcidos por toda la isla fueron dejados a la merced de la maleza, que esconde todo; pocas personas conocían dónde se encontraban todos aquellos fortines. Había que saber qué caminos tomar y pocos de éstos estaban marcados. El primo de Yana era uno de los pocos que sabía, por eso fue que nos acompañó.

—¿Cómo es que tu primo sabe de estos lugares? —le pregunté a Yana.

—Mi primo siempre está obsesionado con algo. Explorar los fortines fue solamente una de sus obsesiones hace un par de años. También se ha vuelto loco por los carros y loco por los aviones. Le podías preguntar acerca de cualquier

avión comercial o militar y te sabía la empresa manufacture-
ra, las aerolíneas o gobiernos que los operaban, la marca y el
modelo de los motores, etc. Ya ha pasado por diferentes eta-
pas. Ahora está loco por las motoras. Me dice que quiere
llevarte a dar una vuelta. —contestó Yana.

—Dile que sí. Sería divertido. —dije.

—Sabes, se siente mal por no saber inglés y no poder
hablar contigo. Él nunca ha interactuado con extranjeros y
dice que pareces ser una persona muy interesante. Tanto él
como su novia se arrepienten de no haber prestado más
atención en la escuela. —dijo Yana, antes de ser interrumpi-
da por su primo, quien le dijo algo en ruso.

—No son lugares a donde las chicas acostumbran ir.
Nunca se sabe con qué o con quiénes te puedes topar adentro. —dijo Yana, traduciendo lo que decía su primo mientras
éste nos daba linternas a cada una de nosotras. —Las vamos
a necesitar.

Al lado de la entrada de uno de los fortines más grandes
había un imponente cañón, guardián de la costa contra la
antigua amenaza nipona. La humedad se comía el acero y
enormes telarañas se extendían desde las ramas de los árboles hasta los piñones con los que giraba el cañón. Las arañas
fueron la primera prueba del abandono total en que el ejérci-
to había dejado los fortines desde la evacuación de la isla.

—¿Ves esta ranura que está aquí? —preguntó Yana, traduciendo lo que nos decía su primo, quien apuntaba con su
dedo hacia la base del cañón.

—Sí —contesté. No le encontré nada interesante.

—Aquí había una plancha de acero gruesa que protegía
el cañón. Era lo suficientemente gruesa para resistir impactos
y explosiones. —dijo Yana mientras su primo hacía tijeras

con las manos a lo largo de toda la ranura. —Alguien lo cortó y se lo llevó para venderlo.

—¡A lo que llega la gente! —dije. Me quedé mirando al barril del cañón, pensando que ahí había mucho más acero que podían robar. —Y el barril ese, ¿no es mucho más fácil de cortar y llevárselo?

—Sí, pero no lo vas a poder vender. La plataforma de acero es una cosa; pudiste haberla sacado de una demolición o de una construcción, etc. Nadie tiene por qué pensar que la sacaste de la base de un cañón. A lo que estás apuntando ahora es otra cosa. Nadie va a querer comprarte lo que obviamente es un barril de cañón. Se estarían comprando un lío con el gobierno. —dijo Yana, traduciendo. Su primo sacó su linterna del bolsillo y la encendió. —Vamos.

Adentro estaba oscurísimo. Pegaba las manos a mis ojos y aún no las veía. Solo veía lo que iluminaba la linterna: las celdas húmedas y deterioradas, enfangadas por la naturaleza que se escurrió adentro desde el día en que fueron abandonadas a reclamar su territorio. Nuestros pasos eran inciertos porque la oscuridad podía más y se tragaba a la luz, con todo y que teníamos linterna.

—Mira esto. —dijo Yana. Su primo apuntó la linterna hacia una máquina abandonada. —Estamos debajo del cañón. Esto se usaba para meterle las municiones. Los soldados le daban vueltas a la palanca para subirlas a la superficie. —continuó mientras su primo hacía una demostración. Nada se movía. Cualquier pieza útil para su funcionamiento había sido cortada, vendida y fundida.

Nos adentramos más al fortín. Aunque afuera hacía un calor fuertísimo, adentro hacía mucho frío. El primo de Yana se detuvo de repente y nos hizo una señal de alto. Apuntó

con su dedo y la linterna hacia un agujero similar a un alcantarillado. Fácilmente pudimos habernos matado al caer por
ahí para abajo.

—¿Qué es ese roto? —pregunté mientras me acercaba al
agujero. No era un alcantarillado, sino que un acceso a unas
escaleras verticales en acero. La oscuridad pudo más que la
linterna, por lo que no se veía a dónde daban acceso.

—Baja once pisos en profundidad. Da hacia un túnel
subterráneo que conecta a todos los fortines con el fortín
principal. En caso de que hubiera guerra, los soldados podían distribuirse sin peligro por todos los fortines de acuerdo
a la estrategia de defensa de la isla. —contestó Yana.

—¿Podemos bajar a ver? —pregunté.

—Mi primo dice que no parece posible. Con las lluvias
de ayer, el túnel debe estar lleno de agua. Ya viste que no nos
pudimos meter a la celda de allá, de lo inundada que estaba.
Tendríamos que venir otro día mejor equipados con ropa
impermeable, cascos y linternas. —contestó Yana.

No sé por qué se me ocurrían estas cosas, pero me dio
escalofríos pensar lo fácil que sería para cualquiera tirar un
cadáver por ahí. Visualicé un cuerpo mirándome desde el
fondo del agujero mientras era devorado por lombrices. Me
dio un cosquilleo interior como si las lombrices estuvieran
trepando mis brazos entre carne y piel. En mi desequilibrio
apunté a la pared a mi lado con la linterna y vi que ésta estaba cubierta de ranas. Grité. Sentí corretear sobre mi piel las
patas de todo tipo de animal dentro y fuera de mi imaginación. Pasé las manos por pies y cabeza para asegurarme que
no tenía nada encima. Fueron solo cosquilleos, nervios.

No sé por qué le temí a la oscuridad. Después de todo,
así de a oscuras me sentía dentro de mi cabeza. Vivía con

una linterna alumbrando mi caminar por un mundo que conocía, pero en el cual no me identificaba. Sabía que había tanto más acerca de mí que no podía ver porque no lo recordaba; mi cuerpo había decidido ignorarlo. Me constaba que era así porque no sabía quién era ni de dónde venía. Yo estaba más a oscuras que las pobres ranas.

Me preocupaba lo que la linterna no alumbraba, a la dirección en que mi cuerpo no la quería apuntar. Me preocupaban los huecos y las trampas que mi cabeza ocultaba con tanto celo. ¿Quién era el hombre del destornillador? ¿Era real? ¿Me lo estaba imaginando? ¿Cómo podía averiguarlo?

Recobraba la paz al olvidarme de esas cosas que no estaban bajo mi control. Recobraba la paz el centenar de veces en que me convencí de lo inútil que era romperme la cabeza buscando respuestas. Recobraba la paz al dejarme llevar.

En la noche, Yana y yo fuimos a la *dacha* de los padres de Katia, su mejor amiga. Nos llevó un amigo de Katia, a quien la *dacha* le quedaba de camino y no tuvo problemas con ser chofer para tres bellas chicas.

—¿Cuánto falta para llegar? —pregunté varias veces a lo largo del camino.

—Cinco minutos. —contestaba siempre Yana.

El viaje se había alargado tanto y siempre faltaban cinco minutos para llegar. Caí dormida par de veces, solo para ser despertada por las peleas entre Katia y su amigo o por los virajes violentos que sentía cada vez que el carro daba la vuelta para cambiar de dirección. De la jerigonza rusa solo podía discernir las quejas del amigo de Katia quien, irritado, debió haber repetido *¡povorot, povorot!* cientos de veces mientras le daba cantazos al guía.

Nos paramos dos veces en el medio del campo siberiano para preguntar por direcciones. La primera vez fue el amigo de Katia, quien preguntó desde el asiento del conductor a un peatón. La segunda vez, Katia se bajó del carro e intentó detener a uno de los poquísimos vehículos que pasaban por esa carretera. Tuvimos suerte de que un viejo, al encontrar a Katia tan bella y llevando unos pantalones cortos que más cortos no podían ser, supuso que ella era una prostituta. Aunque seguramente decepcionado cuando Katia le aclaró que no vendía su cuerpo, sacó un mapa del compartimiento de su carro y nos ayudó a encontrar el camino correcto hacia la *dacha* de sus padres.

Se suponía que solo iba a ser un viaje de una hora y media, pero nos perdimos. Terminaron siendo tres horas. No fue hasta las once de la noche que llegamos a una casa solitaria en medio de la oscuridad. Por fin, habíamos llegado a la *dacha* de los padres de Katia. A pesar de lo tarde que era, nos esperaban con un banquete preparado bajo el techado de una glorieta de madera en el jardín.

No me había imaginado que iba a ser así: varios tipos de jamones crudos, vegetales, quesos, salchichas, jugo de naranjas, una botella de vino y un fuego esperando a que llegáramos para comenzar la barbacoa. Claro estaba, en una mesa rusa no podía faltar ni el kétchup ni la mayonesa.

Comenzaron a hablar ruso entre ellos en lo que yo admiraba todos los platos tan bien presentados. La mamá de Katia debió haberse demorado horas en preparar el banquete y sin duda lo sirvió en su mejor set de vajillas matrimoniales. Eran platos grandes rosados con flores silvestres en blanco, rosa y rojo; eran colores muy rusos, pero me encantó el toque auténtico y tradicional.

Yana me vio tan callada que, pensando que me estaba sintiendo incómoda por no poder comunicarme, se sintió obligada a explicarme de qué hablaban.

—Le estamos contando a los padres de Katia lo perdida que ella estaba de camino aquí. Su amigo estaba un poco irritado porque ella no supo llegar a su propia *dacha* y tuvimos que llegar tan tarde. A él todavía le queda algo de camino para llegar a la *dacha* de su familia. —dijo Yana.

—Eso explica por qué se fue tan rápido y ni me dijo adiós. —dije, pero justo después recordé esa palabra que tanto usó ese chico mientras discutía con Katia. —Una pregunta, Yana, ¿qué significa *povorot, povorot?*

—¿*Povorot?* —preguntó Yana mientras yo le decía un "sí" con mi cabeza. —Significa algo como hacer un viraje o cambiar de dirección. ¿Por qué preguntas?

—Pues, mientras estuvimos perdidos y tú me decías que siempre faltaban cinco minutos para llegar, la única palabra que gritaba el amigo de Katia una y otra vez era *¡povorot, povorot!* —dije.

Yana y la familia no paraban de reír. Ese fue el momento perfecto para que el padre de Katia trajera una botella de vodka y comenzara a brindar.

—¡Por la salud! —brindó el papá de Katia, alzando su trago y comenzando a beber. Yo le seguí.

Las chicas no estaban bebiendo, pero me sirvieron la segunda y tercera porción de vodka como si yo estuviera compitiendo contra el papá de Katia.

—¡Por la felicidad y las amistades!— brindó el papá de Katia en su cuarta ocasión.

Me presionaban a beber sirviéndome más vodka aun cuando decía que no quería beber más. Me quejé, pero no se les hizo difícil convencerme de tomarme uno y otro más. El papá de Katia parecía una máquina. Para él cinco tragos de vodka eran como beber agua. Su rostro no daba signos de estar picado por el alcohol; se mantenía siempre con la mirada fría y seria que caracteriza al hombre ruso. Sin embargo, lo que para mí parecía seriedad era solo apariencias; no reflejaba lo que sentía por dentro al brindar.

—¡Por la convivencia amistosa entre las naciones! — brindó el papá de Katia una quinta vez. Yana me traducía cada brindis.

Pasados los cinco tragos, las porristas seguían instándome a beber y me sirvieron otro trago más. Esta vez, el brindis del sexto y último trago me tocó a mí.

—Yo brindo por ustedes, quienes sin conocerme me han dado la bienvenida a su casa y me han dado de comer tantas cosas tan deliciosas. No puedo pedir conocer a una familia y amigos más hospitalarios que ustedes. —dije mientras Yana traducía al ruso y la familia sonreía.

Según me contó Yana, es muy común en Rusia tener tierra para cultivos y que la familia construya su casa a mano. La *dacha* de los padres de Katia era muy tradicional. Fue construida por sus abuelos y luego heredada por sus padres. Era una casa pequeña de dos plantas. Los muebles eran simples, pasados de generación en generación. Tenían un piano desafinado y con algunas cuerdas rotas. Nadie nunca aprendió a tocarlo. El televisor era antiquísimo; ahí pasaban las noches sin nada más que hacer. Al ver las esquinas entre el techo y las paredes, que estaban forradas en papel con florecillas rojas, se notaba algo de desnivel y terminaciones incompletas. Debía ser normal dado a que había sido construida a lo tra-

dicional—al gusto y habilidad del dueño—sin códigos de
construcción. Así eran también muchas casas que vi de vuelta a Vladivostok, algunas de ellas deformadas por su propio
peso y el pasar de los años.

Afuera, la *dacha* tenía un lote grande de tierra con suficientes huertos de vegetales—como el repollo, la cebolla, el
rábano y el pepino—y frutas—como la fresa y la frambue-
sa—para cubrir las necesidades de la familia. La noche anterior estaba tan oscura que no me percaté. Tenían un pequeño
lago artificial para adornar el jardín y una siembra grande de
flores de muchos colores, las favoritas de la mamá de Katia.

Para mí lo mejor fue el hecho de que sembraran y cose-
charan sus propios alimentos. Sabían cómo hacerlo y disfrutaban de ello, en lugar de estar siempre pasando por un
supermercado repleto de productos con conservantes y poco
naturales. Me pareció que era una vida menos enfocada en el
consumo, en el capitalismo, y más hacia el vivir de lo que se
producía. Además era un lugar bello. Daban ganas de ir allá y
quedarse una temporada de tú a tú con la naturaleza.

La pasé muy bien, considerando que no hablaba ruso.
Yana me ayudó mucho como traductora pero a veces ni sentía que era necesario que tradujera. Me entendí muy bien con
la madre de Katia, quien me hablaba como si yo supiera ruso
pero acompañaba sus palabras con gestos marcados. Además, hacía unos panqueques de desayuno deliciosos.

—Esta miel sabe increíble. —dije. Me salió del corazón.

Cuando pensaba en miel, lo que me venía a la cabeza era
un líquido espeso, amarillo oscuro tirando a naranja, transparente, sin impurezas. Esta miel tenía un color amarillo pero
claro, nublado con finos granulados; no era transparente. Era
una miel completamente natural, sin procesar, lo suficiente-

mente espesa como para regarla con un cuchillo sobre los deliciosos panqueques de la madre de Katia.

Al escuchar mis halagos a su miel, ella sonrió; no tenía que saber inglés para entenderme.

CAPÍTULO IV

Noche de chicas

Ya lo tenía todo decidido. Haría realidad ese viaje transiberiano que me había inventado ese día que desperté en el hospital. Sentía que cada día que pasaba al descubierto por las calles de Vladivostok, peligraba. Sentía que apresurarme a San Petersburgo en avión no valdría la pena—sin memoria, sin conocer a nadie, con un pasaporte posiblemente falso y una sospechosa cantidad de dinero en efectivo. Allá seguramente también estaría expuesta a que me reconocieran y me hicieran daño por lo que sabía. El viaje en tren me pareció una opción más segura y además me daría más tiempo para quizás recobrar pedazos importantes de mi memoria. Era solo cuestión de tiempo; tenía que serlo.

Yana, Katia y yo celebramos lo que sería mi última noche en Vladivostok yendo a un club. Como estábamos fuera de la temporada universitaria, el club estaba prácticamente vacío. Nos sentamos en una esquina a hablar y ver uno que otro pasar, hasta que tarde en la noche fueron llegando las personas poco a poco.

—Es normal que lleguen tarde. La gente prefiere hacer fiestas en sus casas antes de salir a un club porque así no gastan tanto dinero en alcohol. Llegan a los clubes borrachos y no compran bebidas. —dijo Yana.

—¿Como esos? —pregunté. Acababa de entrar un grupo de chicos y chicas saliendo de fiesta. Todos llegaron bebidos, justo como Yana dijo era la costumbre entre jóvenes rusos. Así se ahorrarían las bebidas excesivamente caras que vendían en el club.

Una de las chicas que iba con ellos era muy linda. Tenía una cara joven de ojos azules naturalmente seductores y labios palpitantes. Su cuerpo era como el de una modelo; ya hubiera yo querido que el mío fuera así. Llevaba jeans apretadísimos y una camisa colgándole a nivel de las costillas. Todos parecían quererla.

Esa chica andaba de novia con un pobre tonto tan ebrio que ni sabía dónde estaba. El chico de piernas tambaleantes bailaba con ella, le manoseaba todo el cuerpo—desde el muslo posterior hasta agarrarle las nalgas y seguir subiendo hasta sus pechos; le besaba el cuello y permitía a todos a su alrededor que le vieran sus lengüetazos salivosos. Él no se daba cuenta de que a su novia le podían interesar menos sus besos y sus caricias ebrias; se le veía en la cara el asco amargo que les tenía. No obstante, no lo detenía, lo dejaba lamerla como una paleta.

Ella tenía otros intereses. Mientras ese borracho la jalaba de un lado para el otro, ella miraba fijamente y con deseo a otro chico que estaba a espaldas de su novio. Era más alto, más musculoso, más apuesto—curiosamente, sin la pollina sobre la frente—que su novio. Ella lo cucaba con su mirada, lo provocaba y lo tentaba mientras él disimulaba no darse cuenta, pero él tampoco podía evitar echarle una ojeada. Era evidente que ese otro chico era el amante de esa bella mujer;

una amiga no mira a su amigo con esos ojos salvajes. No obstante, debía sentirse extraño notar que alguien te miraba como si te quisiera desgarrar toda la ropa y treparse encima de ti, pero que a la vez estuviera puliendo con su trasero la hebilla del pantalón de su novio.

Poco me sorprendió ver a esos dos que se deseaban de lejos juntarse por un momento una y otra vez para un baile pegado y sensual tan pronto el novio de la chica se descansaba del baile y se iba al baño, o se iba a hablar sandeces con otro borracho, o se tropezaba contra un escalón y caía al piso. El pobre tonto nunca notó cuando ella bailó con ese chico entre sus piernas y comenzó a bajar. Lo frotaba con las palmas de las manos sobre el pecho y abdominales hasta quedar en cuclillas, luego se levantó igual de provocativamente, lo besó y le metió la mano dentro del pantalón.

Era con ese chico, no con su novio, con quien ella realmente quería estar. Sin embargo, algo la hacía quedarse al lado de ese tonto de su novio, de no dejarlo. ¿Sería el amor ciego que una vez habrá sentido por él? ¿Sería el miedo a quedarse sola, sin candidatos a marido, si su aventura con ese otro chico no diera frutos? ¿Jugaba ella con ambos chicos en lo que decidía qué hacer con su vida?

Si yo fuera ese chico, el deseado, no cogería las cosas muy en serio. Gozaría de los estímulos y sensaciones que su belleza causaría en mí y me la disfrutaría hasta cansarme pero no hasta enamorarme. Una chica así de descarada como para serle infiel a su novio—por más irrespetuoso y borracho que éste fuera—tan abiertamente bajo sus narices y las narices de todas las amistades con quienes andaban, no merecía ser tomada en serio. ¿Para qué enamorarme, si puedo dar por sentado que correría la misma suerte que su novio borracho?

41

Katia, la amiga de Yana, compartía el mismo ADN con esa chica que se las jugaba entre dos chicos. Desde que llegamos al bar tenía ese picor que no la dejaba sentarse. Conmigo hablaba poco porque siempre necesitábamos a Yana de traductora, por lo que si no estaba hablando en ruso con ella, estaba mirando disimuladamente para todos lados en busca de su presa. En una fijó sus ojos sobre el único extranjero en el club y fue al ataque.

—Me voy a buscar un trago. —dijo Katia. Yana no me lo tuvo que traducir.

Fue directo a donde estaba el chico, quien luego supimos que era un australiano. Se pegó a él y comenzó a bailarle de una manera muy sensual, similar a la otra chica que se repartía entre dos, pero esta vez era Katia quien rozaba su cuerpo entre las piernas del afortunado galán y pasaba sus dedos a lo largo de las venas que se le marcaban sobre sus fuertes brazos. Éste estaba sentado cómodamente en su banqueta. Ella no paraba de cucarlo, de tentarlo; lo agarraba por el cinturón de sus pantalones y lo halaba hacia ella. Él le decía cosas al oído mientras ella sonreía. Yo, habiendo pasado ya varios días junto a ella, sabía que ella no entendía ni una palabra de inglés.

El australiano se dio la vuelta hacia la barra agarrando a Katia—quien seguía entre sus piernas—por la cintura. Pidió dos tequilas. Katia se lamió la muñeca lentamente, hipnotizando al australiano, luego le agarró la suya y se la lamió con igual gusto provocativo. Ambos agarraron la sal y se la echaron sobre las muñecas ensalivadas, luego se bajaron el trago sin pestañear. Katia tomó uno de los pedazos de limón que el cantinero había preparado para ellos y se lo metió al australiano en la boca, quien lo mordió, agarrando a Katia de

42

sus caderas y halándola hacia él. En eso ella, habiendo cumplido su misión, se dio la vuelta y caminó hacia nosotros.

—¡Qué mala es! ¡Eso no se hace! —le dije a Yana.

—No te alarmes; ella siempre ha sido así. —dijo Yana, luego le dijo algo en ruso a Katia que la hizo reír. Habrá tenido que ver con lo que estaba por contarme. —Te voy a contar una historia de cuando éramos niñas. Katia siempre fue la más promiscua del grupo. Cuando teníamos doce años, ella nos invitó a mí y a otra amiga a su casa emocionadísima porque había encontrado el supuesto aceite afrodisiaco que usaban sus padres para hacer el amor. Sabía de la existencia de ese aceite porque lo vio sobre la mesa de noche en la habitación de sus padres. Sorprendió a su padre parado en la cama y a su madre con su cabeza descansando sobre la almohada y las plantas de sus pies pegadas a la pared.

—¿Cómo? —pregunté, inclinando mi cabeza hacia un lado, tratando de visualizar la escena.

—No, si todavía es la hora que no puedo comprender esa posición. —dijo Yana, luego se lo habrá dicho a Katia, quien rió. —Entonces Katia se mete al cuarto otro día y encuentra el aceite escondido junto a una película porno que tenían sus padres. Ninguna de nosotras jamás nos habíamos sentido estimuladas, así que estábamos muy curiosas por saber cómo se sentiría. Nos pusimos un poco de aceite en el cuerpo. Mi amiga se lo puso en sus brazos, Katia en sus piernas y yo entre los muslos. Estuvimos minutos largos esperando ser excitadas de alguna manera, pero nada. Entonces a mí se me ocurre leer la etiqueta del frasco:

« Este aceite se usa para para el sonido que hacen las cerraduras de las puertas y portones viejos. »

—¡Oh! ¡Vengan! ¡Rápido! —gritó Katia, luego que parara la música y uno de los cantineros hiciera un anuncio en ruso. Cositas así de simples sí las decía en inglés.

—Ven, que están sirviendo tragos gratis. Vamos a bailar. —dijo Yana, agarrándome de la mano.

Se aparecieron dos rubias frente a la barra. Caminaban en tacos con sus largas y esbeltas piernas expuestas hasta los límites de la decencia para presumir sus bronceados. Llevaban puestos sombreros de vaquero y camisas de cuadros a la americana con escotes abiertos. Así lograban mantener las tetas en su sitio, sujetadas a presión con un nudo en el medio. Traían botellas de vodka y tequila para darle un gusto gratuito al público.

Katia, con la piquiña que tuvo toda la noche, aprovechó la oportunidad para subirse encima de la barra y mover su cuerpo alrededor de un poste de acero inoxidable como bailarina exótica. Yana y yo le seguimos, aunque con un baile de más decoro. Luego Katia se puso en cuatro patas como un animal, arqueó la espalda mientras bajaba el pecho hasta rozar la superficie de la barra con sus tetas, dio un girón de cabeza bruscamente para echar su pelo a un lado y sacó la lengua para darle la bienvenida al chorro de tequila que caería en su boca.

—¿Ustedes hacen esto todos los fines de semana? —le preguntaría yo a Yana de camino a la casa. Estaba aún hipnotizada por la sensualidad atrevida de Katia.

Katia interrumpió la conversación diciendo algo en ruso, casi en lágrimas. Había bebido demasiado.

—¿Qué le pasa? —pregunté.

—Está preocupada. Dice que no sabe por cuánto tiempo más seguirá sola. Dice que nunca se va casar. —contestó

Yana, sonriéndome a mí de lo enternecida que quedó al escuchar la queja. Consolaba a Katia con caricias entre sus cabellos. Yo me mantuve en silencio y le agarre una mano.

—No podemos salir todos los fines de semana. —dijo Yana, retomando la discusión. El alcohol es muy caro en los clubes, considerando que no estamos ni cerca a ser una metrópolis como Moscú o Londres. Además, se sirve muy poco por lo que se paga. Al trago le echan mucho de todo menos de alcohol. Por eso salimos de fiesta una vez al mes o cada dos meses. Como te dije, lo normal para los jóvenes es comprar alcohol y emborracharse en la casa. Luego algunos van al club pero no gastan dinero porque ya están borrachos.

—¡Había tantas chicas! ¿Siempre es así? —pregunté.

—Sí. No estoy muy segura por qué. En Rusia hay más chicas que chicos; esa debe ser una razón. Otra debe ser que las bebidas son tan caras, como te pudiste haber dado cuenta. Eso espanta a los chicos que invitan a tragos. Sabes, aquí los salarios son más bajos que en Europa. —respondió Yana.

—Sí, hace sentido. —contesté.

—Bueno, también que la mayoría de los chicos rusos no bailan. Las chicas sí bailamos, así que podemos venir en grupo e invadir el club. Van muchas chicas ingenuas pensando que conocerán a un buen chico pero muchos de ellos lo que tienen son otras motivaciones. —dijo Yana.

Yo me quedé callada y miré a Katia, quien unas horas antes había usado su cuerpo para sacarle un trago a un australiano y sabía moverse alrededor de un poste de acero inoxidable como toda una profesional. Sus lágrimas melancólicas la habían hecho quedar dormida sobre mi hombro. Le acaricié la mano.

El día siguiente sería el de mi partida. Se me hizo muy extraño. No pensé que solo unos días compartiendo con ellas— las valientes que se atrevieron a adoptar a una persona completamente extraña al hogar—llegaría a sentir tanta nostalgia al partir. Extrañaría la compañía, el sentirme parte de algo, de una familia, de amigos, como si mi memoria no se hubiera desvanecido y ellos fueran mi realidad. Me preguntaba el porqué. ¿Sería esta familia especial? ¿Sería algo de la cultura rusa? ¿Me sentiría así con todo el que conociera durante mi viaje? ¿Podía ser que debajo de esas caras serias y frías que caminaban por todo un país en decadencia lo que había era pura hospitalidad?

Me hacía esas preguntas mientras se revolcaba mi estómago de los nervios y las despedía con un fuerte abrazo. Por un lado, me sentía feliz de haber conocido a tan maravillosas personas; por el otro lado, estaba a punto de llorar por tener que alejarme de ellas. Por un lado, me sentía emocionada por la aventura que me esperaba, ¡recorrer prácticamente de rabo a cabo el país más grande del mundo!; por el otro lado, estaba asustadísima ante el peligro y la incertidumbre en la que me metía estando tan vulnerable, ¡sin saber quién yo era!

No obstante, estaba lista para comenzar mi travesía. Yana había hablado con su amiga en Jabárovsk, por lo que tenía un destino y un lugar dónde dormir. Había comprado una mochila grande para poner lo que necesitaba para mi viaje— incluyendo las piezas de ropa violadas por Félix, el gato. La cargué hasta la puerta de la casa y me puse los zapatos mientras Karina, Yana y la abuela me observaban desde el pasillo.

—Signe, espera. —dijo Yana antes de yo poder abrir la puerta para salir. Desapareció de la vista hacia la cocina. Regresó unos segundos después con dos banquetas, luego se fue y regresó con dos más. —Toda la familia se debe sentar frente a la puerta principal de la casa para despedir a alguien que esté por dar un largo viaje.

—¿Para qué? —dije. Estaba cargando con una mochila bastante pesada y no me animaba mucho tener que quitármela para luego volvérmela a poner.

—Te traerá buena suerte, a ti y a nuestra familia. —dijo Yana. Ella sonreía porque sabía que lo que decía no hacía sentido, que era una vieja superstición rusa, pero igual la seguía al pie de la letra.

Nos sentamos en las banquetas, todas en silencio. Yo también callé unos segundos porque no sabía si estaba permitido hablar. Yana me miraba sonriente mientras que su madre, tímida como siempre, miraba hacia al suelo mientras se sacaba la costra de entre las uñas. La abuela tenía los brazos cruzados y miraba hacia el techo, limpiándose los dientes con la lengua.

—¿Cuánto tiempo nos tenemos que quedar sentados? —pregunté finalmente. El silencio me puso incómoda.

—Ya, es cosa de solo unos segundos. —contestó Yana. —Vamos, te acompaño hasta la estación.

CAPÍTULO V
¿Otkuda ty?

Para viajes largos en tren, las sopas instantáneas de fideos son un éxito. Yana me las recomendó de camino a la estación, ya que comprarlas una vez partiera salía más caro. Como era de esperar, la etiqueta estaba en ruso. Podía tener cianuro como ingrediente y jamás me enteraría. Por un instante me molesté porque las instrucciones también estaban en ruso; me pareció desconsiderado para los extranjeros. Tonta fui; era solo sopa. Más tonta fui; tenía dibujitos anti tontos, los cuales paso por paso explicaban cómo prepararla.

Abrí la tapa de cartón del envase después de batallar con la envoltura de plástico. Ese era el paso número uno. Adentro estaban los fideos deshidratados bajo tres sobrecitos con condimentos. Uno de ellos era en polvo, el segundo era de vegetales con pedacitos de carne, ambos deshidratados—eso parecían—, y el tercero era un plegoste marrón pegajoso con un olor muy rico a especias pero que era una molestia para despegar de su sobre. Ese era el paso dos. El tercer paso era echarle agua caliente y dejar que los fideos la absorbieran por unos minutos. Tonta fui que no se me ocurrió que necesitaría agua caliente para la sopa y no la tenía a la mano.

Para ser "italiana", según lo decía mi *passaporto*, no parecía estar muy habituada a los trenes. Le atribuí toda mi ignorancia a la falta de memoria. Es más fácil culpar a lo que no entiendo que a mí misma. No estaba por demostrarle al mundo entero la ignorancia que ya me había demostrado a mí misma así que me mantuve en mi sitio, pensando. De momento, un señor pasó con su bol de sopa humeante. Él tenía agua caliente. Me apresuré a donde él con el bol en una mano y le traté de explicar que necesitaba agua. Señalaba al bol y subía lentamente la palma de mi mano moviendo los dedos como si fuera humo.

—¿*Voda?* —preguntó el señor.

—¡*Da!* ¡*Da!* —contesté que sí en ruso, asumiendo que había entendido lo que pedía.

El hombre, quien se mantuvo muy serio todo el tiempo, me llevó con él hasta el final de nuestro vagón. Ahí había un tanque grande con muchos tubos y relojes de presión. Abrí la llave que había en el centro y salió agua a punto de hervir.

—¡*Spasibo!* —dije mientras llenaba el bol con fideos de agua caliente. El hombre dio un cabeceo sutil, se dio la vuelta y se fue. Paso tres, completado.

Mientras esperaba unos minutos en lo que estaba lista la sopa, revisé mi mochila pequeña una vez más. En Vladivostok tenía poca privacidad; siempre tenía la preocupación de que Yana fuera a aparecerse por sorpresa en la habitación que compartíamos y se pusiera a hacer preguntas imposibles de contestar. Pensé que en la tranquilidad solitaria del tren a lo mejor me percataría de algo que se me hubiera escapado la última vez, de alguna pista sobre mi pasado.

El teléfono, aparte de la dirección en San Petersburgo, realmente no tenía nada más en la memoria. Busqué números de teléfono, llamadas, mensajes de texto, mensajes de voz, imágenes, videos, sonidos, música, anotaciones en el calendario, anotaciones en el nombre de cada alarma del despertador. Todo estaba en blanco como si lo hubieran borrado intencionalmente. Tenía que ser así, a propósito, ya que el teléfono estaba lejos de ser nuevo. Tenía la pantalla rallada sobre rallados de rallados. Además, no tenía ninguno de esos juegos coloridos con los que tanto jóvenes como adultos se la pasaban jugando. Me quedó apuntar la dirección en un papel antes que la batería del teléfono muriera.

El *passaporto* por suerte estaba escrito no solo en italiano, sino que en inglés y francés. Bueno, tampoco era como si el italiano fuera tan diferente al español como para hacerlo incomprensible. Según éste, nací en Roma y tenía 26 años. Al parecer, me lo habían entregado hacía solo unos meses atrás. La primera y única estampa del pasaporte se hizo un par de semanas después; estaba al lado de la visa. Deduje que entré a Rusia en avión porque tenía dibujada un avioncito, pero el resto estaba en letras rusas. Con la visa, igual de incomprensible. Por más que los títulos de cada sección estuvieran también en inglés, el contenido estaba en ruso. La visa seguía vigente, por lo que aún me quedaban varios meses de estadía. La única pista podía ser la sección "Invitado por". Decía el nombre de alguien, pero no podía leer de quién. Tendría que esperar para traducirlo.

Pasados los tres a cuatro minutos, metí el tenedor miniatura de plástico en los fideos, los enrolle y me los metí a la boca, quemándome la punta de la lengua en el proceso. ¡Esa agua del tren sí que estaba caliente! Tuve que dejar reposar a los fideos cinco minutos más, en lo que se enfriaban.

Continuando mi investigación, puse la mochila entre mis piernas y metí ambos brazos adentro para poder contar el dinero discretamente. Conté sesenta billetes de cinco mil rublos. Solo me gasté cuatrocientos rublos la última vez que salí a comer con Yana, por lo que era mucho dinero. Eso sin contar que era lo que me quedaba después de haber comprado ropa para sustituir la que debí haber tenido antes del accidente, pero que perdí. Era demasiado dinero en efectivo como para que una persona común y corriente estuviera cargando consigo en una mochila—una de las razones por las que no me convenía volar, porque tendría que pasar por seguridad. En ese momento, me pregunté: ¿será mío ese dinero o se lo habré robado a ese tipo que me quería cortar la cara con el cuchillo?

Entonces me quedaba la mochila misma. Rebusqué el interior por algún papelillo, alguna basurilla que me sirviera de pista. Pasé mis manos por toda la superficie interior y exterior. Buscaba algo que pudiera estar fuera de lugar, algo escondido entre dos pedazos de la tela sintética. Algunos me llamarían maniaca, pero considerando que tenía trecientos mil rublos en mi mochila y no sabía de dónde los había sacado, diría que mi comportamiento no era irrazonable. Mis esfuerzos no dieron fruto. No encontré nada.

Comiendo fideos, choqué con la realidad de que el tiempo que pasé con Yana y su familia sirvió para distraerme del grave problema en el que estaba metida. No podía simplemente descartar de mi mente y conciencia el hecho de que mi pasado era una nube negra y que el único rayo de luz que pasaba a través de ella me ponía en la escena de un asesinato. No podía olvidar que tenía que sacarle sentido a las cosas. Era por esa misma razón que me había montado en el tren

51

en primer lugar. Mi vida y la de otros podían correr peligro. Iba a San Petersburgo a encontrar respuestas, a encontrarme a mí misma. Pero, siendo honesta conmigo misma, quería pensar en otra cosa. Quería convencerme de que las cosas no estaban tan mal, distraerme por mi propio bien. Después de todo, de nada valía volverme loca rebuscando en un cajón de recuerdos olvidados.

Busqué un equilibrio entre la locura y la cordura. Tenía una meta, pero el camino para llegar a ella no estaba trazado; era flexible. Lo importante, pensé, era disfrutarme el viaje pero sin olvidar la meta. Tenía que mantenerme alerta, consciente a las experiencias por las que pasaba. Alguna de ellas podía hacer resurgir un recuerdo que me abriera la puerta al resto de mi pasado.

Habiendo dejado la ciudad de Vladivostok unas horas atrás, el campo dominó el paisaje. Cielos azules y despejados como a los que ya me había acostumbrado a ver en Vladivostok, pero sobre llanos verdes a ambos lados del vagón en lugar de cemento. Se extendían hasta más allá del horizonte que mis ojos podían apreciar. Nada de cultivos, edificaciones, estorbos durante muchos kilómetros de recorrido. Por un lado me pareció un desperdicio de tierras productivas; por el otro sentí mucha paz al ver un paisaje tan prístino. De cuando en vez, pasamos aldeas minúsculas de un puñado de chozas tristes y caminos de tierra. Niños blancos y rubios corrían las veredas en camisetas, jeans o trajes con florecitas rumbo a una aventura en el campo.

A mi izquierda pasé por un lago grandísimo de aguas azules oscuras. Terminaba muy a lo lejos, tan lejos como para yo no poder discernir si las formas que veía a la distancia eran colinas o propios montes. El tren pasaba muy cerca a la costa, lo suficiente como para poder ver la típica camioneta solitaria estacionada junto a una familia de rusos—tan jinchos que se les hacía imposible broncearse, por lo que solo se enrojecían—disfrutando del agua y la barbacoa.

Algo tétricamente romántico encontré en ver los restos de una glorieta aún erguida no muy lejos del borde del lago. Del techo piramidal no quedaba más que el marco de madera que le daba forma; a través de éste, se podían ver las supuestas colinas de las que hablaba. La plataforma que hacía de piso había colapsado; solo algunos fragmentos podridos se asomaban sobre el agua. Del paseo tablado largo y angosto que corría del borde hasta la pequeña glorieta solo quedaban algunos soportes y algunas tablas, suficientes como para dejarse notar pero sin cumplir con su función de paseo. El abandono le daba un aspecto rústico, incompleto, peligroso, decadente, pero persistente. Quien sea que lo viera podía reconocerle la gloria de sus mejores años y admirar su voluntad de perdurar. Tal vez por eso me pareció romántico.

Así me sentí la primeras horas, en puro asombro de mis alrededores. No obstante, tengo que aceptar que tras unas horas viendo de lo mismo, el paisaje perdió su atractivo y me pareció soso. Eso, combinado con el tren en marcha que me mecía, me dio ganas de dormir.

Arropé mi cama con las sábanas que me dejó la azafata y fui al baño a lavarme los dientes y hacer lo mío. El baño de un tren de tercera clase no era cosa bonita. El piso generalmente estaba húmedo con una posible mezcla de orina con agua. Tenían frente al inodoro una alfombra de goma, estilo telaraña, para evitar los resbalones. Vi una costra de orín seco y pelitos formándose entre los rotos de la red de goma.

Ahí me senté a hacer lo mío, en el inodoro de acero inoxidable fabricado durante la guerra fría para durar hasta el fin de la eternidad. Antes de bajar la tapa y sentarme, noté que los bordes de la bacineta tenían puntos preformados con la forma de huellas de pie. Me imaginé que era un inodoro multiusos—para tanto quienes hacían lo suyo sentados como para quienes lo hacían en cuclillas. La frontera con China y Mongolia no quedaba muy lejos. Debían ser ellos quienes le daban uso.

Esa primera vez en que me senté en el inodoro a hacer mis necesidades, la tapa estaba limpia. En futuras ocasiones, me tocaría buscar papel de inodoro, mojarlo con jabón y limpiar los residuos de orín de hombre que siempre encontré sobre la tapa. Como esa primera vez estaba limpia, no tuve que coger papel de inodoro; como no tuve que coger papel de inodoro, no me percaté si había un rollo disponible o no. Al terminar mi asunto, vi que no había papel. Mierda. No me quedó otra que usar la mano como pala y enjuagarla con el agua del lavamanos. Tres rondas para asegurar limpieza.

Por lo menos tenían jabón. Después me lavé los dientes y a dormir se ha dicho.

Entonces soñé. Fue un sueño corto, cortísimo, pero de los buenos. Era mi luna de miel. Estaba de rodillas desnuda—salvo al velo blanco que llevaba en la cabeza—agarrándome del borde de la cama. Frente a mí tenía un espejo, a través del cual vi a mi galán engabanado de negro, con todo y flor en el bolsillo. Deslizó sus manos desde mi cintura, sobre mi espalda lisa, hasta alcanzar mi pecho y agarrar mis hombros.

Se inclinó más sobre mí, sus brazos debajo de los míos, y me haló de espaldas hacia él. Separé mis rodillas lo más que pude mientras me dejaba llevar hasta que quedé sentada sobre mis pies, recostada contra su cuerpo. Me sentí querida, segura entre los brazos de un hombre tan fuerte y amoroso.

Pareció tan real. Tenía que serlo. ¿Cómo distinguir un sueño de un recuerdo? Sin un pasado como referencia, para mí eran casi lo mismo. No obstante, la diferencia estaba en los detalles, los colores, los olores, la pasión, la imagen vívida. Un simple sueño no tenía todo eso. Este sueño fue real porque sentí que fue real. Ese rostro y ese cuerpo no me los podía haber inventado. No sabía quién era ese hombre con quien me había casado pero dudo que me hubiera casado con algún cualquiera.

Afortunadamente, ese sueño convertido en recuerdo fue placentero. Había algo positivo en mi vida, algo que no tenía que ver con destornilladores ni hombres con cuchillas amenazantes. Pero, ¿y si el hombre con el destornillador atravesándole el estómago era mi esposo? ¿En qué líos nos habríamos metido para que le tocara ese triste destino? Si él hubiera sobrevivido, me hubiera encontrado, hubiera estado ahí agarrándome de la mano cuando desperté en el hospital y me hubiera sacado de allí. Tan joven que era yo y ya había quedado viuda.

Me despertó el jamaqueo alborotoso de nuestro tren al pasarle por el lado a otro que iba en dirección opuesta a toda velocidad. La gente que me rodeaba seguía durmiendo sin molestia aparente, pero yo no; para mí no era un ruido nor-

mal. Era suficiente estorbo acostumbrarme al silbido esporádico del tren y al par de martillazos que las ruedas daban
contra las rieles cada dos segundos. Sonaban *"tacán, tacán"*.

Había salido el sol otra vez; los días eran largos y las noches cortas. No se ocultaba el sol hasta las diez u once de la
noche. No había aire acondicionado dentro del tren, por lo
que durante el día podía hacer mucho calor. Al menos las
noches no eran tan calurosas como los días; pude dormir
cómodamente arropada.

El despertar solo me trajo la desilusión de haber soñado
algo que nada parecía contribuir a mis preocupaciones, sino
que añadía a éstas. Solo un recuerdo inútil y frustrante tras
casi una semana de espera. Me senté y dejé que mis piernas
colgaran en el aire desde mi cama en la segunda planta en lo
que descargaba mis ansias con un profundo suspiro y me
preparaba para ponerme de pie.

Bajarme de donde estaba requería algo de acrobacia y no
quería caer al piso como un mangó. Alcancé la cama opuesta
a la mía y guindé de ambas camas apoyada por mis brazos
hasta que uno de mis pies pudo quedar firme sobre la esquina de una de las camas de abajo. De ahí en adelante, la bajada fue sencilla.

Las camas de abajo estaban ocupadas por una pareja de
ancianos. El hombre seguía durmiendo mientras que su señora estaba sentada mirando hacia afuera por la ventana.
Había dos personas más cubiertas por sábanas en las camas
laterales. Al verme, la señora quitó su bolso del medio y se
acercó más a la ventana. Le dio dos palmadas a la cama para
que me sentara.

Se siguen unas reglas de etiqueta no escritas cuando se
comparte una cabina de tren con camas. Durante el día, las

camas de abajo son para que todos compartiendo la cabina se sienten. Alguien que quiera dormir debe antes tener la cortesía de asegurarse que haya lugar para que todos se puedan sentar. Normalmente, eso no era un problema. Hay una mesa para comer pegada a las ventanas que apenas da para dos personas, por lo que cada cual debe estar pendiente de los demás cosa de darle uso cómodo y eficiente. Por ejemplo, si hay alguien sentado junto a la ventana—que es donde está la mesa—y otra persona quiere comer, se le debe ceder el asiento en lo que come.

La señora siguió las reglas de etiqueta al hacer lugar para mí. Aunque me sentí rara sentándome sobre su cama—no me gustaba que gente que no conocía se sentara sobre la mía—así era la manera óptima de convivir en el tren. Ella rápido me hizo sentir muy cómoda.

—¿*Chay?* —preguntó la señora con una bolsa de té en su mano. —¿*Jochiesh?*

—*Da, spasibo.* —contesté. Naturalmente, no entendí lo que la señora dijo, pero no era necesario.

La señora apuntó con su dedo a su taza, luego al extremo donde se encontraba la azafata. Lo hizo antes de que yo me percatara de que la bolsa de té y el agua caliente no me servían de nada si no tenía un vaso en dónde echarlos.

Rumbo al otro extremo del tren, me di cuenta que era la única extranjera en el vagón; de eso y de que ninguno de hombres llevaban camisetas puestas. Recomiendo a las chicas que les excite ver hombres caminando sin camisa todo el día a comprar un billete de tercera clase en Siberia durante el verano caluroso; es su mejor opción. No puedo decir que vi mucha musculatura; más que nada vi panzas infladas y brazos enclenques sin buenos molleros. Aunque pocas excepciones le encontré a esa regla, cuando las había, veía la gloria. Lástima que eran solo excepciones. A simple vista los cuerpos de muchos de ellos daban la impresión de estar hechos para dar mucho más de lo que daban. Debía ser eso que me dijo Yana: la abundancia de mujeres bellas no los motivaba a competir por su atención.

Llegué hasta el compartimiento de la azafata y la encontré acostada en la cama completamente maquillada y vestida con su impecable uniforme. Estaba despierta mirando hacia el techo con ambas manos pegadas a la cama, rígida como un robot. Escuchaba música cuando se percató de mí y rápidamente se puso de pie a la vez que se enderezó el uniforme antes de atenderme. Lo que sea que me dijo ya lo olvidé, pero me regresé con una de las tazas que tenía en los altos del mini lavamanos de su mini compartimiento privado.

La taza tenía un aspecto medieval. Era un vaso de cristal común y corriente pero sujetado con un portavasos en metal moldeado con finos ornamentos que le daban ese aspecto clásico. Sin embargo, no era nada especial; todo el mundo tenía una igual.

—¿*Otkuda ty?* —preguntó la señora que me había dado la bolsita de té.

—¡Ay! Lo siento. No hablo buen ruso. *Ya govoriu plojo po ruski.* Me llamo Signe. *Ya Signe, ¿ty?* —contesté.

—¿*Niet, niet. Otkuda ty?* —preguntó la señora, luego reformuló la pregunta. —*Ya Ruski.* —dijo, apuntándose a sí misma con la palma de la mano. —¿*Otkuda ty?* —repitió su pregunta, apuntándome a mí.

—¡Ah! Yo hablo italiano. *Italianski, Italianski* —dije. Estaba nerviosa y perdida.

—*¡Ah! Ty govorish po italianski.* —dijo la señora, chocando cuatro dedos de su mano con el pulgar como el abrir y cerrar de la boca de un pato y acercándola a su boca, la cual abría y cerraba en sincronía con su mano de pato. —*¿Otkuda ty?* —preguntó una vez más, volviéndome a apuntar con su dedo. —*Ty italianets.*

—*¡Ah! Italia. ¡Da, da!* —dije.

Esa de *¿otkuda ty?* (¿de dónde eres?) la añadí a la lista de vocabulario de supervivencia que me enseñó Yana junto a *da* (sí), *niet* (no), *spasibo* (gracias), *ya govoriu plojo po ruski* (no hablo buen ruso), *priviet* (hola) y *poka* (adiós). Por supuesto que las escribí en mi diario tal como las escuché en español. No sabía leer ni escribir el alfabeto cirílico que usan en Rusia.

—¿Jabárovsk? —pregunté con dos dedos sobre mi muñeca desnuda. El tren se suponía que hubiera llegado a Jabárovsk dos horas atrás.

La señora intentó contestarme en ruso pero era una pérdida de tiempo. Se debió haber frustrado conmigo. Para facilitar las cosas, le escribí "Jabárovsk" en un papel junto a la hora de llegada original, luego le hice una equis a esa hora frente a ella—para que viera que esa hora no estaba al día porque el tren se había retrasado—y escribí un signo de pregunta. Ella comprendió rápidamente y escribió la nueva hora de llegada. Cuarentaicinco minutos para la próxima parada, Jabárovsk. El tren se había atrasado casi tres horas.

CAPÍTULO VI

Turistas con privilegios

Al llegar a Jabárovsk, me encontré con tres chicas alegres y energéticas que me esperaban frente a la estación del tren, una de ellas con un letrero grande en sus manos con mi nombre escrito en letras artísticas y en colores llamativos. Al verme, gritaron mi nombre, con la del medio subiendo el letrero lo más alto que pudo para asegurarse que yo la viera. Tenían que saber que era yo, ya que era la única extranjera que salió del tren.

—¿Tú eres Polina? —pregunté a la chica del medio.

—¡Sí! Y la mujer increíblemente sensual que tengo a mi lado es mi amiga y compañera de apartamento, Elena. —dijo Polina, pegando sus caderas a las de ella y agarrándola de la cintura como si le perteneciera su cuerpo. Elena se mojó el labio con la lengua para complementar la escena. —y ésta mujer increíblemente embarazada pero igualmente sensual que tengo a mi otro lado es Alina. —continuó, frotándole la panza a Alina.

—Aquí adentro está Vladimir. —dijo Elena, también sobándole la barriga a Alina. Alina abrió los ojos y me miró incrédula pero sonriente.

—Chicas, compórtense. Signe va a pensar que somos unas locas. —dijo Alina, quemando de un manotazo a ambas Polina y Elena. Yo no paraba de reír. Estaban verdaderamente desquiciadas. —Y ya te he dicho, Elena, que mi hijo no se llamará Vladimir Putin; se va a llamar Santiago.

Continuaron las introducciones mientras salimos de la estación de tren y nos montamos en el autobús que iba de camino al apartamento de Polina. Éste lo conducía un chico más o menos de mi edad cuyo uniforme oficial eran pantalones cortos, sin camisa y en chancletas. Ese tipo de cosas dejarían de parecerme extrañas a medida que siguiera brincando de ciudad en ciudad. Tampoco me sorprendería compartir el autobús de la década de los ochentas—pero con letreros de seguridad y advertencias al pasajero escritos en chino en vez de ruso—con una multitud de caras serias y deprimentes, o de transitar por ciudades con carreteras agrietadas y desgastadas.

—Es que a Alina se le metió por dentro un argentino... —dijo Polina.

—Varias veces... —añadió Elena.

—Y el último decidió quedarse. —dijo Polina.

—¿Tienes un esposo Argentino? —le pregunté a Alina, algo asustada. Esperaba no tener que verlo. Fácilmente sabría que de italiana no tenía nada.

—No, si el argentino se fue pero le dejó un litro de su esperma caliente y espesa por dentro. —dijo Polina.

—Eres tan asquerosa, Polina. —dijo Alina. A mí también me dio un mal sabor el comentario; eran de esos que caen inesperadamente. Luego Alina, con mucha elegancia, cruzó las piernas y descansó sus manos sobre su rodilla. Me dirigió la palabra seriamente. —Tuve un *latin lover*; es todo.

—¡Muy exótico! ¿Cómo lo conociste? —pregunté. ¡Qué alivio! Ya no tenía que preocuparme por ser descubierta.

—Cuéntale esa bella historia de cuando te llevaste a un latino a la cama en la primera noche, perra. —dijo Elena y le dio un beso ruidoso en el cachete. Los insultos mutuos parecían ser cosa del día a día de ellas. —¡Será una historia tan romántica cuando se la cuentes a Vladimir y a tus nietos!

—¡Coño, que no se va a llamar Vladimir! —dijo Alina, empujándola a un lado. —Lo conocí en un bar en el centro. Ahí es donde van los extranjeros. Intercambiamos miradas varias veces hasta que se acercó a mí y me preguntó dos o tres cosas con una que otra línea barata de seducción. Bailamos un poco; tú sabes, lo habitual. Entonces, después que estuvimos un rato conversando y vio que le cogí confianza, me dijo que tenía un problema, una adicción. —dijo Alina.

—¿A qué te refieres? ¿Adicción a qué? —pregunté.

—A las mujeres. —dijo Alina.

—¡Ja! ¿Cómo? ¿Te dijo eso? —pregunté.

—Sí, me lo dijo sin titubear. Era una necesidad que decía no se le quitaba. Me decía que inclusive si él tuviera una relación seria con una chica, que no buscaría serle infiel con otra mujer, pero se conocía a sí mismo. Él conocía mucha gente y le gustaba charlar, jugar con las palabras, jugar con el doble sentido, hacer amigas. A las chicas les gusta eso, les encanta, así que me decía que se le hacía fácil acostarse con cualquiera de ellas aunque no fuera él quien estuviera buscando algo. —contestó Alina.

—Suena como todo un mujeriego. —dije en tono de broma. No obstante, sentí celos ajenos, una molestia en la cabeza por solo pensar en un hombre que se comportara así. Pensé en mi marido, el de mi sueño en el tren. Me pregunté cómo me habría conquistado. Me pregunté qué me habría dicho para lograr que me casara tan joven.

—Lo será, pero no puedo culparlo por ser honesto. Me dijo que su adicción era parte de su ADN. Sus hermanos lo tienen, su padre lo tiene, hasta su abuelo lo tuvo. Por más que ha tratado de quitarse esa necesidad de encima, ese animal, no ha podido superarla. Ahora está resignado a aceptar lo que es y seguir adelante. —dijo Alina.

—Lo debe tener verde ya de tanto meter. —dijo Elena.

—¿Y caíste así porque sí? —pregunté.

—Sí, ¿qué más puedo decir? Prefiero que un chico me sea honesto a que me trate de engañar. Además, es muy apuesto y tremendo conversador. No me aburría con él. —contestó Alina.

—Y lo tenía grande. —dijo Polina.

—Bueno... sí. —dijo Alina, titubeando. Todas reímos.

—¿Entonces, te fue infiel? —pregunté.

—No lo sé. Lo pensé una que otra vez y lo confronté varias veces al respecto pero, ¿sabes cómo me contestó? —preguntó Alina.

—No me digas que te dio una lista de todas cuantas se besó y se llevó a la cama. —dije.

—No, si nunca lo supe. Él me hacía sentir culpable por preguntar. "Te lo tengo ya dicho que yo sufro de una condición. Yo no te pido que estés conmigo; tú estás conmigo porque quieres," me decía. —dijo Alina.

—Ven, Signe. Ésta es nuestra parada. —dijo Polina.

Nos bajamos del autobús frente a otro complejo de edificios ex-soviéticos, copias perfectas de los de la familia de Yana en Vladivostok. Para llegar al complejo, caminamos sobre aceras construidas a medias y veredas de tierra y pasto.

No era un camino bonito. Era un camino casi abandonado en medio de una zona urbana y parecía ser el único acceso peatonal al complejo residencial.

Esa misma noche iríamos a comprar algunas cosas para la cena y pasaríamos por el mismo camino, entonces me daría un aire de histeria visto que éramos cuatro chicas—bellas, por supuesto—caminando a solas por ahí. Sin embargo, aunque era un camino tenue oscurecido por el sol débil que no se quería esconder, no me sentí bajo peligro como mi cabeza me lo quería hacer creer.

—Entonces, ¿quién terminó la relación? ¿Fuiste tú o él? —pregunté. Me tenían intrigada los métodos del argentino.

—Ambos. Yo sabía que su contrato en Rusia llegaría a su fin; él mismo me advirtió de ello un centenar de veces. La despedida fue triste, pero yo ya estaba preparada mentalmente porque sabía que lo que teníamos sería algo pasajero. —contestó Alina.

—¿No lo amabas? ¿Para qué los celos? —pregunté.

—No diría que nos amábamos, pero estábamos juntos. —contestó Alina, luego intentó aclarar lo que dijo porque se dio cuenta que no la seguía. —¿Nunca has estado con una persona que parece perfecta? ¿No te has encontrado con alguien con quien te llevas bien en la relación, puedes hablar por horas y tienes miles de cosas en común pero a quien sabes que no amas?

—Creo que no. —contesté. No veía cómo una relación sin amor podía existir.

—Así fue nuestra relación. Por eso rompimos sin tanto drama. Todavía seguimos siendo amigos, inclusive con mi barriga al máximo. —dijo Alina.

—¿Entonces, sabe que tendrás su bebé? ¿Qué te ha dicho él al respecto? —pregunté. Y yo, ¿habré tenido un bebé? Le rogaba a Dios que no fuera así y que si fuera, que estuviera bien y saludable.

—Sí, lo sabe. ¿Sabes hablar español? —preguntó Alina.

—Sí, *parlo un poco*. —dije, errando a propósito. Era mi lengua materna, pero para todos seguía siendo italiana.

—Mira lo que me escribió. —dijo Alina. Sacó su teléfono y me enseñó uno de los correos electrónicos que le envió el argentino. —Me la envió en español porque sabe que estoy aprendiendo.

«...Sos una mina preciosa. Todavía no puedo sacar de mi cabeza la intensidad de los días que pasamos juntos. Me entristece que nos hayamos dejado llevar tanto por el momento como para cometer un error tan tonto con tan graves consecuencias. Más aún, quedo atónito porque hayas decidido dar luz a la criatura. Vos tendrás tus razones para hacerlo y te las respeto; es una decisión muy personal como mamá. Te aseguro que estoy dispuesto a reconocer a mi hijo y a enviarte dinero para darle sustento, cosa que es mi deber por el papel que jugué en todo esto. Sin embargo, te confieso y advierto que no puedo ser padre para él.

Por acá, en Buenos Aires, tengo mi vida y una mina a quien me he dado cuenta amo verdaderamente y nunca debí haberle fallado. Ahora no sé qué hacer. Quiero casarme con ella, pero ella jamás me perdonaría si se llegara a enterar de lo que pasó entre tú y yo, mucho menos de que tengo un hijo.

Me siento muy tonto al decirte que lo lamento...»

—Es honesto. Cabrón, pero honesto. —dije, cuando al fin me pude sacar la mano de la boca.

—Ella ya dejó eso atrás. Ahora está loca por trepársele encima a un chico holandés. —dijo Polina, quien me acababa de servir el primer trago.

—¡Cállate! Signe no me conoce y seguramente ya piensa que soy una puta. —dijo Alina.

—¡Para nada! Cada cual hace lo que quiere. Viendo la foto de ese argentino, no te culpo. —dije.

—Solo se han visto por Internet. —dijo Elena. Yo casi me atraganté con el trago. —Ella está ahorrando dinero como loca para pagarse un viaje a verlo y darle de su cariño.

—El chico es muy tacaño y no quiere pagarle el viaje; tampoco viene a Rusia a visitarla. —dijo Polina mientras picaba unos vegetales para la cena.

—No es cierto. Yo le dije que quiero pagar el viaje con mi propio dinero. No quiero que me vea como una de esas esposas rusas que se compran por Internet. Tampoco quiero que venga aquí como si ya fuera mi novio. Quiero conocerlo, ver cómo se comporta. —dijo Alina.

—Ver si sabe darle lo que le gusta. —dijo Polina

—Eres una puerca, ¿te lo he dicho ya? —dijo Alina.

—Claro que lo sabe. —dijo Elena. Cogió un pepino, cerró los ojos y se lo metió a la boca hasta la mitad con la lengua por fuera, luego le dio un mordisco a la punta. Se lo ofreció a Alina sugestivamente; ella se lo quitó de las manos y se lo comió tranquilamente.

—Además que nos encontraremos durante mis vacaciones en invierno. Prefiero ir a Europa que pasarla aquí. Demasiado frío. No se puede salir. —dijo Alina.

—¿Y el bebé? —pregunté.

—Sí, el holandés lo sabe todo; está dispuesto a hacer funcionar la relación. —dijo Alina.

—Esperemos que se lo goce todito, nos traiga muchos chocolates y no nos vaya a regresar con otra barriguita, ¡eh! —dijo Elena, halando a Alina de los cachetes.

—Si pasa, sería por culpa de Polina. Ella fue quien me dio la dirección de la página de Internet por la que nos conocimos. —dijo Alina.

—No vengas a echarme la culpa, que ese es un sitio para conocer gente con ganas de viajar, no para buscarse novios. —dijo Polina. Se había ido unos segundos y regresó con su computadora. Puso la pantalla frente a mí para que la viera. —Aquí hay muchos chicos que quieren irse de viaje pero no quieren irse solos. También hay muchas chicas que están locas por irse de viaje, como yo, pero no tienen suficiente dinero para hacerlo.

—¿Entonces los chicos están dispuestos a pagarle el viaje a la chica? —pregunté.

—Sí, así funciona. —dijo Polina.

—¿A cambio de qué? —pregunté. Estaba esperando que Elena o Alina se pusieran con sus chistes obscenos pero se quedaron calladas.

—No te creas. —dijo Polina. La mente cochambrosa como la tenía, obviamente supo lo que me pasó por la mente. —No estás obligada a hacer nada que no quieras hacer.

Había pocos pasos a caminar entre lo que Polina hacía y la prostitución. Ella estaba dispuesta a dejarse pagar un viaje a un país exótico por un desconocido, alguien con quien solo había intercambiado algunas palabras por Internet. Sabía lo que el chico esperaría de ella y Polina, con fotos provocativas semidesnudas en su perfil, usaba su cuerpo para ganarse unas vacaciones libres de costo al sur-este de Asia. El sexo como requisito se sobreentendía; no había que hablar de ello.

Polina negaba esa responsabilidad como si ella tuviera la opción pero, habiendo hablado con ella y babeándome ante los abdominales vertiginosos del chico en la pantalla, diría que dejaba sus opciones tan abiertas a lo que viniera como sus piernas. Para ella el sexo, especialmente con un desconocido, formaba parte integral de la experiencia turística.

Seguramente tenía la opción de decir que "no" a los avances sexuales que hiciera el chico, a menos que ese desconocido decidiera llevársela a la cama a la fuerza. Esto no era una película; dudo que intentara violarla. No, al encontrarse con el auspiciador de su viaje ella tendría tres opciones: aclararle desde un principio que no haría nada con él, entregarse físicamente a él, o tentarlo durante todo el viaje y dejarlo con las ganas de más. Bueno, aunque siendo mujer, no descartaría una mezcla de todas las anteriores.

Él tendría que ajustarse de acuerdo a la oferta y disposición de Polina, lo cual podía ser riesgoso para ella. Si ella se soltaba demasiado y no resultaba ser tan buena en la cama como él esperaba, me imagino que él sería capaz de desaparecer y no pagarle su estadía. Al pensarlo bien, ese sería el riesgo más grande para cualquiera de las opciones. Polina necesitaría manejar la situación con pericia si es que no quería pagar nada. Que manejara la situación o que se conformara con que el vuelo estuviera pago y se ocupara de sus hoteles y comidas por sí misma. De todas maneras, el costo grueso lo desembolsaría el chico; otros gastos eran mínimos.

Polina se veía como que tenía mucha experiencia en estas cosas; le iría bien sola. Seguramente era experta en las tácticas que Katia, la mejor amiga de Yana, aplicaba para pagarse sus tragos y acostarse con hombres. Sin embargo, debía estar muy cansada de ese juego tan superficial. Además, los chicos borrachos no se desempeñan muy bien en la cama. Por eso debió haberse metido en algo como esto, no solo por un viaje gratis. Al menos ha estado hablando con el chico. Llevarse bien por Internet tiene cierto, aunque poquísimo, valor. Si se gustaban, aunque fuera solo para algo sin compromisos, se permitirían sacarle más provecho al viaje y no solo se limitarían a complacerse a nivel físico.

Eran muchas cosas a considerar. Me daba la impresión de que Polina no tomaría esa decisión sino que hasta encontrarse cara a cara con el hombre. El cosquilleo le ayudaría a tomar la decisión final.

—Tu foto de perfil se ve increíble. Pareces una modelo. —dije. Desvié el tema de conversación porque no quería meterme en esas cosas tan personales ni tampoco en el juego de doble sentido—o sentido literal—que jugaban sus amigas por divertirse. No había tanta confianza entre nosotras.

—¡Gracias! Esa foto salió en una revista de modas muy famosa. Hicieron una competencia de debutantes en Rusia. Solo tuve que sacarme las fotos y enviarlas. La seleccionada saldría en la portada de la revista, y esa fui yo. —dijo Polina.

—Muy sensual. No lo puedo creer. Esa no eres tú—dije. Ella seguía conversando con el chico por la computadora.

—¡Claro que soy yo! Mira. Te voy a hacer la pose en la foto. —dijo Polina, luego brincó encima de su cama, se acostó de espaldas con una rodilla al aire y arqueó su cuerpo hasta que su mirada cayó sobre mí por encima de su frente.

—¡Eres tú! —dije.

—Tengo más fotos, si las quieres ver. —dijo Polina, regresando a su computadora.

No lo podía creer. Me pareció increíble ver cómo una foto podía cambiar tanto el aspecto de una persona. Polina me enseño sus fotos—entre otros vídeos y fotos en varias posiciones al desnudo con ex-parejas que tenía en el mismo archivo, los cuales no abrió—pero no era realmente ella quien estaba en esas fotos que sometió a la revista; era otra persona. La chica de las fotos tenía un cuerpo perfecto, curvas envidiables, ojos que hechizaban. Polina no era así. Ella era mucho más gruesa que Alina, quien era de su misma estatura. Más aún, su grosor sobrepasaba al de muchas rusas de su edad. Sus piernas temblaban como gelatina al caminar; sus nalgas eran muy redondas para su estatura; tenía una panza que iba a la par con sus infladísimos cachetes. Lo único que le iba a su favor era que tenía buenas tetas; a los chicos les gustan las tetas grandes.

—Han quedado geniales. ¿Las tomó un fotógrafo profesional? —pregunté.

Tenía curiosidad por saber con quién y cómo se había logrado ese engaño visual. Las docenas de chicos guapísimos al otro lado de su computadora estaban siendo engañados. Pondrían su dinero en un pasaje para llevarse a una supuesta modelo, pero estarían más que decepcionados al ver los frutos de la inversión. Daba igual; tal vez el engaño era mutuo.

—¡Elena! Signe dice que eres la mejor fotógrafa profesional que ella haya visto. —dijo Polina.

—Lo sé, mi amor. Lo sé. —gritó Elena.

—Fue ella quien las tomó. No sabe usar la cámara bien, pero tiene un súper ojo para las poses. —dijo Polina.

Increíble. Estaba convencida de que alguien había manipulado digitalmente esas imágenes. Me equivoqué; era ella misma. Con el ojo de Elena como asistente mientras Polina contorsionaba su cuerpo para un lado y otro, había logrado cubrir sus faltas "gruesas". La foto ganadora enseñaba una pierna gelatinosa y el contorno de sus enormes nalgas a lo lejos en la oscuridad, pero la pose no permitía deducir su corta estatura ni el grosor de sus muslos. Su cuerpo arqueado hacía desaparecer su panza y enfatizaba el volumen de sus tetas. ¿Y qué con sus cachetes englobados? Con una pose normal, parada, no los hubiera podido esconder. Ahora, casi de cabeza con el cuello inclinado hacia atrás, esa pose que hubiera hecho a una bella modelo verse esquelética le dio a Polina el perfil perfecto. Su belleza existía, pero era manufacturada con ingeniería de ángulos y trucos ópticos. Elena era una verdadera maestra.

CAPÍTULO VII
Tacos con queso

El baño de Polina y Elena no caía dentro de mi concepto de lo que debía ser un baño. Primero que nada, estaba dividido en dos cuartos, cada uno con su respectiva puerta en el pasillo del apartamento. Una toalla tirada en el piso mantenía una de las puertas abierta para dejarle al gato un espacio de entrada—sí, al igual que Yana, estas chicas también tenían un maldito gato. La puerta con la toalla atorada—llena de pelusa, por cierto—daba acceso a un cuarto donde solo cabía un inodoro y una canasta para el gato. La canasta, naturalmente, apestaba a mierda y orín de gato; sin acceso a ésta, el gato maullaría toda la noche hasta despertar a las chicas. Odio a los malditos gatos.

En lo que orinaba, me puse a pensar por qué el inodoro tendría su propio cuarto pero no llegué a ninguna conclusión lógica. Luego me contaron el raciocinio detrás del diseño.

—Es más práctico separar la ducha del inodoro. Así dos personas le pueden dar uso a la vez. Una se baña mientras la otra se sienta. —diría Alina.

Yo no encontré el diseño muy útil. Al terminar de orinar, comoquiera tuve que ir al cuarto de la ducha para lavarme las manos. Si el cuarto hubiera estado ocupado, hubiera tenido que lavarme las manos en la cocina. ¿No era eso menos higiénico?

Al meterme al otro cuarto de baño, me la pasé un rato tratando de encontrar cómo lavarme las manos. Resulta que el lavamanos—tan pequeño que casi no me cabían ambas manos a la vez—no tenía pluma de agua. Detrás de mí había una lavadora de ropa. A mi alrededor había mucha ropa secándose. Camisas, pantalones y pantis de colores colgaban sobre cordeles encima de la bañera y sobre la tubería de calefacción instalada en las paredes. El baño había sido diseñado para ser práctico—de una manera inusual—y eficiente—de una manera extraña—para optimizar usos y espacios. No había sido diseñado por Polina o Elena, sino que por la antigua Unión Soviética.

Finalmente encontré la pluma de agua en la bañera. Ésta era lo suficientemente larga como para poder rotarse y usarse ya sea para darse un baño o para el lavamanos, el cual le quedaba justo al lado. Desde mi punto de vista, convenía también para alcanzar el cepillo de dientes y lavármelos cómodamente bajo el chorro de agua tibia de la ducha. Tan obvio que era, se me había pasado de la vista. El baño de Yana no tenía eso.

—¡Signe, la comida está lista! —gritó Polina desde la cocina. —¡Oye, y no pites dentro de la casa!

—¿Por qué? ¿Cómo es eso de que no puedo pitar? —pregunté al llegar a la cocina. No me había dado cuenta que estaba silbando pero de todas maneras me pareció raro que me llamaran la atención.

—No vas a tener dinero y me vas a dejar a mí sin dinero porque lo estás haciendo dentro de mi casa. —dijo Polina.

—¿Cómo dices? —pregunté.

—Ignórala. Es una superstición tonta. —dijo Alina.

Noté que mientras estuve en el baño, dos chicas más se habían unido a la cena.

—Hola, me llamo Signe. —dije, saludando a las chicas.

—Hola. —respondieron ambas en un inglés tan forzado que sabía que no lograríamos conversar bien. Abrieron los ojos bien grandes ante el miedo de hablar inglés.

—Estas son Ekaterina y Anna. —dijo Polina mientras ponía una torre de tortillas de harina de trigo en el centro de la mesa de la cocina, algunos platillos con carne molida y los complementos. Era noche de tacos. —Hoy es la única noche en que podemos estar todas juntas antes de que nuestra amada Elena se nos vaya a Tailandia para siempre.

—¿Tailandia? No me lo habían mencionado. —dije. De lo poco que sabía de Tailandia solo me vino a la mente drogas, hombres viejos teniendo sexo con menores de edad, masajes con sorpresa y mujeres con penes.

—Tengo unas amigas allá que me dicen que es muy fácil conseguir trabajo solo sabiendo inglés. —dijo Elena.

—¿Qué tipo de trabajo harías? —pregunté. Ya le estaba dando una mordida al taco y confieso que, para ser unas rusas cocinando un plato mexicano, les quedaron ricos.

—No sé; no me importa, en realidad. Voy a estar feliz con ocho horas de trabajo diarias en un hotelillo cualquiera frente a la playa. Puedo también trabajar de mesera en un restaurante, de cantinera en un bar, o inclusive dar clases particulares de inglés. Allá la vida es sencilla, lenta y hay mucha fiesta. —dijo Elena.

—Suena como un paraíso. Nunca he ido. —dije. ¡Ja! Sabe Dios si me ganaba la vida de "masajista con sorpresa" en

74

Bangkok. —¿Cuánto tiempo piensas estar en Tailandia? ¿Regresarías a Rusia?

—Yo espero que no tenga que regresar. Los inviernos en Rusia son terribles y tristes; no puedo casi ni salir del apartamento. —dijo Elena.

—La gente aquí es aburrida y está cerrada de mente porque nunca han salido de la burbuja rusa; ni siquiera nos educan bien para que hablemos el inglés. —dijo Polina, poniendo cinco vasitos de cristal sobre la mesa y llenándolos de tequila. En Rusia, los *shots* se toman con la comida.

—El gobierno es corrupto y el país está estancado; no se desarrolla. —dijo Alina, cortando los limones.

—Tailandia es verde, soleado, y el invierno no existe. ¡La gente es alegre y amigable! De la única manera que regresaría sería si se me acabara el dinero y se me hiciera imposible conseguir un trabajo. —dijo Elena.

—Yo he ido a Europa y a Estados Unidos. Allá todo es más lindo, más bonito y más barato. —dijo Polina, subiendo el vaso de cristal. Todas automáticamente chocamos vasos y nos dimos el *shot*. Cuando pensaba en Rusia, pensaba en vodka, pero durante el viaje creo que bebí más tequila que nada, al gusto de los propios rusos.

—Sí, pero no quieren mucho a los rusos. ¡Es tan difícil conseguir la visa! —dijo Alina.

—Es que hay muchas chicas que a lo que van es a buscar marido o a prostituirse. Las rusas somos demasiado bellas. —dijo Polina en tono de broma.

—Sí, ya me rechazaron la visa de los Estados Unidos una vez. Me dijeron en la embajada que yo era una candidata de alto riesgo a convertirme en inmigrante por ser joven y no tener muchas estampas en el pasaporte. —dijo Elena.

Aunque mi pasaporte estuviera tan vacío de estampas como lo estaba mi memoria, yo sabía que con un pasaporte italiano podía irme prácticamente a donde quisiera. Yo no tenía las preocupaciones que tenían ellas. A veces uno toma por dada la libertad de viajar. A otra gente se le hace tan difícil irse a un país "desarrollado", aunque fuera solo de vacaciones. Cuando a esa restricción se le añade lo feo que la gente habla de su país—de lo aburrido que es Rusia, de lo machista que es la gente, de lo mal que se vive, de que se sienten como dentro de una prisión, de que quieren escapar...—entonces no hace más que agravar la situación y ahogar al ciudadano en sus propias frustraciones.

—No es solo eso, sino que también van muchas familias rusas adineradas. A cualquier país que van llegan como reyes y tratan a todo el mundo como plebeyos. Son muy antipáticos, del tipo de turista que hace ver mal al país entero. Mi amiga en Tailandia me dijo que por el sur, en las islas, hay muchos de esos tontos. —dijo Elena.

Me sorprendió mucho el desprecio que le tenían a su país. Aunque yo no supiera de que país venía, se me hacía difícil pensar que no amaba al país que me había dado vida, que me había criado, que me había hecho quien era. Estaban dispuestas a irse para siempre sin mirar hacia atrás, a casarse con extranjeros de culturas divergentes, a romper sus aspiraciones profesionales a cambio de fiesta, sol y playa. Lo harían sin pensarlo porque estaban desilusionadas.

Simpatizo en cierta manera con lo que hacían porque al menos estaban haciendo algo al respecto. Sin embargo, no creo que la desilusión sea la razón correcta para cambios tan extremos en la vida. Lo que querían era escapar, divertirse, vivir la buena vida, llenar los vacíos superficiales de ésta. Estaban buscando utopías a través de atajos. En su debido tiempo, con lo que se encontrarán será con las mismas desilusiones del pasado. Sin aprender de sus errores, querrán escapar una vez más. ¿A caso creerán que los sueños y anhelos hechos realidad solo traen risas y sonrisas?

Una de las dos rusas que no hablaba inglés dijo algo. Me pareció una queja, como si las estuviéramos ignorando por hablar solo en inglés. De ahí surgió otra conversación entre ellas en ruso. No se volvió a hablar en inglés el resto de la noche, salvo a cada vez que se sirvieron tragos para brindar y marihuana para fumar. A fumar dije que no. No me gusta el humo. Si mi memoria hubiera estado al día, tal vez hubiera podido contribuir más. Tenía más preguntas que experiencias a compartir, pero no quería que pensaran que las estaba juzgando con mi curiosidad.

Al otro día estaría yo sola caminando por las aceras de Jabárovsk. Ninguna de las chicas quiso acompañarme. Según ellas, en su ciudad no había nada interesante que ver. Preferían quedarse en la cama y descansar de una larga semana de trabajo. Me dieron los números de los autobuses que necesitaba tomar para regresar al apartamento; me escribieron el nombre en ruso de la mejor parada en dónde comenzar mi caminata—para enseñársela al chofer del autobús—y listo; me encaminé solita.

Al contrario de mis nuevas amigas, yo encontré todo a mi alrededor interesantísimo: el cielo azul eternamente despejado; los bailes tradicionales con trajes coloridos que hacían para el público en los parques; las plazas rodeadas de edificios de colores; las catedrales ortodoxas con cúpulas doradas; hasta los pequeños locales de venta de ropa barata como a los que fui en Vladivostok, todos tocando la misma música electrónica rusa como si se tratara de una conspiración para irritar a los clientes. Comprendía si las chicas no se motivaban a ir a ver esas cosas—con una o dos veces bastaba—pero para mí eran cosas desconocidas, diferentes.

Incluso conocí a una pareja de rusos jóvenes, de mi edad, y pasé un rato con ellos. Me vieron parada frente al borde del río y quisieron saludar, seguramente curiosos al ver una extranjera en su ciudad.

—Signe, es una suerte que nos hayamos topado contigo. Sabes, estamos locos por darnos un viaje a Roma. —dijo la chica pelirroja luego de que les contara a ambos acerca de mi viaje a través de Rusia. Llevaba puesto un sombrero amarillo con una banda negra, de lo más lindo.

—¡Sí! A mí me encanta la arquitectura. ¡Ver las catedrales, el Coliseo, el Foro Romano, la Fontana di Trevi, el Panteón! —añadió el chico. Le brillaban los ojos de la ilusión como si tuviera grabado en su corazón cada rincón de todos esos lugares que solo había podido ver en fotos. —Dime Signe, ¿cómo se siente estar dentro del Panteón?

—¿El Panteón? —pregunté, como si reflexionando. No sabía de lo que estaba hablando. ¿Eso era una palabra? Yo, de todos esos lugares que él había mencionado, solo reconocí el Coliseo. No sabía si alguna vez lo había visto o si solo lo conocía por fotos, pero sabía qué era. ¿Por qué no me preguntó acerca de eso en vez del Panteón? Igual me tocó improvisar. —Las palabras no bastan para describir al Panteón. Imponente, más grande que un ser humano. —contesté. Sabía que iba por buen camino porque el chico se veía inspirado. —Es increíble cómo algo tan antiguo ha podido quedar en pie por tanto tiempo.

—Y justo en medio de la ciudad. —dijo el chico.

—Así mismo es. Es algo que, si vas, no te lo puedes perder. A mí me da vergüenza que por ser romana y tenerlo a mi alcance todos los días, no le preste tanta atención a tal monumento de la humanidad. —dije.

—¡Yo lo que quiero es hacer compras! —dijo la chica, que poco parecía importarle lo histórico. —¡Allá están todas las buenas marcas! ¿En Italia, cuántos—

—¡Espero que me digan cuándo van a pasar por Italia y tal vez se pueden quedar en mi casa! ¡Los puedo llevar para donde quieran! —dije, interrumpiendo a la chica antes de que me pusiera en aprietos.

—¡Eso sería genial! —dijo la chica, luego le dijo algo al chico en ruso.

—Signe, estábamos pensando, si quieres te podemos llevar a un lugar muy especial de la ciudad. Hay una muy buena vista al puente que cruza el río Amur. Es gigantesco. —dijo el chico.

—¿Dónde está? ¿Queda lejos? —pregunté.

—Hay que ir en carro. Tenemos que llegar hasta las afueras del pueblo. Por ahí hay un camino que llega hasta los altos, donde hay una fábrica abandonada. La vista hacia la ciudad es espectacular. —dijo el chico.

Me sentí extraña porque no me parecía normal que alguien invitara a dar una vuelta a una desconocida; podía ser un peligro tanto para ellos como para mí. Menos aún, que el destino fuera una fábrica abandonada en las afueras de la ciudad. Además, no podía olvidar que de los pocos recuerdos que tenía en mi cabeza, uno de ellos era bastante violento y precisamente se llevaba a cabo dentro de un carro. Había mucho espacio para levantar sospechas.

Sin embargo, esa mentalidad no existía tal vez porque ese tipo de peligros no era común allá. No era algo normal. Para ellos, su invitación fue solo un gesto amigable y hospitalario. Yo lo debí ver así, pero esa forma de pensar no me venía de manera natural. Dudé. Casi les dije que no. Me tuve que convencer de cambiar mi manera de pensar. Después de todo, era una pareja de jóvenes—a mi juicio inofensivos—, no tenía nada de valor conmigo y el que hubiera una chica en el grupo me hizo pensar que el riesgo podía ser menor—las chicas son menos propensas a participar en crímenes, mi intuición me decía.

—Suena como algo divertido. ¡Vamos! —contesté. Les di el beneficio de la duda y me monté en el carro.

Efectivamente, me llevaron hasta la cima de una colina en las afueras de Jabárovsk, donde había una fábrica abandonada de ladrillos rojos con su decoración grafiti ocasional.

—La fábrica nunca fue terminada, simplemente el proyecto fue dejado a medias durante la era soviética. —dijo el chico, mientras admirábamos la vista hacia el río Amur. Árboles altos y frondosos crecían en buen equilibrio con las residencias suburbanas. El verde predominaba y daba frescura al paisaje.

—Ese puente me parece familiar. —dije. Era un puente largo de dos niveles; los carros pasaban por la planta de arriba mientras que los trenes pasaban por la base.

—Por ahí pasa el tren transiberiano. A lo mejor ya pasaste sobre él. —dijo la chica.

—No, no ha pasado sobre él todavía. Recuerda que ella viene de Vladivostok. —dijo el chico a su novia, luego se dirigió hacia mí. —Seguramente pasarás sobre él esta misma tarde de camino a Buriatia.

—Entonces lo habrás visto en el billete de cinco mil rublos. ¡Eres una chica adinerada! —dijo la chica.

—La foto del puente que sale en el billete la tomaron desde aquí mismo donde estamos parados. —dijo el chico.

—Pues de ahí debió haber sido. Ya sabía que lo había visto antes. —dije. Sí que lo había visto antes; era uno de los sesenta billetes que llevaba en la mochila.

Cuando regresé al apartamento, estaban Polina, Elena y Alina tiradas en la cama viendo telenovelas rusas. Así las había dejado esa misma mañana, solo que ahora se estaban comiendo las sobras de los tacos mexicanos que cenamos el día anterior y que desayunamos antes de yo salir a caminar; aún quedaban sobras. Me pareció curioso que dejaran todas esas sobras encima de la mesa durante la noche sin miedo a las ratas o cucarachas. Me sentía como si esa amenaza fuera obvia, pero en Rusia se pasa tanto frío la mayor parte del año que las plagas no se proliferan igual que en otros países.

—Hola. —dije.

—Hola. —dijo Alina, pegada al televisor.

—Hola. —dijo Elena, pegada al televisor.

—Hola. —dijo Polina, pegada al televisor.

—Me pica una teta. —dijo Alina.

—Se está rascando la teta izquierda. ¡Ese es el holandés pensando en ella! —dijo Elena.

—¿Cómo? ¿Por qué el holandés? —pregunté.

—¡Qué rico! Debe estar imaginándote desnuda, lamiéndole todo el cuerpo. —dijo Polina, comportándose indecente con su lengua y el taco enrollado que tenía en su boca.

—¿Te he dicho ya lo cerda que eres, Polina? —dijo Alina mientras se sacaba la mano de por debajo de sus pijamas.

—Signe, es una estúpida creencia rusa. Si te pica la teta izquierda, tu amor está pensando en ti.

—Aún no he visto al famoso holandés. ¿Tienes una foto? —pregunté.

—Te la enseño ahora. —contestó Alina mientras sacó su teléfono de la cartera.

—¡Qué alto! Es muy apuesto. —dije mientras Alina iba cambiando de foto en foto.

—Eh, pues. Ese es su pene. —dijo Alina, escondiendo rápidamente el teléfono. Todas gritaron.

—¡Déjame ver, déjame ver! —dijo Elena mientras intentaba trepar el brazo alzado de Alina y alcanzar el celular.

—Me envió una foto para que la mire cada vez que piense en él; así no lo olvidaré. —dijo Alina, luego empujó bruscamente a Elena hacia atrás pegándole en la frente con la palma de la mano.

Sonreí y pretendí estar sorprendida, pero en realidad no lo estaba. Tras haber pasado medio día rodeada de las mentes sanas y bromas constructivas de la pareja que me llevó a ver el puente, caí en cuenta que era el segundo día en que el sexo sucio y explícito figuraba como el tema principal de discusión de esas chicas. Me sentía saturada de lo que para ellas era solo una conversación del día a día. Me pareció enfermizo. Afortunadamente, mi tren a Irkutsk salía esa misma tarde. No creo que hubiera podido aguantar más tiempo sin salirles con un comentario sarcástico.

—¡Oh, mi amada Alina! ¡Te voy a extrañar tanto! —dijo Elena, luego se tornó hacia ella y le dio un beso tocado en los labios. —Signe, tienes que saber que Alina da la mejor comida de chocha del mundo. —añadió. Se le escapó un gruñido y amarró sus piernas alrededor de su amada.

CAPÍTULO VIII
Inspección sorpresa

Sesenta horas de recorrido entre Jabárovsk e Irkutsk. Todavía es la hora que no sé a cuántos kilómetros equivalía la jornada pero—poniéndolo en perspectiva—cada día que pasaba en el tren había que restarle una hora al reloj. Bueno, en realidad fueron tres días completos de veinticuatro horas, contando los retrasos inevitables que sufrían los trenes rusos. Cuando todo parecía ir bien, de la noche a la mañana se cagó todo y las horas extra se fueron acumulando. Nunca lo entendí, si no había averías.

Tantas horas estancada en el tren me hicieron pasajera experta, como si estuviera en mi casa. Los silbidos del tren no me molestaban, ni el *"tacán, tacán"* de las ruedas contra los rieles, ni el jamaqueo brusco que daba el tren al cruzarse con otro tren. Podía dormir mientras otros seguían despiertos intentando no hacer ruido—pero haciéndolo comoquiera—, o mientras hacían mi cama temblar cada vez que se agarraban de una esquina para subirse o bajarse de las suyas. Ya me había acostumbrado a, tan pronto entrara al baño, asegurarme que había papel de inodoro cosa de no verme forzada nuevamente a usar métodos alternos de limpieza. Ya no le mencionaba la madre a los idiotas que seguían meando el piso y la tapa del inodoro.

Hasta hice amistad con la azafata. Fue muy paciente conmigo explicándome cómo ubicarme en tiempo y espacio. Resulta que eso de estar cambiando las horas del reloj era inútil. Todo el sistema ferroviario operaba en hora de Moscú. No importaba la hora que tenía ni que la cambiara o la dejara de cambiar. La hora de Moscú era la que valía. La misma azafata no tenía ni idea de la hora real. Ese fue el primer paso: poner mi reloj en la hora de Moscú.

Luego la azafata me enseñó el itinerario del tren. Yo le seguía preguntando a qué hora íbamos a llegar a Irkutsk y ella siempre me apuntaba al papel pegado en la pared junto al tanque del calentador de agua. Naturalmente, estaba todo escrito en ruso salvo a los números. Fue con señas que llegamos a entendernos. Ella me decía con las manos cuál era la próxima parada, la buscábamos en el itinerario y buscábamos la hora de llegada oficial. Ahí era que veíamos cuán atrasados estábamos. O sea, si la próxima parada era Ulan Ude y decía que la hora de llegada era a las once de la mañana pero actualmente eran las dos de la tarde, entonces el tren estaba atrasado poco más de tres horas. Entonces la azafata me apuntaba a Irkutsk y a la hora oficial de llegada que decía, la una y media de la mañana, le añadía tres. Llegaríamos a Irkutsk a las cuatro de la mañana.

Para mierda me sirvió eso, si el tren seguía retrasándose y retrasándose. Cuando pasamos las diez horas, no hice más que reír. Pero de todas maneras no resistía la tentación de preguntarle de vez en cuando. La acostumbré a que me escribiera en un papel solo las horas de retraso. Ella se mantuvo así, amable en todo momento.

Me hubiera gustado poder hablar más con la azafata, saber de su vida. Es que yo la veía siempre tan solitaria en el vagón. Nadie le hablaba, aunque tal vez no se lo permitían por razones profesionales. Tenía sus compañeras, pero ni si quiera entre ellas socializaban y, cuando lo hacían, era de una manera tan sosa, tan seria. No me imaginaba lo aburrido que debía ser su trabajo. Yo era una chica extranjera cruzando Rusia en tren por primera vez. Para mí todo era nuevo e interesante sin importar que estuviera sola o cansada o aburrida; me lo disfrutaba. Sin embargo, para ella el quedarse sentada haciendo nada—salvo a las veces que repartía sábanas y vendía chucherías de comer—era su pan del día a día. Tal vez las primeras veces pudieron haber sido algo de aventura pero hacerlo meses, tal vez años, sería para cometer suicidio, para devorarle el alma.

Aunque me imaginaría que chicas como Polina, Elena y Alina le sacarían provecho a la situación. Seguramente no se perderían ni una sola oportunidad para encerrarse en sus compartimientos con un pasajero—¿o pasajera?

Esas chicas tuvieron una impresión muy fuerte sobre mí, tanto que me dejaron la mente sobresaturada de obscenidades. Había que darles crédito por ser tan abiertas de mente, mujeres tan libres. No solo se expresaban sin inhibiciones, sino que actuaban como tal. No le tenían miedo a eso de casarse o no casarse, de vivir en uno u otro país, de hacer el amor por simple deseo y no por "amor", de aventurarse a las aventurillas. ¿Para qué dedicarían tiempo y esfuerzo a una relación si lo que buscaban no estaba a ese nivel?

Aunque las admiré, no me convencí. Las chicas de Jabárovsk soltaban y no buscaban nada a cambio. Para ellas todo era puro placer y seguramente no se les hacía difícil usar y descartar. Yo creía en algo diferente, algo más en la liga entre Yana y Katia. Yana era un poco abierta pero parecía del tipo que prefería sentir antes de actuar. Katia se soltaba y lo daba todo pero luego se preguntaba por qué no encontraba a alguien a quién amar.

Me preguntaba, ¿cómo habrá sido mi relación con ese hombre en mis sueños? ¿Cuánto nos habremos amado? ¿Por cuánto habremos pasado juntos? A veces se me ocurría que era mejor no recordar nada, si lo que me esperaba era llorar un amor perdido.

De camino a Irkutsk, el tren se detuvo un par de veces para ser inspeccionado. Eso no estaba en los planes. Eran las inspecciones lo que precisamente me quería evitar al tomar el tren en vez del avión. Me puse muy incómoda. No estaba preparada. No me imaginaba que rebuscarían el tren incluso estando dentro de territorio ruso.

La primera de ellas fue entre Chita y Ulan Ude; la segunda, entre Ulan Ude e Irkutsk. Se montaban a bordo al menos cuatro oficiales por vagón. Uno traía un perro, el cual daba dos rondas por cada cabina husmeando equipaje. Otro venía con una llave maestra que le daba acceso a todos los compartimientos en los techos y paredes de la cabina inaccesibles a pasajeros; él se aseguraba que estuvieran libres de contrabando. Los otros dos oficiales iban verificando pasaportes; generalmente eran chicas jóvenes que se veían muy monas con sus uniformes y sombreritos.

La inspección con el perro y la llave maestra me dejó de preocupar cuando vi que no estaban verificando adentro del equipaje; no se tropezarían con el dinero. Yo no llevaba drogas, por lo que la nariz del perro no me metería en líos.

Esas inspecciones se llevaban a cabo para evitar contrabando de China o de Mongolia. Allá las cosas parecían ser tanto más baratas y era tan fácil cruzar la frontera que quien lograra cruzar productos a través de la frontera podía ganar lo suficiente en la transacción como para sobornar a todo el sistema de seguridad ruso. ¿Será por eso que veía más mujeres que hombres trabajando en eso? ¿Será que las mujeres son más difíciles de corromper?

La inspección de pasaportes fue otra cosa; esa sí me revolcó el estómago. Fue porque compartí mi cabina con dos hermanas rusas, gemelas idénticas. Se vestían igual, tenían el mismo peinado, comían y merendaban lo mismo a la misma vez, cosa que me estuvo raro considerando que debían tener casi treinta años—con algunos minutos de diferencia—y a esa edad pensaría que ya se habrían independizado una de la otra. Tan idénticas eran que a la oficial se le hizo muy difícil distinguir ambos pasaportes; por eso me puse tan nerviosa. No pensaba que iban a ser tan estrictos con los detalles. Para colmo, una de ellas se rehusó desafiantemente a entregarle el pasaporte a la oficial una segunda vez. Me la imaginé siendo esposada y tirada al suelo por incordia, pero la oficial le habló con mucho respeto hasta que finalmente la chica cedió.

Luego fue mi turno, la chica que viajaba sola y no sabía hablar ni ruso ni italiano, quien además cargaba con un pasaporte italiano "oficial" y a quien, si le preguntaban algo de su pasado, tendría que inventárselo. Ah, tampoco se podía olvidar su bolso lleno de cientos de miles de rublos y el sueño que la ponía como testigo principal en el homicidio de su marido. Nada de irrazonable pasaba con mis nervios.

La oficial revisó mi pasaporte italiano de rabo a cabo, página por página, buscando estampas. Tal vez le dio curiosidad ver un pasaporte extranjero, especialmente uno europeo, ya que por esa zona y en esa dirección no pasaban tantos de "nosotros". Para la inspección de la foto tuve que pararme frente a ella; me pidió que la mirara a los ojos. Eso me calmó los nervios. Yo no paraba de sonreír porque me sentía extraña mirándola a los ojos tan profundamente. Seguramente ella pudo percibirlo. Su sonrisa la tenía escondida; después de todo, estaba trabajando y tenía que mantener las cosas serias. Sin embargo, los nervios me regresaron cuando me hizo señas para que dejara de sonreír. Buscaba algo en la foto, algo que no correspondiera a mi rostro al cien por ciento. No lo encontró.

Por un lado, obviamente me sentí aliviada porque no había encontrado nada. La simple pregunta de "¿qué haces en un tren en dirección a Moscú si entraste a Rusia por San Petersburgo?" me hubiera puesto a tartamudear. Nadie tomaba el tren transiberiano ida y vuelta. Por otro lado, me hubiera gustado que hubiera encontrado algo extraño, algo que me hubiera dado una pista a quién yo era. Me hubiera encantado pasar por todo el lío de responder preguntas y de inventarme las respuestas si era necesario, tan solo si de alguna manera tuviera la garantía de que no perdería mi libertad como consecuencia. Tonta. Eso hubiera sido muy sencillo, irreal. No; si me agarraba la policía rusa estaría atascada profundamente en la mierda, nadando entre capas densas de lo que llamaría "mierdez".

Después de la segunda inspección, me senté como de costumbre a admirar el paisaje. Me preguntaba cómo podía ser que lleváramos más de dos días viajando en un tren y el paisaje se pudiera mantener tan prístino como la primera vez que lo admiré en Vladivostok. Eternos llanos verdes con su arbolada ocasional, el cielo azul y despejado. Podíamos haber estado dando círculos alrededor del mismo lugar y yo no hubiera notado la diferencia.

Entonces fue que se apareció el majestuoso lago Baikal, el lago más hondo, más voluminoso y más antiguo del mundo. Los llanos pintados de verdes desaparecieron y solo quedó el lago azulado dominando el paisaje con sus aguas claras reflejando el atardecer. En momentos, los rieles del tren nos llevaban hasta el mismo borde del lago. Me quedé pegada a la ventana hasta que no pude ver más que la oscuridad.

En ese momento me vi reflejada en el cristal y me llegó otro recuerdo, otra visión de mi pasado escondido.

No sabía por qué, pero me vestía muy rápido. Al parecer tenía prisa de largarme de donde estaba. Por casualidad miré al espejo mientras me ponía los tacones. Me encontraba en la misma habitación de luna de miel que la de mi primer sueño, pero esta vez estaba sola. A través del espejo, vi un velo blanco tirado sobre la cama detrás de mí. Era el mismo velo que llevaba puesto en mi sueño anterior mientras mi querido marido alababa mi desnudo con sus manos. Esta vez me dio repugnancia verlo.

Estaba molesta. Lloraba. Tenía mucho frío, me dolían las coyunturas y me ardía la piel. Tuve que haber tenido una razón justa para rebuscarle la chaqueta a mi marido y quitarle todo el dinero que pude encontrar. Lo metí en el bolsillo de mi abrigo y me lo puse, luego me apresuré a la sala de recepción del hotel.

Fue ahí que lo vi, a lo lejos dentro de un salón lleno de mesas y flores. Era mi esposo. Estaba gritándole a una señora mayor bien elegante mientras que, junto a ellos, había un hombre engabanado tirado en el piso. No sabía si el hombre estaba vivo pero no pareció importarme. Me largué. Verlos me hizo apresurarme hacia la salida a paso doble, pero disimulado, para que no me vieran. ¿De qué o quién estaba escapando? ¿De mi marido? ¿Por qué traicionaría yo a mi esposo de tal manera?

La visión me había hecho caer dormida pero desperté mientras aún era de noche con el temblequeo de la cama de arriba. Ahí dormía una chica joven de no más de veinte años. Abrí los ojos y vi a una de sus largas piernas pálidas con pies descalzos estirarse hasta el otro lado de la cabina, sobre la cama donde dormía su novio. El resto de su cuerpo le siguió, alborotando al chocar contra la cama y el metal, hasta que quedó acostada sobre él. Seguido el acto de acrobacia, se acomodó sus pantaloncitos cortos mientras miraba sonriente a los ojos del novio a quien acababa de despertar.

Yo debí haber sido la única persona que se dio cuenta de lo que sucedía. De las seis camas que habían en la cabina abierta, dos de las de abajo estaban vacías y la lateral superior estaba ocupada por un amigo de los novios. Él dormía profundamente o quizás los espiaba al igual que yo.

Dejé a un lado cualquier preocupación que ese nuevo recuerdo me trajo porque, francamente, aún no me servía para nada útil. Ahora me estaba escapando de mi propia luna de miel, le estaba robando al esposo que tanto amaba y había aparecido otro posible muerto. Estar involucrada en dos homicidios traía más problemas que soluciones y no me quedaba voluntad para lidiar con eso. Además, dudo que hubiera podido concentrarme con una pareja de rusos teniendo sexo a mi lado.

Fingí dormir, pero tenía un ojo bien abierto por curiosidad. Me parecía una aventura excitante hacer lo que ellos hacían, hacerlo en el tren frente a todos. Estábamos en un vagón de tercera clase, por lo que las cabinas estaban abiertas a espectadores, sin puertas que les dieran la más mínima sensación de privacidad.

Los novios se arroparon rápidamente bajo las sábanas. Mientras los miraba, jugaba a descifrar qué parte del cuerpo hacía a la sábana flotar como un fantasma. Al principio fue sencillo: la forma redonda bajo la sábana era la cabeza de la chica, pero al bajar no pude saber con certeza si quedó con las patas para arriba o para abajo. Luego creí ver la forma de codos y rodillas pero éstos me confundían, contradecían la posición en la que me los imaginaba. Llegó un punto donde no me atreví a adivinar más. Sus cuerpos continuaron entrelazándose de manera obtusa mientras la sábana temblaba como si el viento estuviera azotándola y se la quisiera volar.

CAPÍTULO IX
Turismo nocturno

Tres días después de mi partida desde la estación de tren en Jabárovsk, finalmente pisé tierra en Irkutsk. Fue como llegar a un país diferente, no porque las edificaciones y calles ex-soviéticas variaran de alguna manera de región a región rusa—todas eran exactamente iguales—sino por el montón de gente asiática que me encontré.

Al principio pensé que eran extranjeros provenientes de China o de Mongolia, ya que vi muchos rusos caucásicos en las calles. Me equivocaba. Lo que pasaba era que me encontraba en la región de Buriatia, dominio antiguo de los mongoles. Todo aquel que veía con ojos curiosos porque tal vez podía ser un extranjero igual que yo, hablaba ruso fluido y solamente ruso, como ya me había acostumbrado a que fuera. Una vez más, yo era de las pocas personas extranjeras que había en toda la ciudad.

Me encaminé al hostal con solo el nombre de la parada de autobús a la que tenía que llegar—para enseñársela al típico chofer sin camisa y en chancletas—y un croquis del área con la dirección escrita en ruso por si tenía que preguntarle a alguien en la calle. Ese fue el caso; tuve que preguntarle a un tipo en la calle dónde estaba el hostal porque resulta que se encontraba dentro de otro de esos complejos ex-soviéticos. No había letreros por ningún lado que anunciaran que había un hostal, solo una puerta gruesa de metal que daba acceso a todo el complejo residencial y el más pequeño papelillo justo al lado del timbre, con el nombre del lugar escrito a mano.

El hostal era básicamente la casa de alguien transformada en una posada. La cocina pequeña era para uso común; la sala tenía seis camas, un sofá y un televisor, frente al cual la encargada se pasaba todo su día en lo que llegaban huéspedes; el único cuarto cerrado también tenía seis camas.

Puse mis cosas encima de una de las camas y me metí en el baño. Las toallas mojadas con las que me limpié en el tren sirvieron como remedio pero me hacía falta una ducha.

—El agua caliente no funciona. —grité, desde adentro.

—Tienes que dejarla correr de tres a cinco minutos en lo que llega. —dijo la encargada. —Así es que trabajan los calentadores en Rusia.

Tras mi increíblemente relajante ducha, la chica me dio un pequeño mapa de la ciudad en blanco y negro—¡parcialmente en inglés!—donde me marcó los puntos de interés como también los autobuses que debía tomar, ya que el hostal quedaba un poco distanciado del centro.

Una vez en el centro, lo recorrí a pie. Comencé desde un parque donde tenían una pequeña tarima montada con tres filas de globos rojos adornando el escenario. Una rusa viejísima y gordísima, con un pañuelo rojo en la cabeza atado a un nudo debajo de su quijada cantaba canciones rusas tradicionales—maltratando al micrófono y dañando el sistema de sonido con su desafinado cantar—a un público compuesto de octogenarios y un puñado de familias con caras sosas.

El acto seguido fue más interesante, el de una niña que se trepó sobre la punta de un tubo erguido en medio de la tarima y de alguna forma hizo que, balanceándose sobre ese mismo tubo, la planta de su pie derecho no solo llegara hasta la parte de atrás de su cabeza sino que siguiera adelantándose hasta llegar al mollero de su brazo izquierdo. A ese acto sí aplaudieron con fuerza.

Llegué hasta la plaza de mercado principal, donde las viejitas con pañuelos tradicionales iguales al de la cantante desafinada se alineaban para vender vegetales, plantas, frutas y flores, productos de sus *dachas*. Compré unas fresas y me senté a comérmelas sobre una banqueta mientras veía a la gente pasar. Algunas personas me miraban con curiosidad, otras evitaban mirarme tal vez por timidez. Ya me había acostumbrado a eso. Yo le ponía más atención al típico carrito donde se montaban los niños. Se entretenían bajo la impresión de que lo estaban conduciendo alrededor de la plaza. De lo que no se percataban era que quienes realmente los estaban conduciendo eran sus padres. Los operaban desde unos metros de distancia con un control remoto, por lo que también se entretenían.

Además, tenían tigres y osos robóticos. Los niños se montaban sobre la espalda de un esqueleto de hierro tapizado con una alfombra del color de cada animal y una cabeza de peluche. La máquina movía las patas trincas, como si tuviera algo atorado en el fondillo—imaginé habían limitaciones prácticas y técnicas para darles un movimiento más natural—y se deslizaba lentamente alrededor de la plaza gracias a que cada pata tenía sus rueditas. Los ojos, bombillos grandes de luz roja, prendían y apagaban intermitentemente. Los niños la pasaban de lo mejor mientras que a mí me dio escalofríos, para ser sincera. No quería encontrarme una máquina de esas de noche.

Esos osos los vi cuando pasé por la estatua de Lenin, la cual se encontraba posiblemente en todas y cada una de las ciudades rusas. La encargada del hostal me había dicho que en Ulan Ude no había una estatua, sino que una cabeza gigante, la cabeza de Lenin más grande del mundo. Bueno, tampoco era como que las estatuas de Lenin abundaban alrededor del mundo como para que fuera algo significativo. No fui a Ulan Ude, así que no vi cuán grande era la cabeza en realidad, pero tenía que ser inmensa si la chica me hablaba de ella con tanto entusiasmo.

Cuando vi lo que quería ver del mapa seguí caminando hasta llegar a un paseo que iba al borde del río Angara. Ahí fue la primera vez en todo el viaje que me sentí realmente sola. Me había acostumbrado a mi situación—a estar en un país desconocido sin memoria—y la tormenta de pensamientos e interrogantes dentro de mi cabeza se había calmado. Ya mi cabeza había pensado todo lo que podía pensar y no llegaba a una solución. En ese momento me hacía falta alguien con quien hablar; una amiga.

Primero se me ocurrió que tal vez debí haberme quedado en Vladivostok. Quizás pude haber confiado en Yana. Quizás ella hubiera podido ayudarme. Ella no me hubiera traicionado. Pero entonces se me ocurrió que estando en Vladivostok podría haber metido a Yana y a su familia en problemas solo por darme su ayuda. Finalmente pensé en dejar el dinero en Irkutsk y simplemente comprarme un vuelo a San Petersburgo, adentrarme en lo desconocido y dejar que el destino hiciera conmigo lo que quisiera. Pero no, eso hubiera sido muy tonto. El dinero era lo único que me mantenía independiente, sin necesitar de nadie. El dinero era lo único que me mantenía fuera del radar y tenía que hacerlo rendirme hasta que todo se resolviera. No, iba bien encaminada. Necesitaba más tiempo para recordar, para actuar.

Me metí por calles al azar a ver si encontraba algo interesante, algo fuera de lo normal. Por suerte me topé con un bar irlandés. Con el calor que hacía y la caminata que me había dado, rápidamente me entraron las ganas de tomarme una cerveza. El bar estaba vacío, pero poco después de que me entregaran mi cerveza, llegó una chica rusa y se sentó a mi lado. Pidió un trago que llamó *Cocaine*. El cantinero preparó el trago en una copa y lo puso sobre el bar junto a varias servilletas y un par de sorbetos color rosa. Tras rebuscar debajo de la barra, sacó un encendedor y prendió el trago en llamas. La chica no estaba sorprendida; se lo bebió como si lo hubiera hecho miles de veces antes.

Primero apagó la llama y se bajó la copa entera del trago de un cantazo, luego viró la copa al revés y la puso sobre una de las servilletas que el cantinero había preparado sobre la barra. El cantinero había perforado esa servilleta con uno de los sorbetos rosados, el más largo, que además era de los que se doblan en forma de L; éste quedó con un extremo dentro de la copa mientras el humo remanente de las llamas extinguidas opacaba su interior. La chica se acercó al sorbeto y lo arropó con sus labios; se llevó todo el humo que había dentro de la copa hacia sus pulmones, luego lo dejó salir por boca y nariz.

En eso el cantinero había ya sacado una segunda copa vacía, la cual colocó también al revés sobre la barra. La base de esa segunda copa serviría como una mesa de cristal en miniatura. Ahí el cantinero vertió las sobras del trago que aún quedaban pegadas a las paredes de la copa. Gota a gota, cayeron sobre la mesilla de cristal. La chica ya tenía el sorbeto en la mano y esperaba. En un segundo lo acercó a los residuos de su trago y se los metió por la nariz.

—¿Quieres uno? —me preguntó el cantinero.

—No gracias. —le contesté. Ni loca.

—¿Sabes qué autobús puedo tomar para llegar a mi hostal?— le pregunté al cantinero mientras le indicaba dónde quedaba en el mapa.

—A esta hora no hay autobús. Tendrías que ir en taxi o caminando. —me contestó.

—¡Ah! Seguramente me va a salir caro. —dije. No me había traído tanto dinero conmigo.

—Si quieres también puedes ir en el autobús de nuestro bar. En una hora va a comenzar su ronda alrededor de todos nuestros establecimientos en Irkutsk. Uno de ellos queda bastante cerca a tu hostal. —dijo el cantinero, apuntando al bar en el mapa.

Lo que se estacionó frente al bar fue una reliquia de autobús—de la era soviética—pero remodelado para servir como bar ruso-irlandés ambulante. Estaba pintado de negro por dentro, incluyendo las cuatro mesas para cuatro personas que tenía más las otras cuatro para parejas, todas forradas en vinil rojo-fuego. La barra se encontraba justo detrás del conductor. Era pequeña, pero traía lo justo para satisfacer las necesidades alcohólicas de los más de cincuenta rusos que se apiñarían, parados o sentados, dentro del autobús. Añadido a eso, estaba equipada con un televisor plasma sintonizado en el canal de deportes. ¿Qué más pedir para una manada de jóvenes borrachos?

Al entrar no me imaginé que me acompañarían tantos rusos. Yo fui la primera en llegar y creía que iba a ser la única, que iba a ser una noche tranquila con quizás uno que otro ruso borracho yendo de bar en bar. Dos minutos antes de salir el autobús, entró un grupo de más de diez rusos curiosos por conocer a la única extranjera en el autobús y dispuestos a convencerme a que me quedara bebiendo con ellos el resto de la noche.

Todos andaban juntos. Algunos de ellos eran parte de una banda de *dubstep* y se la pasaban pegando calcomanías de su banda por todo el autobús y por las paredes de todos los bares en donde paramos. Una chica se destacó por lo mucho que se la pasó gritando—gritando solo por gritar—con chillidos lo suficientemente agudos como para romper un cristal. Sin embargo, no fue gran sorpresa que aparte de gestos con las manos y brindar por cada trago que nos tomábamos, no pude tener una conversación real con ninguno de ellos; ninguno hablaba inglés. Aldar, uno de los pocos rusos con cara asiática en el grupo de amistades, fue la excepción. Los gestos de aprecio que venían de sus amigos, los brindis, el hecho de que él era el centro de atención del grupo toda la noche me hizo saber que era un día especial para él, que algo le celebraban.

—Hoy parece ser tu día. ¿Cumples años? —pregunté.

—¡Hoy es un día muy importante! ¡Celebramos que la semana que viene me convertiré en soldado! —contestó Aldar con un fuerte tono de sarcasmo en su cara sonriente. —Hace unas semanas me entregaron mi diploma y dos días después me llegó una carta diciéndome que me tengo que ir al servicio militar. —dijo mientras simulaba tener un papel en las manos, reviviendo el día de las terribles noticias.

—¿Cómo? Si no estamos en guerra. ¿Es obligatorio? —pregunté. Me parecía increíble cómo en pleno siglo veintiuno todavía hubieran países con servicio militar obligatorio.

—¡Sí, es obligatorio! Un año. Lo que me jode es que el servicio militar es sin paga. Trabajaré de gratis, como un burro. —contestó Aldar.

—Pero si no te pagan, entonces, ¿qué pasa después de que termines? —pregunté.

—¡Nada! Me toca regresarme a casa sin ahorros y ponerme a buscar trabajo por mi cuenta. —contestó Aldar.

—¡Qué pena! ¿No tienes otra forma de salirte de esa obligación? —pregunté.

—Hay formas. Mi novia tiene amistades doctores en el hospital que me están ayudando, haciéndome exámenes para ver si me encuentran alguna enfermedad. Esa es la forma más común de salirse, que te certifiquen que padeces de algo. —contesto Aldar.

—¿Entonces? ¿Te han encontrado algo? ¿Qué tipos de exámenes te están haciendo? —pregunté.

—Pues mírame. —dijo Aldar, señalando a su cuerpo completo con sus manos. —Yo padezco de una enfermedad, pero el reclutador me dijo que lo que tenía era solo obesidad extrema. Eso me lo curaría el servicio.

—¡Oh! Ja, ja. —reí porque no me había pasado por la mente que su evidente gordura podía ser un factor para descalificarlo de su obligación militar. A Aldar no le haría daño bajar de peso unos cuantos kilos, pensé yo.

—No es broma. —dijo Aldar. No se molestó porque reí, tal vez porque ya estaba acostumbrado a que todos tuvieran la misma reacción. —Yo tengo problemas con el corazón; eso es lo que los doctores quieren comprobar. Varios han muerto durante los entrenamientos porque no logran que un doctor certifique que tienen una enfermedad. Yo no quiero ser uno de ellos.

—¿Qué pasa si no te encuentran nada? ¿Se acabaron las opciones? —pregunté.

—Se pone difícil la cosa. Puedo pagarle a un doctor para que me certifique como enfermo. Esta opción es posible, pero muy peligrosa. Si un doctor se pone a certificar a mucha gente, el gobierno se pone sospechoso. Nunca sabes cuántos más le han pagado a ese doctor por dar su firma, ni tampoco sabes si ese doctor ya está siendo investigado. —dijo Aldar.

—Se debe sentir horrible tener que hacer algo que no quieres hacer. —dije.

—¡Las estúpidas fuerzas armadas arruinaron mis planes, mi vida! —gritó Aldar, alzando la botella de vodka que tenía sobre su mesa. Así llamó la atención de sus amigos alrededor, quienes no estaban al tanto de la conversación porque no hablaban inglés, y sirvió vodka en sus vasos. —¡Por el servicio militar obligatorio!

El autobús entero, lleno de jóvenes borrachos conocidos y desconocidos, brindó alegremente con Aldar. No se podía hacer más que eso, brindar ante la inevitabilidad de sus circunstancias. Todos lo sabían, ya sea porque ya habían pasado por esa injusticia o porque les tocaría pasar en un futuro no muy lejano.

De momento nuestros gritos de alegría fueron acallados por el rugido jadeante de la bestia soviética que nos transportaba. Sin embargo, no nos movíamos hacia adelante ni un metro; al contrario, íbamos en reversa. A la antigua bestia se le habían muerto la mitad de los caballos con el pasar de los años y en ese momento no podía subir una cuesta ni moderada en inclinación. Los hombres a bordo, borrachos y llenos de testosterona, no dudaron en bajarse del autobús para empujar a la bestia por lo que quedaba de la cuesta. Yo, junto a las otras chicas, les di mi apoyo moral como porrista.

Tras varios intentos fallidos, los chicos lograron que el autobús se propulsara hacia adelante y se apresuraron en subir mientras el autobús cogía velocidad. Risas, gritos y celebración a lo grande por el logro.

Sin embargo, solo unos metros después tuvimos que detenernos. Un policía salió de la nada—como si hubiera estado escondido detrás de un arbusto—y nos detuvo. Estaba uniformado, pero era joven y le estaba llamando la atención a un chorro de borrachos por meterse dentro de un autobús mientras éste iba en marcha. Todos se mantuvieron calladitos mientras él dictó su sermón pero tan pronto el policía se bajó a la calle y el autobús se alejó, le gritaron cuanto insulto existía en la lengua rusa. Ya el autobús se había alejado del área lo suficiente como para que hacerlo no tuviera repercusiones, claro estaba.

El colmo era que uno de los que más que gritaba insultos era un policía que andaba de fiesta con su esposa en su día libre. Ambos él y ella estaban muy contentos de verme.

—Me encanta que estés aquí. —me dijo el policía, descansando su brazo alrededor de mi cuello y esforzándose por hablar el inglés mientras me entregaba una lata de cerveza. Su novia reía. —Esta cerveza es tuya, tiene tu nombre.

Cierto era; el policía había escrito mi nombre en la lata con un marcador permanente negro en letras bien grandes:

« SIGNE ».

—Está muy contento por verte porque eres extranjera. —dijo Aldar.

Ahí terminó la noche. El autobús no dio para más y unos rusos jóvenes se pusieron a pelear a puño limpio frente al bar. Aldar y sus amigos me ayudaron a conseguir un taxi para llegar a mi hostal visto que el taxista naturalmente tampoco hablaba inglés.

—¿*Otkuda ty*? —me preguntó en ruso.

—Soy italiana. —le dije. Ya había escuchado esa pregunta lo suficiente como para reconocerla de oído.

—¡*Italia, Italia!* —dijo el taxista. Se emocionó muchísimo; me hablaba rapidísimo en ruso y me hacía gestos con las manos y con la boca, apuntándose a sí mismo y cogiéndose el cuello como si se estuviera ahorcando.

Yo no sabía qué decirle. Estaba muy emocionado porque le dije que era italiana pero no lograba adivinar qué me quería decir. A todo lo que le decía me respondía ¡*niet, niet!*. Me silenció con sus gruñidos de frustración y con las palmas de sus manos gestándome a que dejara de adivinar y le prestara atención.

El camino hacia al hostal fue mágico. El taxista comenzó a cantar la ópera *La donna è mobile* como un auténtico tenor italiano. Me tapaba la boca porque no podía parar de reír de la alegría y la sorpresa que sentí. Me conmovió.

Antes de bajarme del taxi traté de comunicarme con él. Tenía que entender qué hacía conduciendo un taxi en vez de estar dando conciertos por todo el país. Intercambiando gestos puede comprender su situación. Me pareció una pena que una voz tan bella, una voz que retumbó con tanta intensidad dentro de mi cuerpo, fuera desperdiciada por el propio país que la hizo ser. Al parecer, el ser taxista le era más rentable, le daba de comer; el cantar no le dejaba nada.

CAPÍTULO X

La mochila de Mido

Desperté al día siguiente gracias a los empujones de la encargada del hostal, quien entendió lo mal que la miré por haberme quitado el sueño pero me sonrió mientras me ponía un teléfono al oído.

—Aló. —dije. Acabada de levantar, no estaba de buen humor y mi voz se escuchaba como la de un hombre.

—¡Signe! ¡Despiertaaaa! —me dijo, casi me gritó, una voz que no reconocí. Abrí los ojos bien grandes. Más pistas; esta vez una persona de verdad, alguien que me conocía y me podía dar respuestas.

—¿Quién me habla? ¿Cómo pudiste encontrarme aquí? —pregunté. También me entró el miedo de no saber si el desconocido al otro lado del teléfono quería hacerme bien o mal. Solo Dios sabría si amigablemente me enterraría una cuchilla en la espalda.

—¡Te habla tu nuevo amigo ruso Aldar! ¿Ya te olvidaste de mí? ¿La vodka hace que se te olviden las cosas al otro día? ¿O eso es cierto para cualquier alcohol? —dijo Aldar, riéndose a carcajadas.

—Ah, eres tú. Perdóname, no reconocí tu voz. —dije. Pasado el susto, pronto sentí los martillazos queriendo cincelarme el cerebro en pedazos, todo gracias a la saturación de alcohol en la sangre por la que pasé la noche anterior.

—Vamos. Levántate, báñate y vístete que estás invitada a comer a la *dacha* de mi familia. También viene un amigo viajero. ¿Has probado los *pozy*? ¡La vamos a pasar muy bien! —dijo Aldar.

Una hora después me encontré caminando las calles de tierra de las afueras de Irkutsk en busca de la *dacha* número veinte, una de muchas agrupadas alrededor de calles angostas sin rotular. Me metí dentro de un colmado a preguntar. Como era de esperar, cero inglés. Sin embargo, estaba lista. De hecho, me había vuelto una experta en desenvolverme sin entender la lengua.

—¿*Dacha*? —dije. Alcancé una calculadora grande que vi puesta junto a la caja registradora del colmado y marqué el número veinte.

El hombre, comprendiendo lo que quería y a dónde quería llegar, me dijo con las manos que tenía que virar a la derecha, luego marcó el número cincuenta en la calculadora.

—*Piatsot mieter.* —dijo el hombre en ruso, luego apuntó al número en la calculadora. —*Mieter.*

Mieter sonaba como a metros, en inglés. Viro a la derecha y camino cincuenta metros. Sencillo.

Efectivamente, una derecha y cincuenta metros después, encontré la *dacha* número veinte, la única *dacha* con número en todo el lugar. Aldar gritó mi nombre tan pronto me vio tomar esa derecha y subió los brazos, saludándome para que lo viera. Estaba parado en el medio de la calle frente a la *da-*

cha junto a un chico de largos cabellos, una larga barba marrón y pantalones color naranja chillón. Evidentemente, tenía que ser su amigo viajero; imposible no verlo desde la distancia. Un auténtico hippie de nuestros tiempos modernos, se llamaba Mido.

—¿Cuánto tiempo llevas viajando? —pregunté mientras entrábamos a la *dacha* de la familia de Aldar. Viendo a mis alrededores, evidentemente la *dacha* estaba sin terminar, en construcción por muchos años. Había una segunda planta pero a ésta solo se podía subir por una rampa rústica hecha de cuatro tablones de madera juntadas por palos—parecía una de esas rampas que se usaban para subir a los barcos pirata—que a su vez servían como sujetadores para los más de diez pares de zapatos que la familia tenía alineados sobre cada escalón. Los zapatos se quitan a la entrada, como lo aprendí en el apartamento de Yana.

—Llevo tres años dando vueltas por aquí y por allá. ¿Tú? —contestó Mido.

Pasamos del recibidor sobre un piso de tablones de madera—a través de los cuales podía ver la tierra—hacia el área de la cocina y la sala, la única parte de la *dacha* con el piso en concreto. Pude ver parte de la segunda planta de la misma manera que veía el suelo, entre los tablones de varios tamaños que le servían de piso. La otra parte quedaba completamente al abierto. Sabía que en el futuro sería una habitación porque podía ver el marco de una puerta hecho en ladrillos, pero le faltaba mucho para eso.

—¿Tres años? ¡Increíble! ¿Yo? Nada. A penas acabo de comenzar. Vengo de Italia y no llevo más que unas semanas por Rusia. Me toca aprender, por eso estoy feliz de haberte conocido. Debes tener tanto que contar. —dije. Tenía que tener mucho cuidado con lo que decía, especialmente frente a alguien con tanta experiencia alrededor del mundo. El más mínimo error me podía delatar. Como ya había aprendido, mejor preguntar si quería evitar que me preguntaran. A la gente le encanta hablar de sí misma. Por supuesto que no quería fingir mis sentimientos ni para nada ser falsa dentro de lo posible; solo quería evadir toda clase de preguntas comprometedoras que me metieran en líos de los cuales no me podría salir.

Mientras consideraba qué hacer, vi una mochila que evidentemente era de viajero; tenía que pertenecerle a Mido. Era verde oscuro, como de militar. No era mucho más grande que la mochila que me presentó el doctor aquél día que desperté en el hospital de Vladivostok, solo que ésta además tenía una pequeña caseta de campañas compresa en la forma de un cilindro y atada en la parte superior junto con sus palos de soporte. Yo tenía mi mochila y una más grande que la de Mido para guardar toda mi ropa. No me imaginaba cómo podría cargar con menos de lo que tenía.

—¿Esa es tu mochila? ¿Viajas solo con esa pequeña mochila? —pregunté.

—Sí, la compré en Vietnam. Tuve que reemplazarla. La otra que tenía murió. —dijo Mido mientras ajustaba las correas de su mochila como quien busca algo que hacer mientras habla. —Viajo con lo mínimo. Cargo solo con suficiente ropa para dos o tres días, mi computadora, mi cámara y dos o tres libros. Cuando comencé, la mochila estaba mucho más llena; pesaba casi treinta kilos.

—¿Cargabas con treinta kilos tú solo? Yo no podría. Me moriría cargando con tanto. —dije, aunque el peso de la mía no debía alejarse tanto de ese número.

—Mírame. —dijo, sobándose la barriga y agarrándose los chichos. —He rebajado unos diez kilos desde que comencé mi viaje hace tres años. Antes tenía una buena pipa de cervecero, pero he hecho mucho ejercicio viajando.

—¿Qué hiciste con el resto? Ahora no debe pesar más de quince kilos. —dijo Aldar, acomodándose la mochila sobre la espalda.

—Ponte a viajar por un tiempo largo y verás que con los meses la mochila se va poniendo cada vez más liviana. Antes yo llevaba ropa para dos semanas. Traía ese par de tenis con el que llegué aquí, otro par menos gastado para salir a fiestas y unas botas para subir montañas. Traía también una toalla, un abrigo grueso de invierno y dos más livianos, botellas de champú con acondicionador y jabón, desodorante, cremas para la piel, perfume, inclusive unos binoculares... —dijo Mido, listando todas las cosas que había sacado de su mochila hasta que no recordó más. —Para mí todo eso era necesario para el viaje; pero cuando te toca caminar varios kilómetros bajo el sol con treinta kilos en tu espalda, ahí es que ves realmente dónde están tus prioridades y qué cosas son importantes.

—Pero, ¿no necesitas esas cosas? ¿Cómo haces para mantener tu higiene? Y pienso que los binoculares serían muy útiles considerando los paisajes increíbles que se ven en Siberia. —pregunté.

—Hay mucho útil, pero poco esencial. Para mí, la computadora y la cámara son esenciales. Me tengo que comunicar con mi familia y tengo que sacar fotos. Los recuerdos son importantes pero a veces se esconden muy adentro en la memoria; las fotos ayudan a recordar. Caminé un año con los binoculares y nunca los usé. Se los di a un mongol a

cambio del equipo que necesitaría para montar a Cool Runnings, el caballo con nudos estilo rastafari que me vendieron
en el mercado. —contestó Mido, esta vez distraído por el
gato que se apareció para que le diéramos cariño.

Me preguntaba, ¿entraré a una casa en Rusia donde no
haya un maldito gato?

—Bueno, como iba diciendo, las prioridades cambian.
Lo que no es esencial, se va. Por ejemplo, una toalla es muy
conveniente pero ocupa demasiado espacio. Tardé dos o tres
días en acostumbrarme, pero quedé igual de seco con una
camisa vieja de algodón que con una toalla. Ahora estoy tan
acostumbrado que me duché en la casa de Aldar cuando llegué aquí esta semana y el usar una toalla no me pareció tan
especial. Igual ha ido pasando con lo demás que descarté. —
dijo Mido.

—Pero yo soy chica. Para nosotras es diferente. —dije.

—Puede ser, pero ya me he topado con suficientes chicas que andan con lo mínimo y no dejan de ser preciosas. Es
más, diría que me gustan más. El desodorante y las cremas lo
que tienen son mierdas químicas que el cuerpo no necesita.
¿No han notado cómo el cuerpo los pide tan pronto dejan de
usarlo por un día? El cuerpo se endroga, crea una necesidad
que no tiene, comienza a apestar y la piel se comienza a rese-
car aunque las condiciones del clima no lo ameriten. Intén-
tenlo; dejen de usar esas cosas un par de semanas para que
vean que el cuerpo deja de pedirlas. —dijo Mido.

Aldar y yo nos miramos con escepticismo ante las palabras de un hippie con demasiado pelo y una fragancia sutil,
pero particular. Sin embargo, tenía un punto. Considerando
los gustos, intereses, hábitos y metas que la gente tenía en la
vida, ¿cuánto de todo eso era necesario? ¿Cuánto de todo eso

era simples caprichos que mágicamente con el tiempo se convertían en necesidades?

—¿Cómo haces para sobrevivir con tan poca ropa? —preguntó Aldar.

—Un buen abrigo de invierno pesa y toma mucho espacio. A eso fue a lo primero que le dije adiós. —dijo Mido.

—¿Lo echas a la basura o qué? —pregunté.

—No, el abrigo me gustaba mucho. Ese lo envié a casa por bote. Me dijeron que tardaría cuatro meses en llegar pero está bien; no tengo prisa y enviarlas por avión me saldría estúpidamente caro. Puede ser que nunca vuelva a ver a mi abrigo. Te aviso el mes que viene. —dijo Mido. Tenía una ancha sonrisa de dientes muy blancos.

—¿No te da frío? ¡En Rusia sin abrigo te mueres! —dije.

—Lo peor de tener un abrigo es que tras que pesa, solo lo utilizaría un máximo de tres o cuatro meses en el año si es que decidiera quedarme en un país frío. En tres años no lo he necesitado porque cuando se pone frío, me voy hacia el sur. De todas formas, si lo llegara a necesitar, cuesta muy barato en los mercados de segunda mano. Con respecto a la otra ropa, me he ido deshaciendo de ella a medida que se va rompiendo. También se la he regalado a los niños que me encuentro en países pobres. Otras veces simplemente se me pierden por arte de magia. —contestó Mido.

—No, me refiero a cómo haces para tener tan poca ropa. ¿Dijiste que solo tienes para dos o tres días, no? —preguntó Aldar.

—Ah, bueno, sencillo. Solo la lavo a mano todos los días y la dejo secar. Así voy rotando piezas de ropa. Quizás no queda tan limpia como podría estar, pero no importa. Yo lo que estoy haciendo es acampando y caminando en la calle.

No me importa quién me mire. No tengo a nadie a quién impresionar. —contestó Mido.

—¡Ah! Mido, cuéntale a Signe lo que te pasó mientras me esperabas en la estación de tren. —dijo Aldar.

—Sí. —dijo Mido, riendo. —Creo que la gente rusa es muy orgullosa; nunca ves a nadie sentado en el piso o sobre uno de los escalones frente a un edificio. Yo, acabando de llegar a Irkutsk, puse mis cosas afuera en el suelo y me acosté junto a la pared de la estación en lo que llegaba Aldar. —continuó, quitándose su chaleco de circo y poniéndolo sobre su cabeza como lo habría hecho esa mañana para evitar los rayos de sol. —Entonces una señora rusa que me vio vestido así y tirado en el piso... ¿Sabes lo que hizo? ¡Me dio una moneda de diez rublos! Visto tan simple que la gente a veces se cree que soy un vagabundo.

—Y no estás muy lejos de serlo. Me habías dicho que el tren de Chita hasta acá fue el primero que tomaste en Rusia, ¿cierto? —dijo Aldar, luego me miró. —Signe, escucha esto. Mido llegó caminando desde la costa este hasta Chita.

—¿Cómo? Estás loco? ¿Me dices eso cuando yo casi me pegaba un tiro solo por tomar el tren por setenta y dos horas desde Jabárovsk hasta acá? —pregunté.

—Sí. Normalmente viajo caminando, pero levantando el dedo hasta que alguien se detenga. De vez en cuando se para un camión y me lleva una distancia larga; les gusta tener compañía aunque no nos podamos comunicar. Esta vez no lo hice porque me cansé. No hay mucho tráfico por esta región. Yo vengo desde Sajalín luchando para que alguien me lleve hacia el oeste. —dijo Mido.

—¿Sajalín? Nunca he escuchado de ese lugar ¿Por dónde queda eso? —pregunté.

—Es una isla rusa que queda justo encima de la isla de Jokaido, al norte de Japón. —contestó Mido.

—¿Hay muchos osos por el área de Sajalín, no es cierto? —preguntó Aldar.

—¡Sí! Decían que estaba loco cuando les comentaba que iba a acampar en el bosque. Me había comprado una cuchilla, pero la gente me decía que si el oso se acercaba lo suficiente para yo poder matarlo con una cuchilla, ya estaría muerto yo antes de tan siquiera intentarlo. Me cogieron lástima y me regalaron una de esas latas que suenan alto como trompeta, para asustarlo, y espray pimienta, para vaciárselo en los ojos hasta dejarlo ciego. —respondió Mido.

—¿Y si eso no funcionaba? ¿O no se te ocurrió eso? ¿No tenías miedo a que fuera a comerte mientras dormías? —preguntó Aldar.

—Pues, claro que fue lo primero que se me ocurrió, pero nunca había visto un oso y no pensé que estaría en tanto peligro si me mantenía cerca de la carretera. Por eso al principio no sentí ansiedad. El miedo me llegó cuando monté mi caseta y pasé la primera noche en el bosque. El bosque ruge de noche; se escuchan hasta las hormigas moviéndose entre las hojas. Para mí, el más mínimo ruido era el paso de un oso. Me la pasaba viendo a través de la ventanita de la caseta con mi linterna. Busqué y busqué pero nunca vi al oso. El pasto hacía ruido; estaba seguro que lo tenía cerca y eso me cagó del miedo. Bueno, así fue hasta que el sueño pudo más que el miedo. —contestó Mido.

—¿Nunca llegaste a ver alguno ni de lejos? —pregunté.

—¿Que si vi a un oso? ¡Ja! Vi a uno y lo tenía así de cerca. —dijo Mido, apuntando a la pared de la cocina a tres metros de distancia. —Solo con esa vez me bastó para satisfacer

111

mi curiosidad por ésta y el resto de mis vidas. ¡Nunca había estado tan asustado! —contestó Mido.

—¿Y cómo te saliste de eso? No me digas que la trompeta esa realmente funcionó. —preguntó Aldar.

—¡Bah! Cuando el oso se apareció la trompeta, el espray pimienta y hasta la cuchilla estaban metidas dentro de mi mochila. La mochila estaba dentro de la caseta. Yo estaba afuera. Acababa de encender una fogata y estaba tan contento con mi logro que le saqué fotos; llevaba una hora intentando encenderla. Mis armas anti-osos me fueron tan inútiles como si no las hubiera tenido. —contestó Mido.

—Entonces llegó el oso. —dije.

—Quedé como una estatua. Casi me meaba encima. —dijo Mido, trincando su cuerpo. —El oso se acercó al fuego y me miró. Se veía muy tierno. Me daban ganas de hacerle gracias como a un perrito. Bueno, también valoraba mi brazo y no quería que me lo fuera a arrancar. Decidí mantener mi distancia. Entonces el oso comenzó a darle vueltas al campamento. —continuó Mido mientras se movía lentamente alrededor de la sala chocando todo su cuerpo contra el sofá y la mesa. —Varias vueltas torpes le dio al fuego y a mi caseta, husmeando y gruñendo igual que como lo hacen en la televisión. Yo me aseguré de tener el fuego siempre entre medio de él y yo. Solo le rogaba a Dios que no se me fuera a apagar antes de que el oso se largara. Me quedé calladito. No me atreví a decirle nada, ni a gritarle, ni a hacerle muecas o acrobacias corporales. No quería provocarlo. Menos me iba a hacer el muerto, como recomiendan. Quienes han muerto intentándolo te dirían que no es buena idea.

—¡Ja, ja! ¡Qué terror! ¿Entonces cómo lo alejaste? ¿Se fue solo? —pregunté.

—No, logré asustarlo. Se me ocurrió prender el flash de mi cámara, que era la única cosa que me quedaba a la mano. La puse a tomar fotos continuas y bombardeé al pobre oso con el resplandor del flash hasta que finalmente se alejó. El resto de la noche la pasé sentado de espaldas al fuego con las piernas cruzadas. En una mano tenía el espray pimienta, en la otra la trompeta y la cámara colgando sobre mi cuello; así estuve hasta que salió el sol. —contestó Mido.

—¿No te quedaste dormido? —preguntó Aldar.

—Ni mierda, no después del susto que había pasado. —contestó Mido.

—Sí, ¡me imagino! Tú que dijiste que para ti la cámara era esencial y mira qué termina salvándote la vida... —dije.

—Tienes unos cojones muy bien puestos en su sitio. Te has ganado mi respeto. Yo creo que, estando acampando contigo, me hubiera echado a correr y te hubiera dejado ahí para que el oso te comiera. —dijo Aldar.

—Mira, sin bromas, tuve suerte de que comoquiera el oso pareció no tener tanta hambre como para ponerse violento como debió haberlo hecho, de lo contrario no estaría vivo para contarlo. —dijo Mido.

Un chillido metálico nos alertó a todos. Aldar se apresuró hasta la ventana de la cocina a ver qué sucedía.

—Son mis padres. ¡Ya pronto vamos a comer! —dijo Aldar, tras escuchar cerrar las puertas de una camioneta bastante maltratada.

Se acercaba una señora luciendo un traje blanco con flores azules y su recorte de bol, típico de muchas mujeres mayores con descendencia asiática que vi durante mi caminata por la ciudad—pelo liso con el mismo largo alrededor de toda la cabeza, como si tuviera puesto en la cabeza un bol redondo invertido. Cargaba un paquete de harina y una funda con pan y vegetales. Le seguía el papá de Aldar, quien cargaba con un bol amarillo lleno de carne molida y una funda de papel con otras sorpresitas que nos tenía en lo que la comida estaba lista. Ambos el padre y la madre de Aldar eran muy gruesos, factor clave para los genes pesados de su hijo.

—¡Hace hambre! —dije.

CAPÍTULO XI
El viajero solitario

La mesa del comedor de la cocina estaba hecha en madera sólida con un estilo muy rústico, evidentemente hecha a mano como el resto de la *dacha* de la familia de Aldar. No era muy grande pero servía su propósito. La mamá de Aldar formó un monte de harina en el centro de la mesa y vertió agua en el tope. Con sus manos comenzó a masajear la mezcla, añadiendo más agua o más harina, espolvoreando un poco de harina sobre la mesa y así llegando a la proporción justa de ingredientes para que la mezcla se dejara moldear y no se quedara pegada a la mesa.

Mientras tanto, Mido seguía siendo el centro de atención. Su experiencia era vasta y tenía una respuesta para cualquier pregunta en la vida no porque se la inventara, sino porque la vivió. Tuvo tiempo para reflexionar acerca de los misterios existenciales de la humanidad durante sus largas y solitarias caminatas alrededor del mundo. Se ha topado con cientos de personas marcadamente diferentes en físico, en cultura, en sentimientos, en palabra y acción. Ha visto de todo tipo de grandes metrópolis, campos, montes, ríos, lagos, océanos, cielos, selvas y arrabales que muchos no logran ver a lo largo de múltiples vidas. Si tan complicado es comprender a un ser humano vecino a uno, cuánto más complicado debe ser comprender a quien ve la vida de una forma en la que no nos la podemos imaginar. Ese era Mido, un auténtico hombre de mundo a quien una señora—limitada por su visión cuadrada de la realidad—le tiró limosna.

La mamá de Aldar terminó con la masa y comenzó a sacar porciones—medidas a la perfección con su ojo de chef maestra—que luego aplastaría con un rolo de madera hasta formar plantillas redondas no muy grandes, no muy pequeñas, no muy finas, no muy gruesas. Las plantillas luego pasaban a su esposo quien, también hijo de la cocina típica de Buriatia, sacaba la porción de carne molida justa para rellenarla. Rápidamente le daba vueltas y forma hasta que pareciera una bolsa.

Por suerte ya habían traído la carne preparada. Me vine a enterar después que la carne iba condimentada con vegetales y especias picados en cantos minúsculos. Gracias a eso, la señora nos había ahorrado al menos una hora de trabajo.

—¿Qué piensas de la experiencia? ¿Cuál es el país que más te ha gustado? —preguntó Aldar mientras nos entregaba unas plantillas para que imitáramos a su papá.

—Con tantos años dando vueltas, todavía es la hora que no logro conseguirle una respuesta a esa pregunta. No tengo un país favorito. Para mí, escoger un país favorito sería como escoger cuál es mi película favorita; no creo que sea posible. —contestó Mido, poniendo una bolita de carne sobre la plantilla. En su intento de darle forma a la bolsa mientras mantenía la carne en el centro, la rompió. —Creo que no tengo el arte para esto, ja, ja.

—¿Qué estamos cocinando? —pregunté. No me había topado antes con algo semejante.

—Se llaman *pozy*. Es una comida tradicional de Buriatia. ¿No tienen algo parecido en Italia? —preguntó Aldar.

—Yo he comido algo muy parecido cuando estuve con Cool Runnings por Mongolia. —dijo Mido, alcanzando una nueva plantilla. —¿En Italia cocinan más *tortellini*, no? Se parecen a los *dumplings* chinos pero doblados de otra forma, como en forma de aro.

—Sí, son muy ricos. Hacemos de todo con la harina de trigo, pero cada región hace cosas diferentes. Yo que soy tan mala en la cocina. —contesté. No sabía ni qué inventarme, pero ya era experta evadiendo el tema. —Aquí está la evidencia. Bueno, dime cómo hago esto porque evidentemente yo tampoco poseo el arte. —dije. El bolso que creé con la plantilla me quedó deforme y se desmoronó en mis manos, dejando escapar la carne.

—La idea es crear un bolso con la plantilla que encierre la carne bien adentro. Dejas descansar la plantilla sobre la palma de la mano como la tienes ahora y le pones un poco de carne, no mucha. —dijo Aldar, poniendo una bolita de carne sobre mi plantilla. —Aquí es donde se empieza a complicar la cosa.

—Bien. Ese paso creo que ya lo dominamos. —dije.

—Ahora, pincha dos esquinitas juntas con los dedos pulgar e índice de la misma mano con la que sujetas la plantilla. —dijo Aldar, mostrándome la posición de los dedos con la plantilla que tenía en su mano.

—Ya está. —dije.

—Ahora es que entra la otra mano a ayudar, tu derecha. Esa es la mano que hace todo el trabajo, la que hace que un *pozy* se distinga de solo una bola de harina rellena con carne que se desmorone al cocinarse. —dijo Aldar, burlándose de los intentos fallidos de sus invitados. —Con el dedo pulgar de esa mano, tienes que ir empujando la carne suavemente para que se vaya metiendo por debajo de esa esquina que tienes pinchada, que quede atrapada. Entonces ahí es que esa misma mano derecha vas a meterla entre la plantilla y la palma de tu izquierda y la vas a levantar un poco cosa de que le puedas ir dando vueltas a la plantilla lentamente hacia la izquierda. Poco a poco le vas a ir añadiendo una y otra esquinita adicional a la que ya tienes agarrada con el índice y pulgar de la otra mano.

—¡Ah! Ya veo. La mano con la plantilla nunca se mueve, solo se usa para pinchar la plantilla. —dije.

—Exacto. Entonces con tu pulgar derecho sigues empujando y empujando la carne, estirando la plantilla y formando un bolso mientras sigues rotándola y agarrando más y más esquinas hasta completar el círculo. —dijo Aldar, creando una bolsa perfecta del tamaño de su mano.

—¡Nooo! —dijo Mido. Se le rompió la bolsa.

—Es importante que no le hagas tanta presión a la carne contra la pared de la plantilla porque si no, te pasa eso o se rompen con la presión del vapor. —dijo Aldar.

—Parecen como las bolsas de polvo mágico de los magos. —dijo Mido, batallando contra la carne y la plantilla.

Después de tres o cuatro intentos más, logré crear varios bolsos decentes. Mido quizás logró hacer tres o cuatro. El volumen grande lo hicieron los padres de Aldar, maestros artesanos de *pozy*. La mamá de Aldar fue poniendo a cocinar los *pozy* al vapor—incluyendo los de cuestionable calidad que Mido y yo logramos preparar—de media docena a media docena. Mientras tanto, nosotros seguimos preparando más hasta acabar la carne.

—Mido, nos quedamos en que los países eran como películas y que a ti no te gustan las películas. —dije. ¿Cómo podía ser que tras tanto viaje no supiera decir el país que más le gustó?

—¡Ja! No, dije que se me hace tan difícil decir cuál es mi país favorito como decir cuál es mi película favorita. Para mí no es una decisión sencilla. Hay drama, acción, comedia, terror, suspenso, etc. Una película de terror está hecha para pararte los pelos; un drama quizás puede querer hacerte llorar. Cada tipo de película tiene características que causan ciertas emociones en las personas. Cuando yo quiero ver una película, también me siento de una forma específica al escogerla. Si en dado momento lo que quiero es reírme, no voy a escoger una película de terror por más que diga que esa película sea mi favorita. —dijo Mido.

—Entiendo lo que dices. Dices que no hace sentido tener una sola película favorita. ¿Habría que escoger una película favorita por cada género? —pregunté.

—¡Exacto! Te puedo decir mis películas favoritas para drama, acción, y así por el estilo. No hay una sola película que quede por encima de las demás. —contestó Mido.

—Me perdí. ¿No estábamos hablando de viajes y países? —preguntó Aldar.

—Sí. ¿Qué tienen que ver las películas con tu país favorito? Me imagino que quieres ilustrar un punto. —pregunté.

—Por ahí voy. De la misma manera que no hay una sola película favorita porque cada género evoca diferentes emociones y yo me siento de una forma específica antes de sentarme a verla, no puede haber un país favorito. Cada país

tiene sus costumbres, su comida, sus lenguajes, su infraes-
tructura moderna e histórica, su contraste entre riqueza y
pobreza... en fin, muchos factores que influyen en mis emociones antes y durante mi estadía. No me metas hoy en un
país como Mongolia, donde lo que hay para ver es naturaleza
en su forma más pura, si ya estoy harto de ver verde. Méte-
me en Camboya, en India, en Turquía, que tengo ganas de
ver templos. Mañana me hartaré de ver templos y querré ver
ciudades; llévame a Barcelona, a Nueva York, a Tokio, a Pa-
rís, a Londres. —contestó Mido.

—Claro, es que tú sigues viajando sin parar. La gente
que viaja de vacaciones escoge el país a donde van de acuerdo a eso que tú dijiste, cómo se sientan. —dije.

—Sí, y normalmente les encanta el lugar a donde van
porque están preparados mentalmente para ello. Al ir, sin
embargo, pueden decir que es su país favorito pero solo estuvieron allí una o dos semanas sin trabajar y quedándose en
hoteles de lujo. Te aseguro que si se quedan más tiempo le
encuentran las faltas. Entonces otro país se convierte en el
favorito. Así siguen y siguen sin darse cuenta que al final la
cosa tiene más que ver con cómo uno se sienta y se relacione
con otros y menos con dónde uno se encuentre. Los días
buenos y malos, los ánimos altos y bajos, la gente buena y
mala... todo eso está en cualquier país. El hecho de que no te
topaste con ellos hoy, no significa que no te toparás con ellos
mañana. Todo es cuestión de tiempo. —dijo Mido.

—Pero ese es el punto, ¿no? Tu país favorito es donde
logres tener el mejor equilibrio entre todas esas cosas buenas
y malas. —dijo Aldar.

—El problema es que nunca vas a ver un país lo suficiente como para poder tomar esa decisión. —dije.

—Yo ya dejé de pensar en eso. Países que antes eran mis favoritos ahora los veo con otros ojos y países que nunca pensé que extrañaría, ahora los extraño. Será que yo he cambiado o será que nunca estaré conforme. Ahora solo me dejo llevar y trato de sacarle el máximo provecho a lo que veo. Aunque yo puedo escoger el país a donde voy, no tengo libertad absoluta. ¡Me quedaría sin dinero si comenzara a pagar vuelos para todos lados! Lo que me toca es prepararme mentalmente si sé que habrá algo que no me va a gustar, ir con la mente abierta y ver si logro que me guste. Si no hago eso, tendré una estadía miserable. —dijo Mido.

Cosas complicadas pasaban dentro de la cabeza de Mido que no lo dejaban expresar sus opiniones con claridad. Tal vez fue nuestra culpa por hacerle preguntas tan injustamente subjetivas. El mejor país, la gente más amigable, las mujeres más bellas, la mejor comida... a nosotros simples mortales nos gustaba oír respuestas simplistas para preguntas complejas que ni Dios podría responder objetivamente. Las respuestas iniciaban debates calurosos, pasionales, eternos, pero sobre todo sin sentido.

—Miren, les voy a enseñar a comer *pozy*. —dijo Aldar, viendo que su mamá sacó la primera media docena fuera del vapor y los sirvió sobre la mesa. —Si como Mido dijo: "hacer *pozy* es como un arte", entonces también es comérselos.

—Muy cierto. Yo me he quemado la boca y las manos en varias ocasiones. —dijo Mido, pegándole el primer mordisco como ya lo habría hecho muchas veces antes.

—Signe, tienes que primero darle un mordisco a la superficie del *pozy* por arriba y luego chupar el agua caliente que tiene adentro. Asegúrate que solo muerdas la superficie. Si no lo haces, te puedes quemar. —dijo Aldar.

—Pero, ¿por qué tiene agua adentro? —dije, pegándole el mordisco. Por más cuidadosa que traté de ser, me quemé los labios y dejé caer el *pozy* en el plato. —¡Coño!

Error de principiante. Hasta los padres de Aldar rieron; no tenían que hablar inglés para comprender mis palabrotas.

—Es por el vapor. La carne tiene agua que al evaporarse no tiene por dónde escaparse, por lo que el vapor se queda atrapado dentro de la bolsa y se convierte en jugo cuando se enfría. —dijo Aldar.

El jugo sabía a sopita bien condimentada. Invitaba a pegarle otro mordisco al resto. Mojé al *pozy* en mayonesa y kétchup, para complementar. A la familia de Aldar le gustaba comérselos así, especialmente con mucha mayonesa. Es que a los rusos les encanta la mayonesa, tanto así que tenían un balde de mayonesa que compraron en el supermercado y que pesaba más de tres kilos. ¿Qué supermercado vendería mayonesa en tales volúmenes si no hubiera gente dispuesta a comprarla? Si la cantidad de mayonesa que comimos ese día era representativa del consumo diario de la familia, un envase más pequeño seguramente no les duraba ni una semana.

Cuando el papá de Aldar terminó de preparar el último *pozy* y la mamá se llevó la última media docena al vapor, éste no perdió tiempo en poner una botella llena de alcohol de color vino sobre la mesa. Aldar sacó del gabinete cinco vasos.

—Esto es vodka casero. Lo hizo mi papá. Está hecho de trigo con sabor a cerezas. —dijo Aldar. Esperó a que su mamá terminara de limpiar la mesa y comenzó a servírnoslo.

—Desde Sajalín me enseñaron que es mala suerte beber en una mesa que está sucia. —me dijo Mido, notando las acciones de la mamá de Aldar.

—¡Oh! No me había dado cuenta. —dije.

—Sí, son creencias antiguas. No es solo eso de la mesa limpia, sino que también cualquier botella de bebida que se haya terminado se tiene que poner debajo de la mesa. Tenemos muchas supersticiones en Rusia. —dijo Aldar.

—¡Para las nuevas amistades acabadas de conocer! —brindó Mido.

—Espera, ¿me dices que ustedes se acaban de conocer hoy? Sabía que ésta era tu primera vez en Rusia, pero pensé que conocías a Aldar de mucho tiempo atrás. ¿Cómo se conocieron, entonces? —pregunté.

—Ah, lo conocí por Couchsurfing. Le envié una invitación de emergencia hace unos días desde Chita. Tuve suerte de que me respondió, sino me habría tenido que quedar en la caseta. Necesitaba un descanso. —dijo Mido.

—¿Cómo es eso? Suena interesante. Parecen amigos de toda la vida. —dije. Extrañamente, yo también me sentía como si un lazo invisible me atara a ellos aunque los acabara de conocer.

—Es un sitio en Internet para viajeros. Puedes tener tu perfil y si vas a viajar puedes buscar personas que vivan en la ciudad a la que quieras ir para que te den un lugar dónde dormir o simplemente se encuentren contigo y vayan juntos por un café, un trago o a ver la ciudad. —dijo Mido.

—O puedes ser como yo que, como no puedo viajar, me gusta tener gente que me visite y comparta sus historias y experiencias. —dijo Aldar.

—¿No es peligroso? Para un chico eso está bien, pero para una chica no debe ser muy seguro. —pregunté.

—Bueno, es como todo en la vida. Siempre hay riesgos. Lo bueno que tiene el sitio es que puedes dejarle referencias a la persona con quien te encuentras y viceversa. Si alguien se porta muy mal contigo, le dejas una referencia negativa. A la gente no le gusta tener referencias negativas porque obviamente le espantan a otra gente que quieran conocer. Hay que desarrollar un sexto sentido en cuanto se refiere a escoger con quién te quedas. Yo leo su perfil; veo cuánto empeño le puso su descripción; veo cuánto tenemos en común; veo si su aspecto me hace sentir cómodo o no; leo sus referencias y busco pistas que me digan si conviene quedarme con él o ella... —contestó Mido.

—Me sentiría muy incómoda con eso. ¿Qué pasa si algo va mal? —pregunté.

—Bueno, hasta ahora llevo tres años viajando y no he tenido malas experiencias. Todo el mundo se ha portado muy bien conmigo. Nos hemos divertido mucho. Sí es normal que unas experiencias sean mejores que otras. Todo depende de cuánto tengamos en común y cómo estemos de ánimos. En mi caso, yo no lo hago por ahorrar dinero solamente, sino por la experiencia. Si no me sintiera a gusto, simplemente le digo que mis planes cambiaron y me voy. No hay por qué pasarla mal. —dijo Mido.

—Me refiero a peligro. ¿No te has sentido en peligro? Por eso digo, que para una chica es diferente. —pregunté.

—Yo nunca. También he conocido a muchas chicas que viajan por seis meses o un año y nunca les pasa nada. Claro, otras me han dicho que despiertan en el medio de la noche y sus huéspedes varones están manoseándoles el cuerpo. Hay otra que me contó que había hablado con un chico para quedarse en casa de su familia en Filipinas. El chico le dijo que allí conocería a sus padres, a su abuela, a sus primos, hasta a su perro. Cuando llega la chica y se encuentra con el chico, éste le dice que se tuvo que mudar de la casa y que ahora vivía en un hotel. El hotel tenía solo una cama, así que la tendrían que compartir. ¿Qué crees de eso? —dijo Mido.

—¡Qué fuerte! ¿Y la chica se quedó con él? —pregunté.

—No, no se quedó con él. ¡Ja! Mira, el peligro siempre va a estar. Después de todo, te estás quedando en la casa de un desconocido. Si quieres evitar el peligro, no lo hagas. Si aún quieres intentarlo pero minimizando el peligro, diría que como chica, te quedes con una chica. Sin verificar estadísticas, mi instinto me dice que es menos probable que una chica te ponga en una situación peligrosa. Si no le tienes miedo al riesgo, te puedes quedar con un chico. Ahora, sabes que entre chicas y chicos a veces hay atracción y eso se presta a malentendidos y cosas feas, como le pasó a la de Filipinas. Sin embargo, también puede que pases la mejor experiencia de tu vida. Las chicas y los chicos muchas veces ven la vida de maneras distintas, por lo que puede que encuentres más divertida la compañía de un chico o viceversa. Está en ti. Haz lo que te haga sentir cómoda y toma precauciones: lee bien los perfiles, ten el primer encuentro en un lugar público y evalúa cómo la persona te hace sentir; sigue tus instintos y aléjate si te suenan las alarmas. —contestó Mido.

—¿No te ayudaría que viajaras con alguien? ¿No te sientes solo? —preguntó Aldar.

—Yo viajo solo ahora mismo porque quiero. Conozco gente por Internet, en los hostales, en el autobús, en el tren, en los puntos turísticos. Los mochileros nos reconocemos unos a los otros. Te conozco hoy en mi hostal y en cinco minutos vamos de camino a un día entero de turisteo. ¿Vas a Vietnam? ¿Cuándo? ¡Yo también! Nos fuimos juntos. No hay por qué estar solo si no se quiere. —contestó Mido.

—Pero a veces estás solo cuando no quieres estarlo, me imagino. —dijo Aldar.

—Eso es verdad. ¿No lo estamos todos, incluso quienes no viajan? La gente le tiene miedo a la soledad, hasta les asusta comer solos. Tienen miedo a que los vean solos y les cojan lástima porque piensen que no tienen amigos. No se atreven a aprovechar ese tiempo para pensar, para reflexionar. Viajar solo te obliga a aprender a estar cómodo con la soledad y a sacarle provecho. —dijo Mido.

—No sé. A mí me gusta tener a mis amigos alrededor y compartir cosas. Me gusta saber que mi familia está ahí para mí y yo para ellos. No me gusta ser egoísta. —dijo Aldar.

—Estoy de acuerdo que es un sacrificio. Está en cada individuo decidir cuánto tiempo puede aguantar antes de que el dolor de extrañarlos sea demasiado. Sin embargo, no le llamaría egoísmo. Egoísmo sería que tu familia o amigos te hagan sentir culpable por estar tan lejos. —dijo Mido.

—Perdona, no quería ofenderte. —dijo Aldar.

—No te preocupes, que no me ofendes. Es que me encuentro con mucha gente que me dice eso. Me parece que mucha gente se pone esa excusa, se echa esa culpa para no alejarse y tener experiencias renovadoras. Pierden la oportunidad de seguir sueños por miedo. —dijo Mido.

—O no lo ponen como verdadera prioridad, aunque digan que quieren hacerlo. —dije.

—La familia se preocupa por ti porque no te estableces en ningún sitio. No tienes un trabajo estable, una pareja estable, una familia. No son cosas que hace la gente normal. —dijo Aldar.

—Eso puede ser verdad, pero no del todo. En mi país podré haber tenido un trabajo estable pero no me sentía satisfecho, por lo que pude haber cambiado de trabajo en trabajo en vez de irme. Con respecto a la pareja, he sabido estar varios meses sin novia, solo con encuentros casuales. De viaje ha sido igual, solo que los encuentros son más exóticos. —dijo Mido.

El teléfono de Aldar comenzó a sonar. Lo contestó y se alejó de la mesa para hablar.

—Sí, entiendo lo que dices. Quedarte en el mismo país no te garantiza nada de estabilidad, pareja, etc. —dije.

—Así mismo es, exacto. Esa es solo la opinión popular, en mi opinión. Si algo cambia es el ritmo de la vida por la edad y la experiencia, más que por el país en donde me encuentre. —dijo Mido.

—Oigan, me acaba de llamar mi amiga Elmira. Ella es maestra de inglés y los está esperando para que compartan sus experiencias en su clase. Si están interesados, tenemos que irnos ahora. ¿Qué creen? —preguntó Aldar.

—¡Wow! ¡Me encantaría! ¡Vamos! —dijo Mido.

—Espera, ¿a dónde vamos? —pregunté, sintiendo ya el martirio por el que iba a pasar. Podía invertir mi energía en inventarme mil excusas baratas para negarme a ir, resistiendo a la vez las insistencias de mis dos nuevos amigos, o podía invertirla en inventarme cuentos acerca de mi supuesto país frente a gente aprendiendo inglés pero bajo la guardia de un viajero trotamundos. —¡Vamos!

CAPÍTULO XII
El poder místico de Tarán

Elmira era una rusa caucásica de veintitrés años, maestra, traductora, propietaria y administradora de una escuela de inglés. Impresionante hoja de vida, para su edad. Siendo muy buena amiga de Aldar, no desperdició la oportunidad de tenernos a Mido y a mí en su salón como invitados principales, aun sabiendo que nos acabábamos de bajar una botella de vodka casero con sabor a cerezas y no estábamos en condiciones para dar nuestra mejor cara.

—Los dejo aquí porque tengo que ayudar a mis padres con la limpieza. Ya le avisé a Elmira que llegamos; los vendrá a buscar en unos minutos. Nos vemos después de la clase. ¡Qué se diviertan! —dijo Aldar, dejándonos a Mido y a mí solos en un recibidor con un fuerte olor "soviético".

—*Non ti l'avevo detto, ma posso parlare italiano.* —dijo Mido, con su característica sonrisa ancha de dientes blancos.

Quedé congelada mirándolo a los ojos con una sonrisa falsa. Me mantuve así demasiado tiempo, lo suficiente como para que Mido rompiera el silencio.

—*Lo so, non parlo così bene, vero?* —preguntó Mido. Reía, pero había quedado un poco incómodo con mi mirada.

Otras veces mi imaginación corría libre y me salía de aprietos con poco esfuerzo. Me inventaba cuentos, cambiaba el tema, hacía preguntas; habían muchas formas para desviar la atención de esos temas que no quería tocar. Frente a alguien que parecía dominar mi supuesto lenguaje nativo, la máquina que hacía correr las ideas se descompuso. Me dejó en una especie de trance donde era imposible pensar.

—*Mi capisci? Ti hai diventata rossa, rossa come un pomodoro.* —preguntó Mido, sobándose los cachetes.

Se me aguaron los ojos.

—¿Qué pasa? —preguntó Mido. Sospechaba de mí y mi rostro me había delatado. Se puso serio y comenzó a pensar en voz alta. —No me entiendes. Mi italiano no es bueno pero tampoco tan malo; de eso estoy seguro.

Yo: muda. Quería echarme a correr.

—No eres italiana. Ya sabía que había algo extraño en tu acento. Los italianos tienen un acento tan fuerte, tan marcado, y el tuyo es como de Sur América. ¿Hablas español? —preguntó Mido.

—Sí. —dije.

Me limpié las lágrimas al ver que una chica se acercaba.

—¡Hola! Ustedes deben ser Signe y Mido. Soy Elmira. —dijo la chica, luego me miró con preocupación. —Signe, tienes los ojos muy rojos. ¿Estás bien?

—Le he estado diciendo que deje de rascarse los ojos pero no me hace caso. —dijo Mido, para mi sorpresa, luego me guiñó un ojo. No lo podía creer.

—Ah, bueno. Me alegro mucho que hayan podido venir. Mis estudiantes están muy emocionadas por verlos. —dijo Elmira, guiándonos entre un área de oficinas hacia una sala de conferencias.

—Esto no parece una escuela. —dijo Mido.

Yo había notado lo mismo pero aún estaba muy impactada por lo que había sucedido como para comentar algo.

—Durante la semana es una oficina de gestión. Los fines de semana me dejan usar la sala de conferencias para mi escuela. Así me ahorro la renta. —dijo Elmira.

—Yo me encargo de hablar. No te preocupes. —me susurró Mido al oído justo antes de entrar.

Mido y yo nos metimos a la sala de conferencias con ojos brillantes y pupilas dilatadas. El alcohol en la sangre ayudó a aliviar la tensión, por lo que seguimos comportándonos como si nada hubiera pasado. Mido tampoco pareció darle importancia alguna al hecho de que yo no era quien decía que era.

No obstante, no estaba fuera de peligro. Nos rodeó un puñado de rusas jóvenes de veinte años locas por aprender inglés, ver mundo y relacionarse con otras culturas —ya establecimos que a pocos varones les interesaba aprender el inglés y que tenían más mujeres de lo que necesitaban para satisfacer la demanda. Nuestra visita fue especial porque seguramente éramos de los pocos turistas que ellas verían en sus vidas. Tendrían muchas preguntas y cometer otro error hubiera sido devastador para mí.

Por suerte, las preguntas eran bobas y la gente ya conocía lo más importante de Italia: la cocina y la historia; pero hubiera sido mucho peor sin Mido ahí para ayudarme. Él, naturalmente, tenía una respuesta para todo.

—¿Cuán importante es dominar el inglés en un país como China o Italia, donde ese no es el idioma local? —preguntó una chica. Quería confirmar lo que ya sabía, que el inglés era vital.

—El idioma común para los turistas de todo el mundo es el inglés. La mayor parte de los países saben esto y se preparan, unos más que otros. Te rotulan las calles en inglés y en el lenguaje local, tienen oficinas de turismo con mapas en inglés, tienen gente en hostales y hoteles que hablan inglés, los servicios de transportación y turismo te hablan inglés. Hay otros países que no están preparados pero que al menos la gente sabe lo mínimo para darte servicio, en inglés. En Rusia estás cagado. No hay ni mierda. Aquí no hay ni rotulación ni gente que hable inglés. Hay muchas buenas oportunidades para quien lo habla fluido. —dijo Mido, distraído por mis risas porque sabía que estaba borracho.

Mido se encargó de ser el centro de atención para cualquier pregunta. Yo complementaba lo que decía mientras podía, sin llamar mucho la atención. La maestra, intentando mantener su profesionalismo, intervenía de vez en cuando con la pizarra para aclarar el significado de alguna palabra o concepto que salía de la boca de Mido.

—¿Conocen la palabra "rotulación"? ¿Qué significa? ¿Alguien la puede usar en una oración? —preguntaba Elmira a las estudiantes.

—Aprendan inglés y váyanse a Asia. Allá la vida es muy barata y consiguen trabajo fácil hablando inglés y ruso. Allá eso está repleto de turistas rusos. Además, al asiático le encanta la mujer blanca y rubia; las adoran tanto los hombres como las mujeres. A ustedes las van a tratar como diosas. —continuó Mido, seguido el ejercicio de Elmira.

La hora de clases voló. Yo no podía parar de reír.

Terminamos Aldar, Mido, Elmira y yo en uno de esos bares en donde la noche anterior había parado el autobús soviético

/ bar ambulante luego de que varios rusos borrachos tuvieran que empujarlo cuesta arriba.

—Pero si quieres novia, tienes que dejar de viajar. —le
dijo Elmira a Mido, continuando una conversación que había
comenzado de camino al bar.

—En eso estoy de acuerdo. Tendría que encontrarme
con una lo suficientemente poderosa como para hacerme
parar de viajar. —dijo Mido.

—Eso o te la llevas contigo. —dije.

—Difícil, pero posible. Lo he visto. Por Chita me topé
con una pareja de alemanes que cruzaban toda Siberia en un
Volkswagen viejo. Van visitando de ciudad en ciudad; hacen
barbacoa en el medio del campo todos los días; modificaron
el carro para poder dormir cómodamente adentro. El plan es
cruzar Siberia y dar vueltas por toda Asia hasta que se les
acabe el dinero. No son tan jóvenes, tampoco; deben tener
sus treinta y uno o treinta y dos años. —dijo Mido.

—Suena como una aventura increíble. ¿Pero crees tú
que ellos van a poder seguir así por mucho tiempo? ¿Qué
pasa cuando tengan hijos? No van a poder estar yendo de
país en país. —preguntó Elmira.

—No sé ellos. No les pregunté. Sin embargo, he conocido gente que ha hecho ese tipo de cosas. En Mongolia conocí a una pareja retirada, ahora con hijos graduados de la
universidad. Se la pasaron viajando desde antes de casarse.
Claro que cuando tuvieron hijos se tomaron más tiempo
entre viajes. —contestó Mido.

—¿Qué hacían? —pregunté.

—Maestros de inglés. Participaban en intercambios de
profesores entre países. Para ese tiempo eran como misiones
de un par de años. Ellos son canadienses y vivieron en Esta-

dos Unidos, varios países de Sur América, Europa y Asia. Se llevaron a sus hijos con ellos. —contestó Mido.

—Me encantaría haber crecido en esa familia. ¿Te imaginas ver a tantos países desde tan pequeño? —dijo Elmira.

—¿Cómo salieron los niños? O sea, ¿salieron normales? Parece un ambiente muy inestable. —preguntó Aldar.

—Yo les pregunté eso también. Todo el mundo siempre dice que los niños deben crecer en un lugar estable, que puedan conocer lo que es tener amigos por mucho tiempo, que se identifiquen con su país desarrollando cultura y costumbres. —dijo Mido.

—Sí, yo pienso eso. Debe ser difícil crecer cambiando de amigos cada par de años. —dijo Aldar.

—Pues, no te creas. Ellos me dijeron que sus hijos, mirando hacia atrás y analizando la vida que llevaron, no se arrepienten. Claro que se les hizo difícil crecer y tener amigos, pero también hicieron amigos por todo el mundo y viajaron. Son experiencias que un niño normal no tiene. Es difícil saber qué realmente se perdieron o ganaron. Es difícil saber si hubieran tenido una niñez más feliz y estable habiendo crecido en un mismo país en vez de diez. Según sus padres, ellos salieron hijos normales. —dijo Mido.

—¿Qué están haciendo ahora? —pregunté.

—¡Todos viajan! Hay un hijo por Europa y una hija por Sur América mientras sus padres están de maestros particulares en Asia para mantenerse activos. ¡Lo encuentro increíble! Se llaman cuando necesitan llamarse; se visitan cuando necesitan visitarse; sin embargo, cada uno es muy independiente. ¿Es eso tan malo? —dijo Mido.

—Al momento de tener hijos, ¿dirías que prefieres conseguirte una chica que quiera quedarse en el mismo sitio o que esté dispuesta a mudarse a gusto de país en país? —preguntó Elmira.

—Eso requiere mucha planificación. Me enamoro primero, luego veo qué limitaciones tendrá la relación. Por ahora tengo claro que no me interesa tener una relación seria. Prefiero lo casual, sin compromisos. —contestó Mido, mostrando sus dientes blancos de felicidad.

—Salud por eso. —dijo Aldar, chocando copas.

—Es una cosa de estadística. —dijo una voz en mi cabeza. Era una voz familiar, una voz de mi pasado. No era mi esposo, el hombre a quien le robé su dinero y de quien me escapé el día de mi luna de miel. Era otro hombre y estaba acostada con él. —Hablo con todas las chicas del club. Sean cincuenta o sean cien, por estadística al menos una tiene que caer.

Sus palabras quedaron grabadas en mi cabeza. Se llamaba Rodrigo y era mi amante. ¿En qué me había metido?

—Cuando comencé el viaje, bebía mucho. Luego me di cuenta que me estaba quedando sin dinero. Solo con dejar de beber fue suficiente para ahorrar y extender mi viaje un año más. —dijo Mido.

Volví a caer a la realidad. Había quedado pasmada con mi visión. Nadie se percató porque seguían mesmerizados con las aventuras de Mido.

—Es muy saludable, además, deshacerse de los vicios. —dijo Elmira.

134

—Bueno, vicios siempre habrán. A mí me encantan las drogas. Las he tenido que dejar también para ahorrar dinero y poder seguir viajando. Mi cuerpo no necesita alcohol ni drogas pero, si se me da la oportunidad, no la voy a desperdiciar. Ya viste lo mucho que bebí de ese vodka que nos dio la familia de Aldar. ¡Era gratis! —dijo Mido.

Drogas. Seguramente Mido, el espíritu libre, las había intentado todas.

—En el desierto Gobi de Mongolia estuve unos días acampando con mi fiel caballo, Cool Runnings, y Tarán, un turco que traía consigo un poco de mezcalina, opio y hachís. Hicimos una fogata y nos pusimos a fumar, a tener un viaje espiritual y encontrarnos con los dioses. Tarán me reveló que tenía un poder. —dijo Mido. Subió sus manos proféticamente e hizo una pausa en seriedad, la cual le duró poco porque sabía la estupidez que estaba por contar. —Me dijo que tenía un poder telequinético, que era capaz de causarle erecciones a cualquier hombre. —continuó mientras todos reímos boquiabiertos. —Pudo desarrollar ese poder hasta que logró causarle una erección a todos y cada uno de los estudiantes varones de su escuela superior.

—Que bien. ¡Me gustaría tener ese poder! —dijo Elmira.

—Después, en la universidad, algo increíble le pasó. Pudo desarrollar sus poderes aún más y lograr que todas las mujeres se mojaran. —dijo Mido, juntando las palmas de sus manos como si hubiera ocurrido un milagro.

—Ahora es que se pone la cosa interesante. Tienes mi atención. ¿Sabes cómo lo logró? —preguntó Aldar.

—¡Tienes que enfocarte en el centro! —dijo Mido, alzando la voz y levantando su dedo índice. —Tienes que pensar en la simplicidad y lo lograrás.

—¿Eso te lo dijo mientras fumaban? —pregunté.

—¡Nah! Para eso, ya nos habíamos acabado toda la droga. Imagínate que estábamos viendo la aurora boreal desde el sur de Mongolia, sin tener que irnos tan al norte de la Tierra. Ya te dije que me encantan las drogas. —me dijo Mido, luego continuó con su historia. —Entonces yo le pedí que me enseñara a obtener ese poder tan útil, ¿no? A lo que Tarán me respondió: "Yo no soy un maestro, pero no estamos muy lejos de mi mentor. El maestro es un ruso que vive aquí en Mongolia. Es capaz de doblar cucharas con la mente. Vive en un lugar único, secreto, donde hay unas misteriosas ondas electromagnéticas con poderes fuera de este mundo. Él mismo solo pudo llegar ahí, encontrar ese lugar místico, guiado por una familia nómada que se enteró de sus poderes. Te puedo dar sus coordenadas para que lo busques."

Otro recuerdo dominó mi cabeza. Me entró el tipo de conflicto de interés mental que no me permitía concentrarme en dos cosas que me interesaban mucho. Una cosa era el bendito cuento del ruso experto en mojar mujeres con sus pensamientos—al igual que hombres, un poder más elemental, como la lógica dictaría—otra cosa era lidiar con mis ansias de encontrarme a mí misma y los recuerdos de mi pasado que me salpicaban al azar.

Esta vez me encontré buscando con la vista a Rodrigo, de quien minutos antes me había enterado de su existencia. Con él le pegaba cuernos a mi marido. Estaba de fiesta en una discoteca rusa; tenía el mismo ritmo particular de la música electrónica que ponían en las tiendas de ropa. Yo miraba a

Rodrigo escondida a la distancia, como si lo espiara. Fingía hablar o bailar pero realmente intentaba ver lo que hacía. Lo miraba mientras su lengua limpiaba los pulmones de una chica que se había dado suficientes tragos demás. Asqueroso infiel, pensé.

▶▶ ◀

—¡Tres horas estuvimos dando vueltas por el desierto! Al menos eso sentí aunque, cuando nos despertó el sol, estábamos sanos y salvos en nuestro campamento. Recuerdo que el turco seguía repitiendo: "Cuando veas al ruso, solo tienes que pararte frente a él y decirle: estoy listo para la educación." —dijo Mido.

—¿Que es estar listo? ¿Cómo sé si estoy listo? —preguntó Aldar, muy envuelto en la historia. Parecía como si en realidad creyera los cuentos de Mido.

—Estar listo es no tener miedo. Eso me dijo. —dijo Mido, volviendo a ponerse serio. —"¿Cuál es tu miedo más grande?", me preguntó. Yo no supe responderle. Suena estúpido pero tomé la pregunta en serio y hasta el día de hoy no sabría contestarle a Tarán. ¿Será bueno que no le tenga miedo a nada o es que estoy ciego? En ese momento pensé en mi viaje, en hacer todas las cosas que siempre había querido hacer, en encontrarme a mí mismo y encontrarle sentido a la vida, en elegir un futuro que me hiciera sentido en todos los aspectos de mi vida y que no lo tuviera que cuestionar más. ¿Cuál es mi miedo? ¿Será que durante mi viaje escapo de algo sin darme cuenta? ¿Escapo del amor, de la estabilidad, de las amistades, de todo eso que hemos estado hablando todo el día? Todo sueño requiere sacrificios pero, ¿por qué se me hace tan fácil sacrificar por mis sueños lo que otros fácilmente sacrificarían sus sueños por tener?

Todos quedamos en silencio.

Eso quise hacer en ese momento, escapar. Quería escapar de la mierda de vida a la que parecía ser inevitable que regresaría. Cada día que pasaba llegaban más recuerdos, más detalles, el próximo complementando horríficamente al previo. Mientras tanto veía a gente como Mido, quien seguramente había pasado buenas y malas pero quien no se arrepentía de nada y aprendía de todo.

Él no tenía los problemas que yo tenía. Él nunca se había casado. Este enredo de mentiras e infidelidades no era tan grave entre novios pendejos como lo era entre marido y mujer. Él parecía tener todo el dinero del mundo para viajar y seguir viajando aunque durmiera en la tierra mientras yo parecía querer robármelo y escapar. ¿Quién cargaba con tanto dinero en su mochila? ¿Quién, si no alguien que se lo buscaba, quedaba atrapada en el carro de dos criminales? La noche seguía y yo rompiéndome la cabeza. La ventaja era que mis recuerdos eran limitados tanto en cantidad como en detalles. Solo quedaba maquinar con las piezas y ver cómo éstas encajaban. Lo sencillo y obvio ya estaba hecho pero aún me faltaban piezas, respuestas.

Y no sabía qué hacer con Mido. Me había desenmascarado solo unas horas antes pero no parecía tener el más mínimo interés de regar la voz o hablar del tema. No sabía si debía estar preocupada o no. Tampoco tuvimos la oportunidad de estar a solas para saber sus intenciones. ¿Me convenía quedarme ahí hasta poder aclarar las cosas con él o debía desaparecer sin dejar rastros?

En eso comenzó un show de bailes sobre la tarima del bar. Invitaban a las chicas del público a mostrar lo mejor de sí mismas. Mido, el único extranjero varón, tuvo el privilegio de ser el juez. No creo que le haya molestado para nada tener asientos de primera fila para ver rusas tentándolo con el temblequeo de sus carnes. Me recordaron a Katia esa noche que fuimos al bar en Vladivostok. Al baile le siguieron varios actos de comediantes principiantes estilo stand up. Obviamente no entendí sus chistes en ruso, pero aparentemente fueron muy graciosos, visto que Elmira y Aldar casi se orinaron de la risa.

En eso, Mido aprovechó el haber estado expuesto al público como jurado principal para socializar con la rubia rusa más bella del bar. Ambos él y Aldar llevaban ojeándola desde que se apareció por los alrededores con su trajecito azul, tacos y su cabello largo a media espalda. Llevaba unos lentes negros rectangulares, no muy gruesos.

Yendo y viniendo del baño paré en su mesa, aprovechando que Elmira y Aldar no estaban alrededor.

—Gracias por ayudarme. —dije. Solo eso. Él entendería.

Mido se puso de pie, excusándose por un segundo con la chica y me contestó.

—No te preocupes. A mí no tiene por qué importarme lo que hayas hecho ni lo que estés por hacer. Conozco a quién eres ahora mismo y con eso me basta para saber que eres una buena persona. —dijo Mido.

—Es muy linda. —dije, mirando a la chica. Espero que tengas suerte.

—Me deja sin aire. Tiene unos labios paraditos solo un chin como si alistándose a besuquear. Es doctora. Tras que bella, inteligente. ¡Es la mujer perfecta! —dijo Mido.

Habiendo cumplido mi misión y sabiendo que Mido no me delataría, me alejé rápidamente y me junté con Elmira y Aldar para no arruinarle la conquista.

Cuando Elmira y yo nos fuimos, Mido aún seguía envuelto con la rubia. Llevaban horas hablando de no sé qué; bueno, seguramente le habrá preguntado de todo acerca de sus viajes como hicimos nosotros el día entero. Aldar estaba muy borracho o celoso como para dejarlos solos y tranquilos, así que se sentó a hablar con ellos. Ella no tenía ojos para Aldar, solo para Mido. Aldar eventualmente se rendiría y se iría a su casa.

Al día siguiente, Aldar y yo nos fuimos a beber una cerveza al mismo bar donde dos noches antes había presenciado cómo un solo trago podía beberse, fumarse e inhalarse. Ese mismo día yo partiría hacia Novosibirsk.

—¡Qué belleza! ¡Qué cuerpo! —dijo Mido, apareciéndose por el bar a última hora.

—¿Pasaste la noche con la rubia? —preguntó Aldar. Los blancos y resplandecientes dientes de Mido valieron como respuesta afirmativa. —De hoy en adelante, eres mi héroe. Te seguiré el resto de mi vida para aprender de ti. ¡Por favor, comparte tu secreto!

—¡Tienes que enfocarte en el centro! —dijo Mido.

—Vaya galán. —dije, sonriendo.

Estaba de acuerdo con Aldar. Si fuera chico, también le hubiera pedido me revelara sus secretos. Apestoso, sucio y sin dinero, Mido se había llevado a la cama a una mujer de belleza envidiable.

—Me aparezco en sus vidas cuando menos se lo esperan y, como un huracán, se las viro patas arriba. —dijo Mido, mostrando sus blancos dientes y echándose flores con sus palabras. —Ellas se quejan de sus vidas mundanas y miserables. Ellas se arrepienten de haber desperdiciado la juventud, de haberse dedicado a sus estudios y a sus carreras profesionales. Se arrepienten de haber metido sus sueños en el rincón de la cabeza donde se tiran todas las cosas que se quieren olvidar. Yo solo les cuento las cosas que me pasan en la vida, mi humilde vida, pero mis cuentos son los sueños que ellas nunca podrán cumplir. Ven en mí una pisca de esperanza de que sus anhelos aún son asequibles. Yo soy prueba en carne y hueso de que los sueños pueden convertirse realidad; eso atrae y excita, mi querido Aldar.

CAPÍTULO XIII
Peligro: Patria

Una vez más, me encontré siendo la única extranjera en el tren. Esta vez serían treinta horas de viaje—asumiendo ingenuamente que no habría atrasos—, lo cual era solo una fracción del maratón de setenta y dos horas que me había dado de Jabárovsk hasta Irkutsk. No quería dar otro viaje tan largo, así que pararía en Novosibirsk. Sin embargo, no estaría sola y sin compañía. Una vez más me compré un billete de tercera clase, donde los espacios eran abiertos y siempre había al menos una persona dispuesta a hablar sobre cualquier cosa con tal de no aburrirse con sus propios pensamientos.

Compartí mi cabina con un joven ruso que dormía sin camisa, una señora mayor que miraba el paisaje a través de la ventana y dos camas vacías. Dos galletas de vainilla y una bolsa de té verde como regalo comenzaron la conversación.

—¿*Otkuda ty?* —me preguntó la señora mayor de cabello corto pero al estilo europeo, no de bol, como el de muchas señoras mayores caucásicas que vi en mi recorrido. Era como si después de cierta edad, los cabellos a media espalda perdieran su encanto.

—*Ya Italia.* —contesté. Algo básico aunque seguramente incorrecto tenía que haber aprendido durante mi estadía, especialmente cuando era mi tercer viaje en tren y estaba solo a unas horas de sobrepasar mis cien horas de experiencia como ferro-viajera.

—¡*Ah!, Italia ochen krasiva. Mnie ochen ona nravitcia.* —dijo la señora. Hablaba de prisa, pero aún podía comprenderle algunas palabras. Además, no era difícil adivinar lo que diría. Todo el mundo decía que Italia era preciosa; todos amaban a ese país. Yo ni recordaba jamás haber ido. —¿*Kak tiebia za-vut?* —preguntó la señora.

—Signe, ¿*ty*? —contesté.

—Katerina. —contestó la señora, apuntándose al pecho con el dedo.

La conversación oral no llegó mucho más lejos que eso. La señora pronto se dio cuenta que mi ruso era peor que su inglés. No obstante, me encantaba practicar mi ruso con la gente del tren porque, a falta de cosas que hacer, estaban dispuestos a pasar horas descifrando lo que mis manos y mis dedos hablaban con dibujos al aire. Esos gestos que finalmente lograba comunicar se convertían en palabras. Estaba decodificando la lengua desde cero. Decir simplemente "euforia", no le hacía justicia a la sensación que la experiencia me hacía sentir. Además, sabía que de esa manera jamás se entrometerían mucho en cosas que no recordaba. En la eventualidad poco probable de que lo hicieran, podía simplemente fingir no comprender. Después de todo, me estaban hablando en ruso.

Con Katerina fue que aprendí a leer ruso. Ella se sentó conmigo y escribimos todas las treinta y tres letras del alfabeto.

Me escribía las letras en cirílico pronunciando en voz alta cada letra para que yo repitiera. Mientras tanto, yo escribía cada uno de los sonidos a mi manera—como se me hiciera más fácil recordarlos—ya fuera en español o en inglés. Me parecían raras, esas letras. Algunas letras se veían y sonaban igual que como lo harían en español, como la M y la A; otras se veían igual pero sonaban completamente diferente, como la P, la cual suena como una R en español; otras se veían igual pero estaban invertidas y sonaban diferente, como la $И$, la cual parece una N pero suena como una I en español; otras se veían completamente diferentes pero tenían sonidos conocidos, como la $Ф$, la cual parece sacada de un libro de fórmulas matemáticas pero suena como una F en español; otras pocas, como $Ы$, eran caracteres nuevos cuyos sonidos mi boca se rehusaba a reconocer.

A simple vista, el orden de las letras tal como fueron listadas por Katerina, no me hizo sentido. Servirá para enseñárselas a los niños rusos y seguirá cierto orden impuesto históricamente, pero para mí para lo único que servía el orden en el que estaban organizadas era para confundirme.

Nada me impedía cambiarles el orden a las letras, así que lo hice. Junté los grupos que me sonaban como vocales—más o menos, no era una ciencia exacta. En resumen me salió algo así:

Letra en ruso: А, Я;   Э, Е;   И, Й;   О, Ё;   У, Ю
Sonido en español: A, ya; E, ye;   I, yi;   O, yo; U, yu

Agrupando todas las letras así se me hizo más fácil aprendérmelas porque seguían un patrono sencillo, especialmente éstas que denominé como "vocales". Lo mismo hice con las consonantes, aunque admito que tomó algo de imaginación encontrarles las relaciones para simplificar la memorización. El puñado de letras realengas con sonidos extraños lo puse aparte; con eso lidiaría después.

Tras reagruparlas a mi gusto, comencé a aprenderme los símbolos. Ahí estaba la complicación más fuerte porque eran tan diferentes a lo que era normal para mí. Sin embargo, esa complicación era psicológica más que nada. No fue un problema tan grave que no resolviera escribiéndolos y reescribiéndolos veinte o treinta veces. En un par de minutos ya me había embotellado las "vocales", las cuales representan el treinta por ciento de todo el alfabeto ruso. Unos minutos solamente. Hice lo mismo con las consonantes, escribiendo y repitiendo en voz alta cada letra para asegurarme que mi boca se acostumbrara a hacer los sonidos.

Katerina me ayudaba con los sonidos, me corregía. ¡Ella estaba tan contenta e impresionada con mi progreso! Hablaba y reía con el chico sin camisa mientras ambos me miraban con admiración. Le contaba de mí a cualquier curioso que se detenía por nuestra cabina mientras practicaba los sonidos. Yo contenta, porque muchos de los sonidos ya los conocía; la dificultad siempre estuvo más que nada en tatuarme los símbolos en la cabeza.

Otra cosa que me gustó del ruso era lo fácil que era de leer. Para el próximo día, pude leerle a Katerina cualquier palabra en ruso y ella me entendió. Yo estaba bajo la impresión que el español se leía como se escribía y que eso la hacía la lengua más sencilla de leer, pero no fue hasta que aprendí a leer ruso que me di cuenta de cuántas excepciones habían.

En español tenemos la C de la palabra "casa" y la C de la palabra "cesar", las cuales tienen sonidos diferentes. Lo mismo que pasa con la C, pasa con la G (grama vs. coger), la U (unión vs. guiso), y la Y (hoy vs. ayer)—a saber si habrán

más. En el ruso ese tipo de inconsistencias son menos comunes. En la mayoría de los casos, las palabras se leen como
se escriben—salvo a cuando la O suena como una A. Tan
pronto me aprendí los sonidos, no fue más que combinarlos
hasta formar palabras. Hacer lo mismo en español me hubiera tomado algo más de esfuerzo, aunque tampoco tantísimo
más. Naturalmente, no leía con total fluidez, solo la suficiente como para hacerme entender. Tomaría mucho más tiempo pulir mi pronunciación. La Ы demostraría ser casi
indomable para mí; esa bella letra sonaba como si estuviera
vomitando una I con la nariz congestionada.

Me vino bien el aprender a leer. No era fácil caminar por
las ciudades rusas sin hablar el lenguaje, menos sin leer. Todo estaba en ruso, nada en inglés. Las pocas palabras que
había aprendido hasta ese momento solo las conocía de oído.
Si las veía escritas, no tenía forma de saberlo. Desde ese día
en adelante pude leer letreros, lo cual me permitiría saber
dónde estaba y cuánto tiempo faltaba para llegar a mi destinación en el tren, o saber en qué calle estaba y ubicarme en
un mapa. Leer me permitió reconocer palabras que ya conocía de oído, palabras importantes como *ВОКЗАЛ*, que se lee
vokzal y significa estación de tren. Leer ampliaría mi vocabulario sin esfuerzo, ya que toparme repetidamente una misma
palabra como *ВЫХОД*, la cual se lee *vyjod*, despertaría mi
curiosidad hasta encontrar su significado en español: salida.

Leer me permitió finalmente saber el nombre de la persona que había patrocinado mi visa rusa. Era esa parte de mi
passaporto que decía "Invitado por", de la cual me había percatado durante mi viaje entre Vladivostok y Jabárovsk:

« Anastasia Tomilina, San Petersburgo, Calle Yablochkova 2/10 -6 »

La misma dirección en San Petersburgo que había encontrado en mi teléfono, solo que ahora la dirección tenía el nombre de una chica. Ni idea quién podía ser Anastasia.

Gracias a Katerina fue que conocí a Alexandra. Ella se había montado en el tren poco antes de yo despertarme al día siguiente. Como era de esperarse, la señora ya le había regalado unas galletas de vainilla para entablar conversación. Yo, siendo la única extranjera dentro del vagón, debí ser tema principal de la discusión. Sé que escuché mencionar a Italia varias veces y tan pronto la señora vio que desperté, me llamó hacia ella para que me sentara. Resulta que Alexandra hablaba inglés. La señora estaba muy contenta por finalmente haber conseguido a alguien con quien yo pudiera hablar.

—Estoy a punto de terminar mis estudios con un grado en matemáticas. ¡Me falta decidir qué voy a hacer con mi vida! —dijo Alexandra, seguido por una corta carcajada de triste frustración.

—Felicidades. ¿Qué tienes en mente? —pregunté.

—Ser científica sería lo natural, lo que todo el mundo espera pero... —contestó Alexandra. Pausó, como si avergonzada de lo que iba a decir. —No sé. Estoy considerando ser maestra en un orfanatorio.

—¿Por qué lo dices con esa vergüenza? —pregunté.

—¿No piensas que es absurdo haber estudiado tanto para simplemente terminar como maestra de orfanatorio? —preguntó Alexandra.

—¿Por qué me parecería absurdo que tú hagas lo que quieras hacer? —pregunté, aunque sí me pareció absurdo.

—Porque a todo el mundo le parece absurdo tener la oportunidad real de vivir una vida más cómoda pero no aprovecharla. Creo que a la gente le molesta que no tenga aspiraciones tan altas. Quiero hacer algo bueno por el mundo, hacer la diferencia. —dijo Alexandra.

Le sonreí. No sabía qué decirle. La entendía; entendía que alguien quisiera hacer la diferencia. Sin embargo, no me pareció como una buena idea que ella específicamente lo quisiera hacer. Era la única persona en todo mi viaje que parecía pensar más en los demás que en ella misma. Ella no veía al mundo en dólares—o rublos, como sea. Todas eran buenas cualidades para una persona con ganas de hacer el bien pero yo seguía de acuerdo con sus amigos; me pareció un desperdicio el estudiar tan fuerte solo para convertirse en maestra de orfanatorio, especialmente cuando tanta gente a su alrededor mataría por tener su inteligencia y las oportunidades que ella tuvo para salir adelante y tomar control pleno de su vida. Ella, la santa, no lo quería.

Me pregunté, ¿a quién verdaderamente quería hacer sentir bien? ¿A los niños o a ella misma? ¿Estaría su tiempo e inteligencia mejor invertido en ayudar a la gente de otra forma, con más impacto? No quería desalentarla, así que no reaccioné. Tal vez ella misma conseguiría la respuesta.

Es que yo misma no estaba segura de cuál era la mejor forma de hacer las cosas. Quién sabía si una diplomada en matemáticas en un orfanatorio podría toparse con una variable sin descubrir, un concepto revolucionario que acabara con la necesidad de todos los orfanatorios del mundo. Como también podía ser que el mero hecho de estar ahí la metiera dentro de una burbuja, separándola del resto de su potencial.

Poco podía hablar yo del tema. Todos mis recuerdos me ponían entre el dinero, la muerte y la infidelidad. Seguramente yo jamás me había hecho ese tipo de pregunta existencial.

—Están muy interesados en nuestra conversación. Quieren saber si viajas sola y si estás casada. —dijo Alexandra. El chico ruso sin camisa le había preguntado en ruso.

—Ja, ja, seguramente. Son las preguntas que normalmente le siguen al *¿otkuda ty?*. No, no estoy casada, pero tengo un novio. —dije. No mentía, si me habían matado a mi esposo y lo que me quedaba era un amante infiel. Ella tradujo mientras yo me tocaba el dedo de la sortija de matrimonio y le decía que no con la cabeza. —¿El chico, qué hace? —pregunté. Evadir las preguntas personales. Nunca olvidar.

—Es militar. —contestó Alexandra.

—¿El servició obligatorio? Justo conocí a un chico en Irkutsk a quien le acaba de llegar la carta de reclutamiento. —dije. Tragos, empujando el autobús soviético por una colina, el taxista tenor: ¡gran noche de celebración y tristeza!

—Es obligatorio servir en las fuerzas armadas por un año. Antes eran dos. Hay cámaras por todos lados para evitar violencia entre los instructores y los soldados. —dijo Alexandra, traduciendo lo que decía el chico.

—¿Hay mucha violencia? ¿Se sintió abusado o en peligro? —pregunté. Era una de las preocupaciones de Aldar.

—Dice que, por lo que ha escuchado, era un problema grande antes, no ahora. A él no le pasó nada y tampoco escuchó quejas de nadie más o supuestos "accidentes". Al final de cada día de entrenamiento, cada soldado tenía que pasar por inspección con su instructor y reportar cualquier golpe o herida. Había que detallar cómo y dónde había ocurrido cada accidente, si alguno. —contestó Alexandra.

—¿Siente que perdió su tiempo allá? —pregunté.

—Dice que muchos se quejan de la experiencia porque es obligatoria y porque pone la vida de uno en pausa por un periodo muy largo. Dice que él no se queja, que ha aprendido muchas cosas que tal vez no habría aprendido si no hubiera tenido que servir un tiempo allí: disciplina, cómo usar un arma, supervivencia, combate táctico, entre otras cosas... —dijo Alexandra.

—Entonces es un verdadero patriota. —dije. Espero no se me haya notado el sarcasmo. No me gustaba nada que tuviera que ver con la guerra.

—Dice que no se llamaría patriota. Dice que con el patriotismo hay que tener cuidado; es una palabra que ciega a la gente. ¿Quién dice que las razones para meternos en una guerra son válidas? ¿Si las razones resultan no ser válidas, qué sería él aparte de uno de los muchos que morirían por la llamada causa? ¿Sería él una marioneta? —dijo Alexandra.

—Pero entonces, ¿por qué no se siente como que perdió su tiempo, si no se dice patriota? —pregunté.

—Porque aprendió algo útil, dice. El hecho de que no crea en la guerra no la va a prevenir. Además, esas destrezas le sirven para muchas cosas que no tienen que ver con la violencia. Estaría ciego el que no viera eso. Es educación adicional. Te baja los egos hasta casi romperte, pero eso te hace más fuerte para afrontar la vida. —contestó Alexandra.

O te mata; pensé en Aldar. Pero escuchando las opiniones extremas del chico ruso sin camisa me hizo ver que la cosa no era tan mala. Lo que para unos era tortura y amenaza de muerte para otros era educación para la vida. Tal vez si Aldar lo hubiera visto así se le hubiera hecho más fácil lidiar psicológicamente con algo que no podía evitar. Tal vez mirándolo así le sacaría más provecho a la situación.

Por más interesantes que fueran las conversaciones en el tren, al rato tenían que morir sin que ninguno de los participantes se fuera para ningún sitio. Era algo que todos entendían. Mientras el chico y la chica se tomaron una siesta y la señora se puso a hablar con otro señor sentado en la cama lateral, yo me puse a mirar por la ventana. Los llanos verdes que veía antes ya no estaban. Ahora encontré más montes, más bosques, más densidad verde. Era precioso aunque, como todo en exceso, se volvió monótono y me cansaron los ojos hasta que yo también caí dormida.

Una vez más, mis sueños me regalaron un cantito más, una pieza más para el rompecabezas de mi pasado. Me encontraba caminando junto a un hombre mayor macizo—Aldar era obeso; este hombre lo era aún más—hacia un parque a pocos metros de la casa grande de donde salimos. El parque tenía una cancha de baloncesto pequeña y una pista para caminar. Nos metimos a la cancha y nos pusimos a lanzar el balón. Los dos éramos muy malos jugando, tanto así que al intentar encestar no le dábamos ni al aro. Yo me reía de lo pésima que era pero él no. Él era más competitivo; no se molestaba pero tampoco disfrutaba perdiendo.

Luego de que ambos llegáramos a las diez canastas a la misma vez, comenzamos a darle vueltas a la pista. En eso sacó su teléfono y se puso a hablar.

—¡El hijo de puta dice que se va el mes que viene! — dijo el hombre al teléfono, lanzando la bola de baloncesto hacia el jardín. —Recuérdame buscar la bola antes de irnos. —me dijo.

Estaba con un hombre de negocios. La casa grande de donde acabábamos de salir debía ser suya. No sabía qué hacía yo con él. Pensé que debía ser un familiar, amigo de mis padres desconocidos o, que Dios reprimiera, mi próxima víctima de robo.

—¡Y que a viajar por un año, dice! ¡Alejarse de la carrera por un tiempo, quiere! Pila de mierda, que es. Yo sé la verdad. Se va porque es un pendejo que no aguanta la presión, el estrés. Explotó. Se quemó. —dijo el hombre al teléfono. Mientras hablaba se pegaba el teléfono a la boca y lo alejaba de su oreja. Era como si quisiera alzar la voz pero sin tener que gritar; tenía el efecto de hablarle más alto a quien estuviera al otro lado de la conversación sin prestarle atención. —Para eso yo estudié. Mi carrera salió más que bien y ahora puedo darme los lujos que me quiero dar. ¿No es para eso que se trabaja, para vivir una vida cómoda? ¿Por qué tú, yo y el resto del equipo podemos encontrar el equilibrio entre lo personal y lo laboral y él no puede? Tú vas al gimnasio, Erika corre y Sergei saca su pene dulce y se da sus escapadas nocturnas los fines de semana, etc. Todos encontraron un sistema y él no lo supo encontrar.

—Claro. ¿Quién de nosotros necesita ese estrés adicional? —dijo el hombre, jugando aún con la posición de su teléfono entre boca y oreja.

—Sigue el camino de muchos otros pendejos que se creen que alcoholizarse y acostarse con mujeres de todos los países les iluminará el biombo y en solo un año sabrán qué hacer con sus vidas. —dijo el hombre y pausó un minuto para escuchar. —Sí, yo sé. Quiero que me pongas una reunión mañana temprano para discutir cómo nos dividimos la carga de trabajo.

—Ya discutiremos más del tema durante la convención. Llámame cuando llegues y dime los nombres de la gente grande que está ahí. Bueno, no me tienes que llamar. Aunque no me llames, envíame un texto con los nombres para tenerlos en mente durante mi discurso. —dijo el hombre antes de colgar su teléfono.

—¿Se te va uno de sabático? —pregunté.

—Piensan en ellos mismos y más nadie. Son egoístas. Se van a divertirse a otros países mientras su país está en crisis y necesita gente que trabaje duro para salir adelante. Se olvidan de que su familia invirtió en él, lo crió, le pagó sus estudios. Se supone que él tenga su carrera y contribuya a la economía de su patria, no que se vaya a pajarear. Esos que se van joden el sistema para el resto de nosotros. Mejor que se joda su país a que se jodan ellos, ¿no? —dijo el hombre. Parecía como si se le estuviera subiendo la presión. —El país prepara a la gente para contribuir, no para irse. Lindo es cómo se va la gente inteligente y no la gente bruta. Yo metería en un crucero de lujo a todos los brutos que no contribuyen a nada y los hundiría en el mar Báltico.

—Román, ¿qué tú harías si no tuvieras tus obligaciones de negocios? ¿Qué sueño te gustaría alcanzar? —pregunté. Finalmente supe que se llamaba Román.

—Este es mi sueño, hacer lo que hago. —dijo Román. Yo mantuve silencio y eso lo hizo explicarse más. Sin embargo, nunca me miró. Mantuvo su vista siempre hacia adelante. —Soy empresario; amo lo que hago y no puedo imaginarme hacer algo más. ¿Cuántas vueltas llevamos? Llegamos a la octava ya, ¿no?

—No, todavía vamos por la séptima. —dije. Esta vez fue él quien mantuvo el silencio, por lo que yo seguí hablando. Algo me decía que él no me haría preguntas, que prefería hablar de sí mismo que de cualquier otra cosa. —A mí me encantaría ver toda Rusia en tren. Tú sabes, tomar el tren transiberiano. Sería una aventura, algo único.

—Vaya mierda de viaje que tendrás. Yo amo a mi país pero mira a tu alrededor, querida. No hay nada interesante que ver en Rusia. Todo está hecho mierda. —dijo. Se estaba quedando sin aire. —Que se joda esto. Listo, ocho vueltas.

Otra pieza que no encajaba en el rompecabezas. Al menos no parecía estar involucrada en otro delito grave. El nuevo recuerdo lo que hizo fue ponerme a pensar en lo que decía Román. Ese chico del que él hablaba parecía como si estuviera tomando el mismo camino que Mido tomó al irse de su compañía y la decisión que tantos con quienes me he encontrado añoraban tomar pero que por alguna razón u otra no la tomaban. ¿Cómo reaccionaría Mido ante los argumentos de Román? ¿Habría él considerado ese efecto que su partida tenía en la economía y la sociedad de su país?

Me sospechaba que no, que ni le importaba. Román veía eso como un insulto porque él había dedicado su vida entera para tener lo que gente como Mido despreciaba abiertamente. Román era parte vital del sistema, de lo que hacía correr al país. Gente como Mido era la siguiente generación, la que se encargaría de mantener la máquina corriendo. Sin embargo, algo hizo a Mido y a muchos otros tomar la decisión que tomaron. ¿No había algo extraño en eso? ¿No significaba que la máquina socioeconómica no estaba corriendo del todo bien y que nadie tenía intenciones de arreglarla? A fines de cuentas, ¿será mejor seguir corriendo con una máquina defectuosa o será mejor buscarse una nueva?

La palabra "patria" en ese momento me pareció una palabra peligrosa por razones que iban más allá de las que me dio el chico militar sin camisa. Alguien como Román, quien no entendía la necesidad de escaparse de algo venenoso para el alma, te diría insensato. Alguien como Román, quien no entendía otro camino que el de la carrera de ratas hacia el tope, te diría traidor. Alguien como Román, uno de pocos al mando de la máquina defectuosa, te diría vende-patria.

Gente como Román no se daba cuenta que los "vende-patria" de alto calibre como su compañero que acababa de renunciar, son catalíticos al cambio. El vacío que éstos crean se hace sentir para que la gente reaccione, para que sepa que hay que echarle aceite a la máquina. Si éstos deciden nunca regresar, seguirán como portavoces orgullosos de la cultura del país. Si deciden regresar, vendrán con destrezas pulidas y visión de mundo para hacer la diferencia. Si se quedan infelices sin hacer ninguna movida, terminarán desgastados como el resto, tan adentrados en el hueco que la ceguera no les permitiría salir. ¿Por qué condenarlos por buscarse mejor futuro, por buscar ver la vida de una forma diferente? ¿Por qué condenarlos si la patria no es capaz de callar los gritos del alma?

CAPÍTULO XIV

Zona de confort

Alexandra vivía y estudiaba su carrera en Novosibirsk, para mi fortuna. Con la excepción de Jabárovsk, en donde Yana me había puesto en contacto con Polina y sus amigas promiscuas, yo me había preparado mentalmente durante mis viajes en tren a llegar sola a la ciudad y sobrevivir sola. Nunca estuvo en mis planes pasarme la mayor parte de mi tiempo acompañada de Mido o de Aldar y sus amistades. Para ir a Novosibirsk solo tenía la dirección de un hostal, pero llegué con Alexandra.

Salvo a los recuerdos esporádicos que me perturbaban la mente, aún no recordaba quién yo era. Sin embargo, sentí con fuerza las diferencias culturales y personales que había entre la cultura rusa y la mía. Yo sabía, sin saber, que ser amigable y querer ayudar a otros era normal, común. No obstante, me parecía anormal y poco común que los rusos me ayudaran tanto como lo habían hecho hasta ese momento y lo harían en el futuro.

No me pareció normal que una familia en Vladivostok me diera la bienvenida a su casa acabando de conocerme como paciente en un hospital, ni que amigas de amigas en

Jabárovsk simplemente me abrieran las puertas de su casa para quedarme unos días en vez de simplemente encontrarse conmigo para una cena o una caminata. Me parecía normal conocer a gente como Aldar en un bar, pero no que eso se tradujera a una invitación a pasar la mitad de un día completo cocinando, comiendo y bebiendo con su familia junto a otro extranjero que acababa de conocer ese mismo día. Tampoco me pareció normal que acabando de conocerme en el tren, Alexandra me invitara con ella y sus amigos a un concierto y que esa invitación se multiplicara en más invitaciones para hacer más cosas.

Si había mucho que se podía criticar de Rusia y los rusos—como imaginé había mucho que criticar de mi propia cultura, sea la de Sur América o cualquier otra—, esa voluntad hospitalaria que me demostró cada ruso con quien me topé no era una de ellas. Desconocía las razones sociales o históricas que los hicieron así, pero muchos de ellos confiaron en mí y compartieron de lo suyo en situaciones donde mi primer instinto—instinto que gracias a Dios ignoré—no fue confiar ni agradecer, sino que cuestionar tanta bondad y dudar de las buenas intenciones. Mi primer instinto fue acusarlos mentalmente de querer hacerme daño.

Pasaban las semanas desde ese día que salí del hospital y seguía chocando conmigo misma y con esa cultura que había formado a la mujer de mi pasado y que me llenaba de tanta negatividad y desconfianza. ¿Cuándo finalmente podría hacer normal de lo anormal?

Cuando llegamos a Novosibirsk ya era por la tarde. El que el tren se haya retrasado varias horas me pareció tan normal que ni siquiera me molesté en calcularlas. Solo llegué al hostal—otro de esos escondidos dentro de un edificio

157

residencial—, me di un merecidísimo baño y en un rato llegó Alexandra en su carro para irnos al concierto, el cual fue en un bar un poco alejado del centro.

—¿Esto, qué es? —pregunté a Daria, la muy amigable pero inquieta amiga de Alexandra; se había aprovechado que estaba distraída mirando a la gente pasar y le pegó una calcomanía a la portada de mi diario. Tenía la caricatura de una chica de pelo marrón sentada sobre un escritorio frente a un globo terráqueo.

—Es el logo de mi negocio. Esa belleza soy yo. —contestó Daria, luego puso en mis manos una tarjeta de presentación en ruso. Tenía la misma caricatura a la izquierda y su información de contacto a la derecha.

—¿Tienes un negocio? ¡Pero si eres mucho más joven que yo! —pregunté.

—Sí, es más bien como un pasatiempo para ahorrar dinero en lo que me gradúo de la universidad. —dijo Daria.

—¡Interesante! ¿De qué se trata el negocio? ¿Qué vendes? —pregunté.

—Es más un servicio que un producto. Como ya te pudiste haber dado cuenta, en Rusia poca gente habla inglés. Mucha gente quiere viajar a Europa, pero no sabe cómo hacerlo sin que les cueste un ojo de la cara; la gente no sabe qué y cómo buscar en Internet. Luego muchos terminan pagando carísimo por una agencia de turismo o se rinden y nunca cumplen su sueño de viajar. —dijo Daria.

—¿Entonces? ¿Cómo les resuelves? —pregunté.

—Yo les ayudo. Les cobro una tarifa fija que está muy por debajo de lo que cualquier agencia de turismo cobra y me encargo de hacer todas las reservaciones de vuelo, estadía, etc. —dijo Daria.

—En otras palabras, eres una agencia de viaje pero para mochileros. —dije.

—No del todo. La diferencia es que yo me siento con cada uno de ellos y les enseño cómo viajar. Ellos aprenden cuáles sitios en Internet son buenos para conseguir vuelos baratos, aprenden qué es un hostal y cómo hacer reservaciones, entre otras cosas. Aquí casi no hay nada de esas cosas para viajeros, por lo que casi nadie conoce de eso y menos si todo está en inglés. —dijo Daria, luego se dio un buche de cerveza. —El mes que viene vamos a España, ya que para allá es más fácil conseguir la visa de turista. Parte de la preparación es darles dos o tres clases de inglés y español básico. Yo no hablo español fluido, así que no llegamos a cosas mucho más complejas que palabras como "hola" y "adiós", pero es mejor eso que no saber nada.

—¿Y así te despides de ellos, que se resuelvan como puedan en Europa? —pregunté.

—¡Claro que no! ¡El propósito de hacer todo esto es para pagarme mi viaje a Europa también! Este grupo va a ser de unas quince personas. Me gané casi dos mil euros, los cuales me dan y me sobran para el viaje. Yo iré con ellos y les ayudaré algo durante el viaje. —dijo Daria.

—Suena fantástico. Lo único que me incomodaría sería hacerme responsable de un chorro de personas que no sepan viajar. ¿No es mucho trabajo? —pregunté.

—Yo les tengo ya dicho que después de que se registren en el hostal y metan sus maletas en su habitación, no están autorizados a pedirme más nada. Que me dejen sola. Yo no voy a ser guía turístico para ninguno de ellos; eso no está incluido en el precio. Además que sería poco productivo, ya que ésta va a ser mi primera vez en España. Ellos ya tienen claro que una vez lleguemos, cada cual debe coger por su lado. —dijo Daria.

—Envidio lo aventurera que eres. Sabes conseguir lo que quieres y lo estás haciendo. ¿Tienes más viajes en mente? —pregunté.

—No hasta diciembre. Aún no termino la universidad. Estoy pensando en hacer una despedida de año en Europa del Este. Sabes, hay algo bien particular entre Viena y Bratislava. —dijo Daria.

—¿Qué cosa? —pregunté.

—Que hay una hora de diferencia entre ambas ciudades. —contestó Daria.

—¿Qué tiene eso de particular? ¡Hay nueve zonas en Rusia con horarios diferentes! —pregunté.

—Lo particular es que quedan a poco más de treinta minutos en autobús, una de la otra. ¡Yo quiero despedir el año en Viena y volverlo a despedir en Bratislava! —dijo Daria.

—¡Es un sueño! ¡Qué romántico! ¡Qué ingenioso! —dije.

Vine a saber después que ella se equivocaba. No había ninguna diferencia en horas entre Viena y Bratislava, por lo que su plan se le arruinaría. De todas maneras, eso no quitaba que su idea fuera innovadora y, quién sabe, tal vez al percatarse de su error encontraría otro par de ciudades con las mismas características.

—¿Y tú Signe? No nos has contado qué planes tienes después de que termines tu viaje. ¿Cuál es tu próximo sueño? —preguntó Alexandra.

—Ah, pues yo llevo mucho tiempo pensando en mudarme a Tailandia. Tengo amistades viviendo allá y dicen que es espectacular. Hay muchos mochileros y hay mucho trabajo para quienes dominan bien el inglés. —dije. Me salió con más fluidez de lo que me esperaba. Sabía que en algún momento me tocaría contestar algo así, por lo que pensé en Elena, la chica de Jabárovsk.

—Eso es verdad. Yo no he ido, pero mis amigos me dicen que van tantos rusos que muchos letreros y menús de restaurantes están escritos en ruso. —dijo Alexandra.

—¡La playa...! ¡Cómo me encantaría ir...! —dijo Daria.

—¿Qué tal ustedes, Artem y Alex? Después de Daria, la negociante viajera, y Alexandra, la maestra de orfanatorios, no me sorprendería que ustedes también tuvieran algo loco entre manos. —pregunté.

—No, para nada. Nosotros queremos una carrera estable, común y corriente. —dijo Artem después de que le tradujera la pregunta a Alex, el novio de Daria. Alex hablaba cero inglés. —Nuestras queridas amigas nos hacen ver como si nosotros fuéramos los raros. ¡Somos Alex y yo, unos inocentes estudiantes de ingeniería, quienes nos hemos asociado a personajes marginados como éstos! —continuó, mientras nos servía cervezas de una caña portátil de cinco litros que nos había traído la mesera. Daria le dio un pellizco por imprudente.

—¿Cuál es tu sueño, entonces? ¿A qué aspiras? —le pregunté a Artem.

—Cuando me gradúe quiero tener un buen trabajo y un buen salario para vivir bien. —dijo Artem. Trataba de mantener su sonrisa, pero era obvio que ser juzgado por querer vivir una vida normal le incomodaba. —Quiero tener vacaciones y viajar todo el mundo, sí. Puedo ir a Tailandia como tú pero quiero quedarme en buenos hoteles, comer en buenos restaurantes y visitar puntos turísticos hasta hastiarme de ellos. Quiero regresar de mis vacaciones cansadísimo y luego pasarme el primer día de vuelta al trabajo contándoles a todos lo que hice y que se mueran de la envidia. Eso es lo normal y eso es lo que me gusta. ¿Qué tiene de malo?

—¡Aburrido! —dijo Daria.

Daria me leyó la mente. Esa contestación me pareció peor que la que Román, el negociante en mi sueño, me dio.

—Me parece bien, si eso es lo que quieres. —dije. No mentía. Por más aburrido que lo encontrara, estaba bien. A Artem no le daba el picor ese que le daba a Daria y a Alexandra, esas ganas de hacer algo diferente, de irse en contra de la corriente.

—No has hecho nada malo. ¡Todos te queremos Artemito! —dijo Daria, poniéndose de pié y saltando al ritmo de una banda de música ska. —¡Vengan! ¡Vamos a la tarima!

—¡Muévete, muévete! —dijo Alex con entusiasmo. Artem estaba sentado en el medio de la butaca, dejando a Alex atrapado entre Artem y la pared. Alex lo puyó con el dedo entre la cadera y las costillas hasta sacarlo del asiento a cosquillas. Se apresuraron hacia la tarima mientras Alexandra y yo nos quedamos en la mesa. Luego me convencerían de irme a bailar con ellos.

El cantante principal de la banda era un sujeto muy colorido. Llevaba jeans y una camisa folclórica de no sé qué cultura, pero la cual evidentemente fue hecha para llamar la atención. Era roja brillante con florecillas y rayas amarillas, violetas y azules a lo largo del escote y las mangas. Llevaba puesto un sombrero miniatura igualmente colorido con parchados multicolores que le hacían juego a la camisa.

Daria, Alex y Artem cerraban los ojos y levantaban los puños al aire con sus brazos en forma de L como cavernícolas. Saltaban erráticamente, chocando con todo quien se atreviera a meterseles de por medio. Bailaban al ritmo de la guitarra, los tambores, las trompetas, un banjo y hasta el cómico ukelele que el colorido cantante ruso con el sombrero miniatura tocaba con tanta destreza mientras daba rondas por todo el local.

Al otro día me levanté temprano a ver la ciudad. Cuando recorría los parques amplios y jardines bien cuidados de cada ciudad, me sentía como si estuviera entrometiéndome en decenas de sesiones fotográficas de modelos. Novosibirsk no fue la excepción. Las chicas salen con sus amigas en grupos de dos a cuatro llevando puestos trajecitos simples pero que saben resaltar las figuras bien formadas de quienes se los ponen, eso en vez de opacarles sus fallas estructurales.

Se sacan fotos unas a las otras junto a árboles, fuentes y flores. Se acuestan en la grama y se dejan tomar fotos de muchos ángulos y en muchas posiciones, algunas de ellas proyectando una imagen inocente mientras otras eran más provocadoras, más sensuales. Se hacen sacar fotos lanzando florecillas al aire y dejándolas caer sobre sus cabezas mientras reían, gozaban de felicidad. Tiran besos a la cámara, arquean las espaldas, se muerden los labios. Adoran sacarse fotos.

¿Los hombres? Nada. Seguían viéndose como mafiosos. Encontraba atractivos a solo unos pocos.

No solo había chicas sacándose fotos como si posaran para revistas, sino que también había varias sesiones de fotos de parejas de recién casados acompañados por sus familiares. Desde que comencé mi nueva vida en Vladivostok, he visto como mínimo una pareja de novios sacándose fotos por día. Sin embargo, las parejas van más allá de solo tomarse fotos en el parque. El parque es solo una de las paradas que se hace alrededor de todos los puntos memorables de la ciudad, de todas las fuentes lindas y edificaciones imponentes. La pareja viene acompañada de decenas de familiares, niños y viejos, todos vestidos en sus mejores atuendos. En una ocasión se trajeron el perro de la familia, el cual posó para las fotos con un lazo negro alrededor del cuello y gafas oscuras.

Ese día yo andaba con un chino que había conocido en mi hostal. Éramos los únicos dos en una habitación de seis camas y él estaba viendo una película por su computadora cuando yo desperté. Era un ingeniero y trabaja programando la maquinaria grande de las fábricas. Se llamaba Chun-Yu. Los rusos lo habían traído desde China porque estaban teniendo problemas programando la máquina china que habían comprado recientemente y necesitaban asistencia técnica. Estuvo dos semanas en Novosibirsk—la empresa le pagó un hotel durante su estadía por trabajo—hasta completar su proyecto, pero quiso quedarse un fin de semana más para explorar la ciudad—ahí se mudó al hostal; un hotel ruso salía demasiado caro.

Chun-Yu no era muy conversador porque no hablaba ni una pisca de inglés, cosa que a mí no me importó porque ya me había acostumbrado. A él, sin embargo, el no poder comunicarse se le hizo un poco complicado para su trabajo. Los rusos no hablaban más que ruso y él no hablaba más que chino. Como debió haber sido el caso en su trabajo, nuestra conversación solo se llevó a cabo a través del traductor que tenía en su teléfono.

Literalmente, solo a través del teléfono comunicábamos lo que queríamos decir, por lo que una conversación que normalmente duraría diez minutos podía durar una hora. Él escribía su mensaje mientras yo miraba a la gente posando para sus fotos, luego él me daba su teléfono para que yo leyera el mensaje mientras él miraba a la gente posar. Al leerlo, tenía que descifrarlo considerando todos los errores que hacía el traductor, pero no me dio tanto lio. Yo reaccionaba estirando mis labios y cachetes y dejándome escuchar entre asombros y sonrisas—como lo haría en una conversación oral común y corriente—solo que sin hablar. Luego escribía mi propio mensaje de respuesta, le entregaba el teléfono y observaba su reacción. Así comenzábamos otro ciclo.

Siguiendo nuestro recorrido, nos metimos a curiosear entre edificios residenciales hasta toparnos con una pequeña iglesia escondida. Era una iglesia católica, no ortodoxa como las demás. Lo sabía porque no tenía las cúpulas doradas, sino que dos torres con campanarios y cruces. Chun-Yu se empeñó en entrar porque no se veían muchas iglesias católicas por donde él vivía. A mí me daba igual, así que entré con él.

Adentro había un pequeño despacho atendido por una adolescente, quien sonrió al vernos.

—Hola. ¿Podemos entrar a ver la iglesia? —pregunté. No me quedó más remedio que preguntar en inglés, aunque después se me ocurrió que pude haber usado el traductor de mi amigo chino.

—Hola. La iglesia está cerrada porque esta noche hay un concierto de órgano y el concertista está ensayando. —contestó la chica con un acento muy fuerte. Parecía muy contenta de tener la oportunidad de practicar el inglés y estaba muy curiosa por conocernos. —¿De dónde son? ¿Les gusta Novosibirsk?

—Yo soy italiana y él es chino. La ciudad la encontramos muy bonita. Vinimos a esta iglesia porque él nunca ha visto una iglesia católica. ¿No podemos entrar a mirar ni por tan solo un segundo? —pregunté.

—Dame un minuto; déjame preguntar. Puede que tengan suerte porque son extranjeros. A nuestra ciudad no vienen muchos extranjeros. De hecho, yo me mudé aquí hace poco de un pueblo más al norte de Novosibirsk, Tomur, a estudiar. Ustedes son los primeros extranjeros que he visto en mi vida. —dijo la chica. Se metió dentro de la sala por donde salía una música solemne en órgano, del tipo que no se puede confundir con otra cosa que con música para templos. Pronto regresó y nos hizo señas con las manos para que entráramos.

—¡Gracias! —dije en voz baja. ¡Los primeros extranjeros en su vida!

Chun-Yu sonrió y bajó la cabeza en agradecimiento.

El templo estaba vacío salvo a tres personas y el organista, quien nos daba la espalda mientras tocaba. Para mi sorpresa, él quedaba entre ese uno por ciento de los rusos con un estilo de cabello diferente. Éste tenía algo de rizos marrones acomodados como un arbusto sobre la cabeza. Uno de los tres espectadores estaba pendiente a nuestra llegada y nos hizo señas para que nos sentáramos en primera fila.

Como si nos hubiera estado esperando, la pieza que tocaba el organista terminó solo un par de minutos después de que nos sentáramos, luego éste dio la vuelta hacia sus espectadores y les anunció la próxima pieza que tocaría. Todo lo hizo en ruso. Me imaginaba al chino sacando su teléfono para tratar de hablar con el organista. Por suerte, el anciano que nos sentó en primera fila tenía el programa que usarían durante el concierto y me lo mostró. Aunque no entendía el ruso, lo podía leer gracias a mi querida Katerina, la amiga anciana que hice en el tren. Aunque no pude entender qué pieza tocaba, pude leer que era de Bach. Me era familiar, además; sabía que la había escuchado antes, pero mi carencia de memoria no me permitía asociarla con ninguna experiencia personal.

Comenzó como una pieza oscura con poca melodía pero mucho poder, luego fue aumentando la velocidad, añadiendo melodía. El organista desplazaba sus manos sin esfuerzo por los cuatro teclados que tenía en frente. A la vez, tocaba una multitud de pedales en el suelo tan complejos como si estuviera tocando un quinto teclado con los pies. Los cañones del órgano disparaban notas que retumbaban contra las paredes del templo y hacían vibrar mis venas. Sentí riqueza, sentí la pomposidad de los reyes, luego volví a sentir martirio y tinieblas, luego pureza y esperanza. Era una pieza refrescante para mi cuerpo, una pieza que me hacía sentir todo un abanico de sentimientos. Tal vez hayan sido tonterías, pero así me sentí. No sé decir si mi amigo sintió lo mismo. Según me dijo, le gustó, pero no se me hizo fácil medir la intensidad de sus emociones solo por lo que leía en su teléfono.

La última parada memorable, para mí al menos, fue en la plaza de Lenin—cuyo centro de atención era compulsoriamente la estatua majestuosa del amado Lenin, esta vez acompañado por cinco defensores de la patria tres veces más altos que el ser humano promedio. Allí tenían instalados unos exhibidores con fotos al aire libre. Había muchos de ellos a lo largo de la acera principal entre la estatua y el Teatro de Ópera y Ballet de Novosibirsk, el más grande de Rusia—nota aparte: sentí tristeza al recordar la emoción con la cual el taxista tenor me cantó en Irkutsk.

Las fotos en exposición eran de gente común y corriente: trabajadores, estudiantes, universitarios, doctores, milita-
res. Capturaban momentos del día a día en Rusia a lo largo
de varias décadas, desde comienzos del siglo veinte. Como
no sabía ruso, no estaba segura qué exactamente decía bajo la
descripción de cada foto. Sin embargo, un detalle muy particular me intrigó, especialmente al toparme con fotos grupa-
les de diversos tipos de organizaciones e instituciones.

Desde la primera década de los 1900's, donde comienza
el recuento histórico en la exhibición, los hombres rusos han
variado marcadamente sus estilos de cabello, similar a como
lo hacía la mayor parte de los países en el occidente. Había
tal cuidado por la imagen personal y por distinguirse de los
demás, que se permitían hacerse una gama de peinados y
recortes: para atrás, para los lados, pelo largo como león, el
parejo alrededor de la cabeza tipo bol, pelos parados; en fin,
de todo. Lo que vi en las fotos tenía una diferencia clara y
marcada contra los mafiosos que vi durante mi viaje.

Entro al detalle más curioso. Algo pasó a mediados de
los noventa que causó que una mayoría seria de rusos se re-
cortara el pelo y se peinara de la manera en que lo hacía en el
presente—o corto, o cortísimo, o estrictamente hacia el frente y con varios mechones de pelo colgando sobre la frente
como pollina—, de la manera que tanto critiqué al conversar
con Yana en Vladivostok. ¡Me hubiera encantado tenerla a
mi lado para que viera que lo que yo le decía no eran inven-
tos míos! Había decenas de fotos corroborando esa transi-
ción de estilo en el país. La exposición entera, el conjunto de
fotos, era prueba histórica inequívoca y contundente de un
cambio cultural en masa para estandarizar y afear al ente
masculino ruso.

Me reí como una tonta, tras mi momento eureka. El pobre Chun-Yu debió haber pensado que estaba loca. Sinceramente, fue algo extraño pasar tanto tiempo con alguien con quien casi ni podía hablar. Me sentí como si estuviera sola con mis pensamientos pero con alguien a mi lado a quien rara vez le dirigía la palabra. Seguramente así se debió haber sentido él mientras estuvo trabajando en la fábrica junto a sus compañeros rusos. Al verme reír, Chun-Yu me preguntó qué pasaba pero ni siquiera intenté explicarle. Hubiéramos perdido horas con el traductor y ya era hora de irme. Me tenía que encontrar con Artem.

CAPÍTULO XV
Mojada, secada y estrujada

Poco después de comernos un almuerzo tarde, dejé a mi nuevo amigo chino en el hostal y me encontré con Artem, quien vino a buscarme junto a un par de sus amigos. Me habían invitado a una fiesta en un lago no muy lejos de la ciudad. Artem llegó en un viejo jeep ruso, el cual estaba pintado en un camuflaje de fuertes y ligeros tonos de marrón como si listo para combatir en una campaña desértica.

Aunque éste era su vehículo del día a día por las carreteras de Novosibirsk, resultó ideal para las condiciones de terreno que nos encontraríamos al aproximarnos al lago. Abruptamente, la carretera de brea dejó de ser. Estábamos transitando alrededor del pequeño lago sobre un sendero de tierra, un sendero de altos y bajos, de trampas naturales que amenazaban con explotarnos las llantas y dejarnos atorados en el lodo, un sendero moldeado por los centenares de vehículos de todos tamaños que dijeron presente al desquicie que se llevaría a cabo esa noche.

Le dimos una vuelta completa al lago sin encontrar lugar. Todos los espacios estaban llenos de carros y casetas, sus ocupantes animados por la aclamada música electrónica

rusa, las botellas de vodka y tequila, las carnes y salchichas
cociéndose sobre la barbacoa y cientos de colchones infla-
bles flotando sobre el agua adornados de rusas en bikini tomando sol. Decidimos dar una segunda vuelta, durante la
cual tuvimos mucha suerte porque encontramos un sitio a
pocos pasos de la carpa principal del evento clandestino. Esa
era la parte del lago con la mayor densidad de gente loca y la
mejor música.

Montamos la caseta sobre un espacio pegado al borde
del lago, junto a una escultura que se me parecía a un pene y
unas bolas. Al parecer, pasar un par de días con Polina en
Jabárovsk me había dañado la mente.

—Esa escultura es muy famosa; es de una mujer que está
muy borracha y se quedó dormida en la playa. —dijo Artem.

—¡Ja! Bueno, pero no parece una mujer, parece otra cosa. —dije con mi un inevitable tono de doble sentido.

—Sí, es sencillo. Mira. —dijo Artem, apuntando a lo que
para mí hubieran sido las bolas. — Éstas son las nalgas. Mira
qué redondas y bonitas son. Mira las caderas. —dijo, fingiendo con las manos como si las agarrara en el aire. Luego
apuntó a lo que para mí hubiera sido el pene. —Ésta es su
espalda. ¿Ves? Es una mujer delgada con buen culo. Las chicas rusas son muy bellas, ¿no? —continuó con su fuerte
acento ruso, luego apuntó a partes de la escultura que mis
ojos obviaron porque ya mi mente había decidido hacer de
mí una mal pensada. —Esos son los brazos y esa es la cabeza. De tan borracha que estaba, la cabeza le quedó enterrada
en la arena cuando se cayó.

El evento se notaba que estaba organizado pero de manera
clandestina, lo cual significaba que se juntaron algunas ideas

a última hora y le dieron libertad a cada cual para ponerlas en práctica como mejor se le ocurriera, cosa que le añadía un poco de locura y aventura a cada una de las actividades gratuitas que finalmente se ofrecieron al público.

Claro que participé, especialmente cuando vi desde nuestra caseta una bolsa gigante de aire flotando sobre el lago, desde la cual los rusos eran catapultados al aire. No me iba a perder ser lanzada diez metros hacia el cielo, así que corrí hasta allá a hacer la fila. Todos me miraban, aunque fingían no hacerlo. Yo los comprendía, siendo yo la única extranjera por todo aquel lugar. Después de lo que me dijo la chica de la iglesia—eso de que yo había sido la primera extranjera que ella había visto en su vida—no me sorprendería si en ese momento le hubiera quitado la virginidad multicultural a la mitad de los fiesteros que dijeron presente en el lago.

Tan contentos estaban de verme que, aunque no se podían comunicar conmigo, me acomodaron primera en la fila. Uno con una máscara de caballo en la cabeza me agarró por el brazo, me puso el salvavidas y me ayudó a treparme encima de la bolsa gigante. Gateé diez metros de un extremo de la bolsa, amarrada a la orilla del lago, hasta el otro, sobre el lago, tratando de mantener el equilibrio para no caer al agua. Al llegar al otro extremo, lo que quedaba era esperar sentada.

Mientras tanto, dos gordos trepaban cuatro o cinco metros hasta el tope de una torre que tambaleaba, la cual estaba dudosamente agarrada a un árbol por soguilla fina y que además habían posado sobre un declive, quedando así más dependiente de la estabilidad del agua y el fango que la de tierra firme. Los dos gordos a mis espaldas brincaron juntos y cayeron sobre la bolsa gigante de aire mientras yo, sorprendida y habiendo perdido todo control de mi cuerpo, volé, completando una voltereta perfecta de espaldas—trescientos sesenta grados—y cayendo como una piedra sobre el agua. Salí ilesa.

Con la adrenalina al tope, seguimos a la próxima atracción. Un chico se había trepado a un árbol que quedaba justo entre una colina de tierra empinada y la orilla del lago, luego ató una soga vieja a una de sus ramas. La idea era tirarse en el agua agarrándose de la cuerda como Tarzán. La rama era algo elástica—lo cual añadía a la intensidad de la experiencia—pero parecía mantenerse firme al soportar el peso de algunos rusos macizos, por lo que no dudé en agarrarme de la soga y gritar como Tarzán.

Luego pasamos por el esquí sobre agua. Bueno, en realidad era una tabla que se usaba como patineta sobre el agua pero todo el mundo le llamaba esquí. Me desesperó la espera, más que cualquier otra cosa. Es que, aunque tenía solo a cuatro personas antes que nosotros, a nadie le dio con ponerme en primera fila solo por tener una sonrisa bonita y no parecer rusa. Solo tenían una tabla y a cada persona le tocaba nadar unos cien metros cargando con ella y una soga. La soga era para halarte. No, no había bote. El "bote" era un motor de gasolina que te halaba a ti y a la soga desde el borde del lago, asumiendo que podías mantenerte agarrada a ella.

Si todos hubieran sido expertos, bien. Pero, al igual que yo, todos eran principiantes que tragaban agua tan pronto el motor comenzaba a halar. Uno que otro salía airoso y lo veíamos desplazarse sobre el agua como un campeón hasta que la soga lo regresaba a la orilla del lago. A esos admirábamos. Nos imaginábamos que así mismo sería nuestra experiencia y eso nos motivaba y nos mantenía estancados en la fila. Dos horas estuve ahí esperando.

Por último, llegó un ruso alto y grueso con traje de buceo, salvavidas, casco, y gafas acuáticas. Él tendría los cojones lo suficientemente masivos como para sentarse en una balsa—de las pequeñas que parecen una dona—, agarrar una soga que sería halada por un todo-terrenos sobre el agua desde la otra orilla del lago, resbalar sobre una rampa enjabonada a una velocidad estúpida hasta coger vuelo, abrir las piernas y los brazos gritando triunfalmente y caer como una guanábana dentro del lago.

Poco después, la noche cayó. Algunos se sentaron alrededor de una fogata a fumar pasto, cantando al ritmo de la guitarra que siempre encuentra a alguien quien la quiera tocar. Otros comían carne y se bajaban cada pedazo con un *shot* de vodka, a lo tradicional. Otros bailaban música electrónica como zombis bajo la caseta-club súper equipada con todo y sistema de luces.

Nosotros hicimos de todo un poco. Yo hablaba con pocos porque no hablaba ruso, pero me llevé muy bien con muchos gracias a que tenía a Artem como traductor. Con los que no hablé, simplemente compartimos buenas vibras. Lo bonito era que a muchos de ellos los acababa de conocer ese mismo día en el lago. No eran amigos, ni amigos de amigos. Eran totales desconocidos compartiendo de lo que tenían, dándome la bienvenida a su país.

No sabía quién yo era; no sabía mis raíces, pero definitivamente no me sentí como si tanta generosidad y confianza hacia una persona—así de desconocida como yo lo era—fuera parte de mi cultura. Ese pensar lo tuve antes y cada vez lo seguí reafirmando. Difícil era ignorar lo extraño que me parecía, lo fuera de lo "normal" que estaba. Sonreía porque—sin conocerme a mí misma—sabía que estaba sintien-

174

do y viviendo cosas como nunca antes lo hice. Era una experiencia cultural tanto para ellos como para mí. Era algo nuevo e inesperado, algo que por más mínimo que fuera, era diferente a la costumbre, a lo del día a día, a lo que fuera que mi cuerpo y mente consideraran habitual. Esas experiencias son las que te hacen feliz sin saber por qué estás feliz, las que en plena soledad te hacen sonreír.

Esa noche tomé demasiado. Regresé a la caseta y me acosté a dormir. Suerte que logramos ubicarnos cerca de la carpa principal, de lo contrario no me imagino cómo hubiera podido encontrar la nuestra entre tantas otras y en plena oscuridad. Sentí llegar a Artem poco tiempo después y acostarse a dormir. Sin embargo, tras unos minutos se lanzó sobre mí y comenzó a besarme sin una palabra de advertencia.

—No, ¿qué haces? No. —dije. Forcejeé sin querer queriendo. Lo empujaba hacia atrás sin gritar, sin darle golpes.

Artem hacía más o menos fuerza de acuerdo a cuánto yo resistía mientras intentaba a la vez que mi cabello se hiciera a un lado y se alejara de mi rostro. Los besos con pelo de por medio no fueron agradables, especialmente cuando se enredaban en sus labios mojados y mapeaban mis cachetes con sus babas. Yo tenía tanto pelo y Artem me había tomado por sorpresa; se me hizo imposible evitar que se entrometieran. Con todo y eso, Artem insistió en continuar besándome.

Yo nunca le respondí sus besos.

—¿Todavía piensas que estoy bromeando? —preguntó Artem. No sabía a qué se refería. Lo habrá sacado de algo que me dijo mientras estuve demasiado borracha como para retenerlo en mi memoria. Lo habrá sacado de una conversación que tuvo con otra chica. Él quizás ni sabía quién yo era.

No le respondí. Seguí fingiendo forcejear. No sé por qué lo hacía. Tal vez era solo porque estaba muy borracha. Artem debió haberse dado cuenta que no estaba totalmente en contra de sus avances, por eso habrá metido libremente sus dedos bajo mi pantalón y entre mis piernas. Mientras tanto, siguió besándome torpemente y comiéndome el pelo. Yo continué forcejeando pero esencialmente lo dejé tocarme.

La experiencia no resultó como esperaba. Artem estaba muy borracho como para tener cautela conmigo. Sus dedos fueron muy bruscos con mi cuerpo. No se adentraron en mí con ternura. No vinieron a experimentar con su toque, a responder a mis reacciones, a satisfacerme. Vinieron hacia mí con fuerza como si pensaran que el mero hecho de estar ahí bastara para hacerme caer en éxtasis y rendirme ante ellos. Pensaban que cuanto más de ellos dijeran presente, cuanto más rápido entraran y salieran, subieran y bajaran, más gritaría yo del placer.

Me hacían daño. Me causaron dolor.

—OK. Para ya. —dije con una voz firme, con autoridad, y lo eché hacia un lado con mis manos.

Esperaba algo de insistencia, algo de fuerza, algo de terror por haberlo rechazado. Sin embargo, Artem sacó sus dedos de adentro de mí y cayó muerto del sueño. Me acomodé el pantalón y la ropa interior, me cubrí bien cubierta con la bolsa de dormir, le di la espalda a mi amigo Artem y me puse a dormir.

Si Artem hubiera dejado de hacer fuerza y hubiera sido más tierno conmigo tal vez lo hubiera dejado llegar más lejos. El pobre ya se había bajado los pantalones y buscaba acomodarse entre mis rodillas. Estaba listo y dispuesto a terminar lo que había comenzado. Aunque de todas maneras—me hubiera tratado con cautela o no—, dudo que tan borracho como estaba hubiera podido desempeñarse bien.

—Perdona por lo de ayer. —me diría al día siguiente de vuelta a Novosibirsk.

—Sí, gracias por eso. —le respondería con una media sonrisa sarcástica.

CAPÍTULO XVI
El intermediario

De Novosibirsk a Moscú: una jugosa travesía de al menos cincuenta horas. Ya dije que no me importaba tanto. Ya el tren era para mí como un segundo hogar. Era la escala monumental de horas lo que me impresionaba; era cuánto tiempo podía estar corriendo en un tren casi sin parar; era cómo las horas pasaban y mandaban a ajustar el reloj. El paisaje seguía igual al que me encontré desde Irkutsk: árboles y más árboles, y más árboles y más árboles.

Esta vez me tocó una cabina de segunda clase. Los billetes de tercera clase ya se habían agotado. Como era de esperar, la segunda clase era más cómoda. Quitaron las camas laterales y le pusieron camas más grandes, compartimientos más seguros para las maletas, aire acondicionado y una puerta por cabina para tener más privacidad. Los baños, un poco más limpios. Eso me gustó.

Saludé a la chica con quien compartí la cabina. Para mi sorpresa, hablaba inglés. No para mi sorpresa, la carrera y el matrimonio fueron los temas principales de conversación.

—Estudio física en Omsk. —dijo la chica rubia con su voz aguda y ojos alegres.

—¿Física? Entonces eres una chica muy inteligente. Además te debe gustar mucho. No suele ser algo que les interese tanto a las chicas. ¿Qué quieres hacer cuando te gradúes? —pregunté.

—Gracias. No sé. Yo no tengo sueños grandes. No aspiro a dejar mi huella en el mundo de ninguna manera. Yo soy simple y veo la vida de manera simple. —dijo la chica sonriente. Se frotaba las manos y entre dedos mientras pensaba lo que decía.

—¿A qué te refieres? ¿No tienes pensado qué te gustaría hacer luego de tus estudios? —repetí mi pregunta.

—Lo que quiero en la vida es conocer al hombre de mi vida pronto, al hombre con quien me vaya a casar. Quiero que terminemos nuestros estudios, nos regresemos a nuestro pueblo y tengamos nuestro primer bebé. —dijo la chica.

—¿Cómo? —casi grité. ¡Otra loca más! —Pero, ¿Cuántos años tienes? —pregunté.

No podía pasar de veinticinco años. Una chica que tenía que ser muy inteligente para estar estudiando física además era joven y bellísima. A mis ojos, tenía todo el potencial del mundo para ser alguien grande en su vida, para hacer la diferencia, para dejar una huella, para hacer todas esas cosas que decía que no quería hacer. ¿Cómo podía ser que no quisiera? Yo que pensaba que Alexandra, la chica de Novosibirsk, estaba perdiendo su potencial con ese sueño de ser maestra en un orfanatorio, pero ya veía que eso no era nada en comparación con esta chica.

—Tengo diecinueve años. —dijo la chica.

—¡Quieres tener una familia estando tan joven! Yo no podría. ¡Hay tantas otras cosas en la vida que quisiera hacer antes de casarme! —dije. No lo podía creer.

—¡Ah! Tengo a una amiga de mi edad que ya se casó y tiene su bebé. ¡Está tan feliz! —dijo la chica. Soñaba sus palabras profundamente.

Cambiamos el tema. No era mi lugar intentar influenciar o "corregir" a quien tan arriba en las nubes estaba. ¿Me estaba hablando en serio? ¿Estaba demente? ¿Cómo diablos podía ser ese el sueño de una niña de diecinueve años? ¿Tener hijos y luego qué? ¿Se comprarían una casa y desperdiciarían sus juventudes criando hijos? ¡Abuelos a los cuarenta! ¡Bisabuelos a los sesenta! ¡Tatarabuelos a los ochenta!

Me pregunto la cara que hubieran puesto Polina, Elena y Alina, las sexualmente afrentadas de Jabárovsk. Ellas, quienes le daban tanta carreta al cuerpo cuanto podían. Ellas, a quienes les encantaba explorar con diferentes formas y tamaños, con sabores y colores. Dirían que desperdiciaba su vida, que nunca conocería el verdadero placer.

Mido, el *viajerus maximus*, reiría ante tales aspiraciones frugales, anoréxicas.

Yana quizás tendría más compasión por ella y buscaría comprenderla. Trataría de ver el valor sentimental que tiene conseguir a la persona adecuada con quién pasar el resto de la vida. Sin embargo, dudo que no le pase por la mente que ese matrimonio no tendría buenas probabilidades para durar. Diría que eran dos jóvenes inmaduros que se casan cegados por el "amor". Diría que se casan sin conocerse a sí mismos, por lo que seguramente no conocían a su pareja. No conocían lo que escondían. No conocían lo que sus parejas ni sabían que escondían. Por eso a ella le gustaban los hombres mayores, porque los mayores tienen menos que esconder.

Como Yana mismo me contó y como muchos más confirmaron, hay más rusas que rusos. La decisión de divorciarse se le hace más fácil al hombre. El hombre no tiene que cargar con hijos y fácilmente encuentra chicas jóvenes y bellas para reemplazar a sus ex-esposas. La mujer rara vez tiene esa ventaja. Ella se queda sola. Esta chica de diecinueve años tenía todas las de perder.

Pasaron las horas y la chica loca se bajó en Omsk, pero para eso se había unido a la cabina una señora mayor, Nina, y un señor en sus treintas, Igor. Yo estaba en la cabina con Nina cuando Igor llegó. Él inmediatamente hizo sentir su presencia cuando comenzó a discutir con la azafata por cualquier estupidez—que si su boleto no incluía ropa de cama, que si no tenían café en el tren, etc. Le gritó mucho; fue muy malcriado. A la azafata, toda una veterana, no le faltó su profesionalismo y fue muy amable con él. No sé si era que estaba borracho o simplemente loco. No apestaba a alcohol.

Con Nina y yo comenzó muy hablador y amigable. Hablaba rápido, especialmente cuando estaba por decir una broma. Las palabras salían de su boca en estampida queriendo llegar al remate del chiste. Luego se reía a carcajadas de su misma broma y la repetía por si nos la habíamos perdido. Se veía muy cómico con su camisilla blanca y los tirantes que le sostenían los pantalones en su sitio.

Un rato después, se puso extraño. Ya lo había percibido en su mirada desde que se montó en el tren, pero no pensé que llegaría a lo que llegó. Cuando se enteró que yo era italiana y que hablaba dos o tres palabras de ruso, no me dejó sola ni por un segundo. Insistía en sobarme las piernas mientras me hablaba. ¡Me sentí tan incómoda!

Esa noche me tocó la cama de arriba. Nina estaba en el baño. Entonces, mientras yo preparaba la cama, Igor vino a ayudarme. En una ocasión, tuve que doblarme con mi barriga sobre la cama para alcanzar la esquina y que la sábana quedara bien en su lugar. ¡Me dio una nalgada!

No sabía cómo reaccionar. En cualquier otro lugar me imagino que lo mataría, pero decidí ignorarlo y tratar de dormir; no me convenía llamar la atención y que fueran a involucrar a la policía de alguna manera. En eso Nina regresó y se quedó en la cabina el resto de la noche. Quedé más tranquila porque sabía que ella me protegería. Era una mujer grande y fuerte; fácilmente se podría echar a Igor encima y dejarlo inconsciente con dos o tres gaznatadas.

No bastaba con los avances bruscos de Artem, sino que también tenía que aguantarme a un idiota como Igor, por quien ni si quiera me sentía atraída. Claro, tampoco podía tener una noche tranquila, común y corriente. Resurgieron más recuerdos de mi vida de mierda.

Fui a un bar en San Petersburgo—a saber cómo rayos supe que estaba en San Petersburgo—con un colombiano que había conocido en el aeropuerto ese mismo día en que me estamparon mi pasaporte italiano por primera vez. Queríamos hacer un poco de turismo nocturno y conocer tanto a locales como a extranjeros, por lo que ese bar nos vino muy bien. La próxima ronda de tragos me tocó a mí, así que dejé al colombiano esperando mientras iba a la barra a buscarlos.

Como era de esperar, siendo una chica sola frente a una barra, se me acercaron dos cuarentones o cincuentones a hablar conmigo. Ahí conocí a Nigel y a su amigo borracho.

Con recuerdos o sin recuerdos, creo que siempre he sido amigable y eso gusta a los chicos. Jamás haría como otras chicas que ponen una cara de asco cada vez que un hombre que no les atrae les hace un acercamiento, o como otras chicas que escupen su antipatía tan solo abriendo la boca. No le haría eso a un chico a menos que me falte el respeto. Hacer lo contrario sería juzgar a todos por su aspecto; sería discriminarlos. No obstante, tiendo a tener muchos acercamientos de esa índole, de hombres buscando algo más que buena conversación. Eso cansa. Por eso simpatizo a medias con las que se han hastiado de ser tratadas como objeto sexual y tan pronto se les acerca cualquier hombre recurren al primer mecanismo de defensa que se les ocurre: la antipatía.

La otra mitad de mi simpatía se la doy a los chicos. Es un juego duro, eso de buscarse pareja. Las chicas buscamos un hombre que se vea bien, sepa cómo hablarnos y conquistarnos, sepa lo que hace cuando lo dejamos llevarnos a la cama; queremos un hombre que demuestre que lo puede todo. Esas cualidades no suelen venir de manera natural. Los más "astutos" juegan el juego de los números, tirándole a cuanta chica atractiva vean hasta que una caiga. Suena terrible, pero solo así pueden pulirse lo suficiente como para estar, de novios o por una noche, con la que quieran. Otros, convencidos en el valor del amor, el respeto del cuerpo, o ambos, se toman su tiempo hasta encontrar la más compatible. El resto está fluctuando alrededor de un punto medio.

Estando con simpatías encontradas, mantuve la calma y llegué con los dos ingleses cuarentones a la mesa donde se sentaba el colombiano. Abrí los ojos bien grandes, como pidiéndole auxilio. Ya que él era varón, sabría lidiar con ellos de una manera sutil.

—Usted los trajo, ahora siéntese acá y vamos a hablar con ellos. —me susurró el colombiano.

No me salió como esperaba. El colombiano me quería enseñar una lección. Él se quedó hablando con Nigel mientras a mí me tocó escuchar las sandeces del borracho. Fingí prestarle atención con un "ujú" y un "ajá" mientras escuchaba la conversación que mi amigo tenía con Nigel.

—¿Qué haces por acá por San Petersburgo? ¿A qué te dedicas? —le preguntó el colombiano a Nigel.

—Llevo viviendo acá los últimos quince años. Soy dueño de una cadena de páginas web para procurar masajes; es una de las más grandes del mundo. —contestó Nigel.

—Un momentico, ¿de qué estamos hablando? ¿Son masajes o "masajes"? —preguntó el colombiano. Entonó "masajes" con tanto doble sentido como posible.

—"Masajes". —contestó Nigel con una guiñada de ojo.

—Cuénteme, a ver. ¿Cómo funciona eso? Sepa que a mí me gustan estos temas de negocios y rara es la ocasión en que me topo con uno de este tipo. —dijo el colombiano.

—Lo que yo hago es manejar un grupo grande de tecnología, o sea, IT. Ellos se encargan de la programación de los diferentes sitios web alrededor del mundo. Tenemos más de doscientos sitios. —contestó Nigel.

—¿Tantos sitios web necesita para solo ese propósito? —preguntó el colombiano.

—Así es. Hay chicas que quieren un sitio web personalizado como también hay sitios que operan como asociaciones y tienen de cien a ciento cincuenta chicas. —contestó Nigel.

184

—Me imagino, igual que se hace en el mundo real pero copiado al mundo virtual. ¿Cómo les cobras? Digo, sin ser indiscreto. —preguntó el colombiano.

—Así es. No te preocupes, que no es un secreto. Se cobra una mensualidad a cambio de mostrar la información de las chicas en los sitios web. La mensualidad depende de la chica sola o el tamaño de la asociación con la que se trabaje. Te doy un ejemplo: la tarifa mundial promedio para una chica que quiere su propio sitio web es de cincuenta euros mensuales. —contestó Nigel.

—Me parece razonable. Eso es menos de lo que nos cuesta una hora de su preciado tiempo. ¿Son jovencitas o viejas? —preguntó el colombiano.

—El peso del negocio está en Europa. La mayor parte son jovencitas rusas y de Europa del Este. —dijo Nigel.

—¡Ufff! ¡No me diga, man, que esa es mi debilidad! —dijo el colombiano.

—Sí, son muy codiciadas porque realmente son bellas. Hay unas cuantas asiáticas y latinas también, para satisfacer a todos los gustos y colores. La mayoría tienen sus veinte a veintitrés años. Quieren pagar sus estudios, comprarse ropa y cosas por el estilo. Lo hacen por un año y luego se van. —dijo Nigel.

—Pregunto, ¿hay algún control de calidad? ¿Cómo sabes que la chica en la foto es real? ¿Es eso importante? —preguntó el colombiano.

—Fíjate, para una chica sola, no me importa. No me afecta que ella no sea quien dice ser siempre y cuando pague. Ahora, si quiere ser miembro de las asociaciones, entonces es importante; si ella no es quien dice ser, afectaría la credibilidad del sitio y perjudicaría a las demás. —contestó Nigel.

—¿Cómo haces, entonces? —preguntó el colombiano.

—En eso soy bastante estricto. Yo me aseguro de que las fotos que pongan en el sitio web sean legítimas sin importar que tengan su propia página o que se asocien, así el trato es igual para todas. Y tampoco es tanto trabajo. Me encuentro con ellas personalmente o las puedo entrevistar por vídeo-conferencia en Internet y listo. —contestó Nigel.

—Bueno, por lo que me dices, haces todo lo que haría un *pimp*. —dijo el colombiano.

—Ja, ja. Nada de eso; es muy diferente. Un *pimp* tiene que estar detrás de sus mujeres, velándolas para que le paguen lo que deben. Lo bueno de este sistema es que cobro antes de que la chica haga cualquier cosa. No tiene que ver con lo que ella gana del sexo ni de quién sea su *pimp*. Que ellos resuelvan eso después. —dijo Nigel. Se le notaba en la cara el disgusto que le tenía a todo el proceso. —No, yo solía ser un *pimp*, pero ya no lo soy.

El colombiano abrió los ojos bien grandes y sacó una sonrisa de oreja a oreja. Seguramente estaba emocionadísimo por preguntarle a Nigel todo acerca de sus experiencias como *pimp*. Sin embargo, fue interrumpido por el amigo borracho de Nigel, quien cayó de culo desde su silla al suelo.

—Creo que es hora de irnos. —dijo Nigel.

Sacó dos tarjetas de presentación de su bolsillo y nos las entregó. Inspeccioné la tarjeta por ambos lados. Estaba impresionada con la calidad del papel y del impreso. Era la caricatura colorida de una chica rusa sonriente. Aunque no le faltaban los tradicionales tonos rojos y rosa de la profesión, el diseño no tenía de por sí nada sexual ni sugestivo, como esperaba que fuera. Era una tarjeta de presentación muy profesional y de buen gusto.

CAPÍTULO XVII

El ingrediente secreto de la sopa

Era tarde en la noche y el colombiano y yo acabábamos de salir del bar en San Petersburgo. Nos fuimos poco después que el amigo borracho de Nigel, el facilitador de medios para masajes, cayera de culo en el piso. Para llegar a mi hostal había que pasar por un portal enrejado que daba acceso al edificio, luego recorrer a oscuras lo que en los tiempos soviéticos debió haber sido un recibidor—parecía estar abandonado por años—, unas escaleras señoriales hasta el segundo piso y un pasillo solitario, hasta finalmente dar con la luz tenue sobre la puerta del hostal.

El colombiano iba conmigo. Aprovechó que estábamos a oscuras para besarme. Subí dos escalones; él me frotó el cuerpo y regaló caricias a mis mejillas. Al llegar al último escalón pasó las puntas de sus diez dedos entre mis cabellos. Eso me encantó. Eché mis brazos hacia atrás y lo traje hacia mí. Luego me dio la vuelta y me hizo sentir el mármol frío del suelo mientras me besaba.

—No. —dije.

Yo quería, pero no quería. Quería que me besara, pero no quería más. Él sí quería más. Posé mi mano sobre el botón de mi pantalón para que sus dedos curiosos no se metieran por donde no debían meterse.

—Estoy seguro que te lo vas a disfrutar. —dijo el colombiano suavemente a mi oído.

—No soy tan fácil. —dije. No estaba en mis planes conseguirme un chico esa noche.

Me levanté, pero el colombiano me puso la espalda contra la pared y siguió frotando su cuerpo contra el mío.

—Mira lo que me has hecho. Esto es por tu culpa. —dijo el colombiano, agarrando mi mano libre y llevándola sin esfuerzo hasta donde él quería.

Lo agarré. Lo tenté.

—No. —le dije a los ojos, acariciándole la mejilla. Quería que supiera que comprendía su necesidad pero no estaba dispuesta a hacerlo. —Nos vemos mañana.

Un beso más y me marché.

Comenzaba a conocer a esa chica de mis recuerdos, a mi antiguo yo. No tenía problemas con los encuentros de una noche. No sentía remordimientos por acostarse con un hombre a quien acababa de conocer.

Hay muchas chicas, como la amiga promiscua de Yana en Vladivostok, que no saben qué quieren. Su cuerpo les pide una cosa y sus sentimientos les piden otra. Cada vez que salen, buscan las dos cosas; usan el cuerpo para atraer a un chico y luego le ponen una trampa de sentimientos cuando, dadas las circunstancias, éste solo quiere satisfacer su cuerpo. Sin embargo, cuando se les acerca un chico que viene con sentimientos—ya sean sentimientos reales por ellas o sentimientos de mentiras para ponerle una trampa sexual a la chica—les da un mal olor y se escapan porque el físico no les atrae. Así se frustran.

Otras, como Polina y sus secuaces, olvidan esa parte molestosa sentimental y se enfocan en lo físico. Quieren complacer los caprichos de la carne. Por eso usan sus cuerpos para atraer presas sin ponerles trampas y dan sin mucho lío lo que ofrecen. Se les hace fácil porque lo único que tienen que hacer es pararse en el medio del club, verse inocentes y esperar a que los perros comiencen a detectar la fragancia. Lo que pasa después ni hay que contarlo, solo olvidarlo tan pronto pase y no apegarse.

En ese sentido, me vi más como Mido. Él se deja llevar por la vida. Cuando el cuerpo se lo pide, él lo da. La diferencia es que él no se olvida de sus sentimientos. Los sentimientos no le piden una relación seria, pero no significa que por eso tenga que olvidarlos. Si los olvida, se pueden enfermar y morir. Si los sentimientos mueren, lo que queda es el deseo físico. Un cuerpo sin sentimientos es solo carne vacía. Mido establece conversaciones profundas con chicas, se hace amigo de ellas en poco tiempo, logra que se aprecien el uno al otro. Él no quiere levantarse a la otra noche y arrepentirse de lo que ha hecho. Él quiere estar con alguien que desea lo mismo que él en ese momento y basta.

Así veía las cosas. Odiaba esos encuentros vacíos, alcoholizados, egoístas, superficiales. Quería que mi cuerpo estuviera feliz pero nunca quería arrepentirme de lo que hiciera. Quería que los encuentros fueran apasionados, que ambos queramos dar. Quería querer y sentirme querida—¡que me entendieran!—aunque no estuviera lista ni dispuesta a cargar con las preocupaciones de una relación. Quería mantener esa nueva amistad, si así convenía. Quería que se convirtiera en algo más, si así lo ameritaba; pero que no fuera ni hoy ni mañana.

Con el colombiano, la pasé bien. Me encantaba cuando aprendía algo inesperado. Él me enseñó a aventurarme a conocer gente que normalmente no conocería, como lo hizo con Nigel y su amigo. Fue una historia inusual contada por un ser inusual. Me encantó eso y no lo hubiera hecho si no fuera por ese colombiano que me quería enseñar una lección.

Me lo hubiera llevado a la cama. El no acostarme con él esa noche no tuvo nada que ver ni con asuntos de valores, ni con la falta de ganas, ni con la abundancia de pelos públicos. La realidad es que me había llegado la regla. Hacerlo implicaba mucho reguero.

Volvería a ver a Nigel otro día. Esta vez lo tendría mirándome frente a la pantalla de una computadora.

—No pareces ser del tipo de chica con quien acostumbro a hablar de negocios. —dijo Nigel.

—¿A qué te refieres? ¿De qué tipo de chica hablas? —dije, a la defensiva. ¿No era lo suficientemente atractiva? ¿Se habrá creído que yo no tenía experiencia? Él no me conocía. Él no sabía las loqueras que había hecho de adolescente. Yo sabía; sabía bastante.

—Insegura. —dijo Nigel. Se dio cuenta que lo seguía retando con la mirada y abundó más en su respuesta. —Sí, tú sabes, muchas de estas chicas vienen porque no tienen dinero y no sabrían qué hacer con él si lo tuvieran. Son chicas más jóvenes pendientes a comprarse joyas y teléfonos. Algunas pocas están mejor encaminadas; quieren pagarse sus estudios o ayudar a su familia. Para ambos casos no confían en sí mismas lo suficiente como para ganarse el dinero de forma "honesta", por lo que ni siquiera tratan. Se ponen vagas y el negocio les ayuda a hacer dinero fácil. —contestó Nigel.

—Llámalo turismo sexual, pero a la inversa. Quiero ver cómo es. Así de simple. —dije sin titubear.

Cambié el tema porque no me importaban las motivaciones de otras chicas. Me importaban las mías. Yo quería hacer algo diferente y la prostitución controlada no me intimidaba ni me daba asco. Prostituta o no, de todas maneras iría regularmente a la cama con chicos interesantes, apuestos e inteligentes que insistirían en pagarme tragos y cenas; el deseo no hacía más que intensificarse cuando me iba de viajes. Ese era el truco de la prostitución controlada; tenía que ser selectiva y salir con chicos con quien diera gusto estar.

Algunos que defienden sus valores rápidamente comentan que la prostitución es no respetar al cuerpo. Yo hubiera estado de acuerdo si se tratara de una puta barata de la calle, de esas con vaginas sucias multicolores que hacen lo que sea por algunas monedas o por un pase.

Mi intención era ser una prostituta limpia y saludable. Exigiría que mis clientes así lo fueran también. Esos tiempos en donde no existía la protección, y el sexo equivalía por obligación a hijos o a enfermedades venéreas, habían pasado hacía mucho. Me parecía estúpido el argumento de "respetar al cuerpo". ¿Respetarlo frente a qué daño?

Entonces entraba el tema que había mencionado Nigel, el de ser vaga y buscar dinero fácil versus el tener un trabajo "honesto". Aparte de las putas sucias que lo que hacen es regar veneno y enfermedades, no veía tanta diferencia entre la prostitución y un trabajo común y corriente. ¿Por qué al castigo voluntario a cualquier otra parte del cuerpo que no fuera la vagina lo consideraban como "trabajo duro", mientras que al castigo voluntario a la vagina lo consideraban "cosa de putas"?

Luego pensé en lo intelectual. ¿Qué tal la prostitución intelectual? Se escuchan muchas quejas de gente con estudios que está en un trabajo de collar blanco en el que no quieren estar. Yo me incluía. Esa misma gente cambia de trabajo y se alivia un poco para luego caer en lo mismo. Ahora, tanto a una persona a quien le encante su trabajo como a quien le apeste su trabajo, se le llama "profesional de carrera". La prostituta sigue siendo prostituta, le encante su trabajo o no.

—¿Tú quieres...? ¿Turismo sexual a la...? —preguntó Nigel. Se le enredaba la lengua de la sorpresa y la impaciencia.

—¿Tú te crees que esto es un puto juego? ¿Por qué no te tiras de un avión o te vas a ayudar a las tribus indígenas en taparrabos de Sur América?

A Nigel no tenía por qué importarle lo que yo quisiera hacer. Hacía preguntas por preguntar, porque lo había tomado por sorpresa. Las respuestas no le incumbían y no tenía por qué darle explicaciones.

—¿Tengo que usar condón? —pregunté, ignoré.

—Esas cosas las decides tú. Yo no soy tu *pimp*. —dijo Nigel. Lanzó un suspiro y me miró fijamente como si se estuviera convenciendo de que hablaba en serio, o me cogió lástima por no saber cómo se movía el negocio. —Mira, algunas chicas usan condón y otras no. Conozco a muchas que no se lo ponen si les gusta el chico. Ambos se lo disfrutan más, así que es buen negocio. Solo que toma pastillas; no hagas nada estúpido como quedar preñada.

—Entendido. ¿Cuándo empiezo? —pregunté.

—Empiezas ya. Cómprate un teléfono barato solo para llamadas de trabajo y me dejas el número para ponerlo en tu página. Vas a recibir muchas llamadas y mensajes a todas horas, así que no te enloquezcas. Tómate tu tiempo y divídete como te sientas más cómoda. —contestó Nigel. Volvió a mirarme detenidamente y sacó un papel de su bolsillo trasero. Comenzó a escribir en la ventana de chat lo que había en el papel. —Escucha, no suelo hacer esto pero ten este número; es de una chica de tu edad que trabajaba conmigo. Ya no lo hace pero te puede ayudar. Se llama Anastasia.

Anastasia; era la chica en mi pasaporte. ¿Habrá sido mi cómplice ante toda esta mierda? ¿A su casa me dirigía?

Abrí los ojos. Todo estaba oscuro. Solo escuchaba los martillazos del tren pasando por los rieles, el *"tacán, tacán"* que sonaba cada par de segundos.

Robarle a mi marido, serle infiel tantas veces: Rodrigo, Román y quién sabía cuántos otros más. No eran mis amantes, sino que mis clientes o mis víctimas o mis cómplices secuaces. ¿Qué carajos iba a saber yo? Los malditos recuerdos me traían más preguntas que respuestas. Lo que sí tenía claro es que una santa, yo no era. Tenía que averiguar cuán mala era. Seguramente mi marido había sido asesinado por mi culpa. ¡Un destornillador enterrado en la barriga!

Me sentí sucia. Me imaginé orgías con sudor, sangre y dólares verdes bañándome el cuerpo, docenas de hombres asquerosos haciendo su voluntad alrededor de mí, abrumándome, atragantándome, lágrimas saliendo de mis ojos y mi maquillaje de perra corriéndose sobre mis mejillas. No estaba tan lejos de ser una puta sucia con la vagina multicolor, de esas que tanto critiqué en mis sueños y mis recuerdos.

La cabeza me daba vueltas. Estaba mareada. No podía conseguir calmarme. Me entraron las náuseas. Brinqué de la cama al piso y corrí por el pasillo del tren hasta el baño al extremo del vagón. Me arrodillé sobre la alfombra de goma llena de pelos y orín con costra, descansé mi cabeza sobre mis brazos reclinados alrededor de la bacineta sucia de acero inoxidable y expulsé de mis entrañas los fideos instantáneos que durante la cena me supieron a caldo de res.

Al momento de vomitar solo degusté la sangre y la esperma que había tragado durante mi orgía imaginaria. Inhalé y exhalé sobre la bacineta tratando de recobrar el aire— estaba exhausta—pero para lo que sirvió fue para tragarme el hedor a mierda residual que guindaba alrededor del hueco que daba hacia el exterior. Reflujo de mierda y orín tras reflujo de mierda y orín hasta que me quemé la garganta con algo que me supo ácido y amargo a la vez.

Me limpié y salí. La azafata esperaba en el pasillo.

—¿OK? —preguntó con la única palabra en inglés que sabía decir, preocupada.

—OK. —dije, con la garganta raspada. Cerré un puño y subí mi dedo pulgar.

Cuando regresé al cuarto, Nina estaba durmiendo. Igor, no; él se estaba masturbando. Me miró, pero no dijo nada. Me subí a mi cama y no cerré los ojos hasta que dejé de sentir el jamaqueo de la cama de abajo, la cama de Igor.

Al otro día no me levanté de la cama hasta las dos o tres de la tarde, hora Moscú. Me ardían los ojos y me dolía la garganta. Me bajé de mi cama y me senté junto a Nina, quien me preparó una taza de té. Igor estaba sentado frente a mí hablando y riendo con su estúpida risa, como si nada, mientras metía cosas dentro de su maleta. Estaba a punto de irse.

Paró el tren. Igor se levantó, pero antes de dejar la cabina me dio dos paquetes de sopa instantánea.

—Para que te recuerdes de mí. Muchísimo gusto conocerte, Signe. —me dijo.

CAPÍTULO XVIII

Burbujas

Tras mi terrible viaje en tren, esperaba que estando en Moscú, majestuosa e imponente capital de Rusia, olvidaría mis penas. Decidí intentar Couchsurfing, el sitio de Internet por donde Aldar conoció a Mido. Sin embargo, no me sentí preparada para quedarme a dormir en la casa de un desconocido—por más que ya lo hubiera hecho en Vladivostok y Jabárovsk—y la experiencia con Igor solo sirvió para reafirmar mi decisión. Había anunciado mi llegada para ese día desde Novosibirsk, pero especifiqué que solo quería encontrarme con alguien y ver la ciudad; no necesitaba una cama.

Añadido a la reafirmación de mi decisión, aunque recibí invitaciones amigables como la de Olga—la chica con quien me encontraría ese día—, también recibí invitaciones de individuos que para nada me inspiraron confianza. Se destacó Aleksei, cuya invitación y perfil activaron un par de alertas rojas en mi cabeza.

La primera alerta roja, su foto de perfil: estaba tirado sobre la arena en la playa posando sin camisa—un intento malísimo de hacerse ver como modelo—con unos trajes de baño de cuadros rojos, azules y blancos que parecían calzoncillos. Tenía un cuerpo de lagartijo y mirada de violador. Me pregunté, ¿qué personaje pone ese tipo de fotos como tarjeta de presentación?

La segunda alerta, su invitación:

« Hola guapa. Si todavía necesitas un lugar dónde dormir, puedo hospedarte en días de semana durante la noche y a cualquier hora durante los fines de semana. Tengo un apartamento alquilado con baño. La cocina se comparte con otra gente en el mismo piso... »

Hasta ahí bien. Lo de "guapa" era para mí una alarma amarilla, no roja. Continuaba:

« ...y la cama la compartirías conmigo y con otra chica. » Fue ahí donde la alarma cambió a roja.

Después de las historias que hizo Mido acerca de las experiencias malas con el sitio, mejor comenzaba más a la segura en lo que cogía confianza y desarrollaba ese sexto sentido que dijo se necesitaba al evaluar los perfiles. Olga se veía en la foto como una chica amigable y tenía varias referencias positivas, así que me sentí cómoda con la idea de pasar un tiempo juntas por Moscú.

—¿Por qué no tomaste el avión? Así hubieras podido viajar más cómodamente entre ciudades. Debiste haberla pasado fatal en el tren. No era lo que esperabas, ¿cierto? —preguntó Olga mientras caminamos alrededor de la ciudad.

Al principio decidí no volar porque tenía mucho dinero en la mochila. No era ilegal tener esa cantidad, pero seguramente sospecharían de mí y me detendrían para cuestionamiento. No me interesaba llamar la atención. Además, no tenía memoria. Podía llegar rapidísimo a San Petersburgo, pero me sería inútil sin recobrar la memoria. Pensé que sería mejor darme tiempo, ver cosas y tener experiencias desde un lugar seguro sin arriesgarme a que la persona incorrecta me fuera a reconocer. Tal vez así despertaría algo escondido en mí. Nadie me buscaría por Siberia. Nadie sabía quién era. Me hacía sentido recuperarme desde la seguridad de mi anonimato. Mierda, ¡y no pude haber estado más en lo correcto!

—Tomé el tren porque, de lo contrario, no me hubiera sentido como si estuviera conociendo a Rusia. Viajé muy cómoda y conocí mucha gente buena que me ayudó y me dio conversación. No me aburrí ni me sentí sola. —contesté. Omití la experiencia con Igor. Eso me pudo haber pasado en cualquier lugar, no solo en el tren.

—¡Ja! ¡No te creo! ¡Es horrible! Dicen que está lleno de borrachos. ¿No es cierto? —preguntó Olga. Se notaba que ella nunca se había montado en el tren y, si lo había hecho, había sido en primera clase.

—No te sabría decir si es normalmente así, pero no vi ningún borracho durante todo mi viaje. —contesté.

—Tuviste suerte entonces. —dijo Olga.

—Puede ser. No eres la primera persona que me habla de los borrachos en el tren. Inclusive, en Novosibirsk, unos amigos que hice en una fiesta en el lago me regalaron una botella de vodka barata; tan barata era que la tenían en la casa para desinfectar heridas. Me dijeron que la podía usar para hacer amigos en el tren. —dije.

—Ja, ja. Buena estrategia. Debió ser una aventura. Yo no he tenido la oportunidad de ver tanto de Rusia como tú. Tú has visto la Rusia verdadera. Moscú y San Petersburgo son un engaño, una ilusión; estas ciudades no representan la realidad de nuestro país.

No era la primera vez que escuchaba a alguien decir eso, especialmente con ese tono de lástima. El primero fue el doctor en Vladivostok y de ahí le siguieron más a lo largo de todo el país. Era como decirme, "Moscú y San Petersburgo son ciudades tan desarrolladas y el resto viven vidas tan miserables que lo que dan es lástima".

Me imagino que debía sentirme privilegiada por la experiencia, pero no lo estaba, no por las razones que su tono sugería. Mirándolo de esa forma, desde el punto de vista del desarrollo, yo no sentía que había visto la Rusia verdadera. Salvo a las aldeas más pobres entre cada ciudad, no le encontré diferencias extremas a lo que vi en Moscú versus lo que me encontré en las ciudades de Vladivostok, Jabárovsk, Irkutsk y Novosibirsk.

La gente hablaba de Moscú como si fuera una súper metrópolis. Tal vez lo era y yo me equivocaba pero aparte de tener la Plaza Roja, el Kremlin—ambos verdaderamente impresionantes—, un metro con estaciones que parecían palacios—complementadas con la típica fragancia "soviética"—y un puñado de edificios altos en construcción, no me pareció más que una copia a mayor escala de lo que vi en el resto de las ciudades rusas.

Todas las ciudades tenían las mismas calles agrietadas y los mismos edificios coloridos en el centro de la ciudad, pero desgastados por el tiempo y la falta de cuidado; tenían los mismos tipos de complejos residenciales soviéticos con fachadas tristes, como el de donde vivía Yana en Vladivostok; tenían los mismos tipos de parques con jardines, plantas silvestres, árboles, fuentes, lagos, familias celebrando bodas y chicas espectaculares sacándose fotos bajo una ducha de flores; la planificación era la misma mezcla predecible de calles anchas cuadriculadas.

Lo que tal vez hacía diferenciar a Moscú del resto era el hecho de que tuviera más de once millones de personas. Las personas eran diferentes. Se notaba que eran menos abiertas a compartir una mirada de ojos y a hablar con gente que no conocían—aunque a algunos si les hacía un acercamiento amistoso pronto regresaban a su naturaleza hospitalaria. La vida se movía a un paso más rápido que en las otras ciudades. Había más industria, más comercio, más competitividad, más lujos, más estrés.

No obstante, también había más oportunidades de ser un individuo, de estar entre gente desconocida, de salir de fiesta a lugares variados, de casarse a los treinta sin dar explicaciones, de exponerse más al mundo cosmopolita. ¿Sería ese el cambio tan grande que sentía toda esa gente que dejaba sus ciudades, pueblos y aldeas en busca de trabajo en Moscú? ¿Se sentirían más desarrollados por tener acceso a ese estilo de vida? ¿Pensarían que el acceso a mayor abundancia de bienes materiales, al desapego de la naturaleza y de la cultura tradicional los hacía más desarrollados?

Reía por dentro cuando me decían que había conocido a la verdadera Rusia. Yo solo estuve unos días en un puñado de ciudades. ¡Rusia era enorme! Tuve mis experiencias, pero eso estaba muy lejos del día a día de un ruso. No había vivido ni sentido la diferencia entre una ciudad y otra desde el punto de vista del impacto que ese cambio tuviera en la vida de una persona rusa. Lo que sí sentí fue la diferencia en el comportamiento de la gente entre una ciudad capital grande cualquiera y un pueblo pequeño cualquiera. ¿Me habré equivocado al asumir que Olga se refería al supuesto desarrollo urbano y de calidad de vida de Moscú y que les tenía lástima a los demás? ¿Se refería a la gente? ¿Se refería al cambio—

probablemente adverso—que daba la gente al mudarse a Moscú, la capital? Probablemente no.

Esa noche, Olga me invitó a una fiesta clandestina— aparentemente, todas las buenas fiestas eran ilegales. Le llamó un festival de música electrónica, pero era un *rave*. Para llegar, la tuve que esperar entre la soledad e inseguridad de una de las últimas paradas de la línea de metro. No pasó nada, por supuesto. La inquietud solo venía de ser una chica sola en un lugar oscuro donde nadie podía escuchar mis auxilios. Fuera de eso, estaba bien.

Olga llegó en su carro. No nos fuimos en taxi porque ella se iría de viaje a Europa esa misma noche y a donde iríamos no sería un lugar muy accesible. Solo estaría en la fiesta hasta la media noche, poco más de una hora. Nos metimos por callejones oscuros hasta llegar a un espacio abierto, donde nos estacionamos. No me había percatado, pero frente a mí tenía una fábrica enorme queriendo esconderse entre la penumbra. Era ahí la fiesta, en una fábrica abandonada a las afueras de Moscú. La única parte iluminada del exterior era la puerta. Dos chicas cobraban las entradas.

—¿Cuánto hay que pagar? —pregunté, mientras buscaba dinero dentro de mi bolso.

—Nada. El chico que lo organiza es mi amigo. Tenemos taquillas VIP. —contestó Olga.

Al entrar había un centenar de personas, pocas, considerando el espacio que tenía el lugar. Aún era temprano; sobrepasaría las mil personas después de la media noche. El lugar era inmenso. Tenía un área de baile que dejaba chico a cualquier club en Moscú. Venía con pantallas plasma, disc jockeys, equipo de luces y cuatro jaulas con chicas con alas de ángeles bailando sensualmente. El área de baile conectaba a zonas con mesas. Unas eran para grupos de amigos y otras, con mucha más intimidad, para parejas. Todo era nuevo, moderno y con mucho estilo. El amigo de Olga—a quien solo saludé una vez porque estaba muy ocupado correteando el lugar—lo había montado todo el día anterior y lo desmantelaría al día siguiente.

La zona VIP quedaba en un segundo nivel sobre una plataforma de acero con barandales de seguridad, originales de la fábrica. Ahí nos trataron como reinas. Traían platos con frutas tropicales—¡en Rusia!—como también uvas, fresas con chocolate, jamones crudos con quesos y todo el vodka que el cuerpo pudiera consumir.

Olga hizo lo posible por presentarme a tanta gente como pudo antes de irse al aeropuerto. Uno de los que me presentó se llamaba Miles. Era un americano casi en sus cuarenta años, lleno de canas. Era del tipo de persona que estaba en todas y socializaba con todos. Olga lo había conocido solo unos días antes por Couchsurfing, al igual que a mí.

—Yo alquilo una casa grande en las Filipinas, baratísima. Es vieja, pero está limpia y no le falta nada. Llevo viviendo allá por más de diez años. —dijo Miles.

—Mira, yo que he conocido a tanta gente que le encantaría irse para Estados Unidos y tú te vas. —dije.

—Sí, bueno, yo completé mis estudios y me hice de una buena carrera pero a medida que pasaron los años me convencí más y más de que mi país es una mierda. Está lleno de gente que solo piensa en ellos mismos y están completamente ciegos a lo que pasa fuera de sus fronteras. Viven en una burbuja y lo peor es que no tienen ningún interés en salirse

202

de esa burbuja. Te doy un ejemplo. A mis compañeros de trabajo yo les hablaba de viajar por el mundo, trabajar en otros países, tú sabes, conocer. ¿Sabes de lo que ellos me hablaban? ¿Sabes lo que para ellos era una aventura? ¡Mudarse de un estado a otro! ¡Qué tontería! —dijo Miles.

—¡No tienen cultura! No hablan más que el inglés; no saben nada de geografía, menos de las costumbres de otros países. Entonces cuando van a otro país lo único que hacen es quejarse de que la gente se comporte diferente y haga las cosas de otra manera. —dijo un francés, también amigo de Olga, enrollando cada una de sus erres mientras hablaba como si apunto de escupir.

—Por eso mismo es que la gente piensa que no tenemos cultura, porque muchos que viajan se comportan así. Se quedan dentro de la burbuja porque no ven la necesidad de salirse. Están tan lavados de cerebro que verdaderamente piensan que viven en el mejor país del mundo, del universo. Deciden ignorar que los Estados Unidos llevan décadas metiéndose en los asuntos de otros países con guerras y trucos de comercio. Les quita a esos países los recursos que tienen o logra hacerlos dependientes indirectos de la economía americana. El gobierno hace lo que puede por mantener el estilo de vida americano aunque joda a otros países e impida que prosperen al paso que deben. La gente llega hasta el punto de pensar que los países pobres lo son así solo porque no se esfuerzan en cambiar su situación, no por nada más. —dijo Miles.

—Demasiado capitalismo. Está fuera de control. —dijo el francés.

—Yo no fui muy popular de niño. Me declaré comunista a los quince años. —dijo Miles.

—¿Comunista? Pero, ¿tú estás loco? —preguntó Olga, algo indignada.

—No me mires mal. Cuando digo comunista me refiero a la definición del comunismo como sistema ideal donde todo el mundo vive en harmonía, tiene cubiertas todas sus necesidades y el estado se vuelve obsoleto. No estoy hablando de lo que trataron hacer en la Unión Soviética y China. Eso se acercó a socialismo, pero jamás se acercó a comunismo por más que le llamaran como tal. Querían hacer algo, pero en práctica les quedó muy mal. —contestó Miles.

—¿Entonces tú quieres que Estados Unidos sea comunista? —preguntó Olga, riendo sarcásticamente. El ambiente alrededor se había puesto algo incómodo.

—Un día la gente se va a dar cuenta de que no viven tan bien como piensan y se van a cansar de los contrastes en las clases sociales lo suficiente como para levantar armas. Irónicamente, la próxima revolución comunista será en los Estados Unidos y no en otro país. —contestó Miles. Tenía una sonrisita en la cara como si fuera todo un sabio, orgulloso de sus ideales revolucionarios. —Yo estaré muerto para cuando eso pase. De todas maneras, en práctica, fracasará no porque no se pueda, sino por la codicia de unos pocos. Por eso mandé el sistema completo al carajo. Llegué a la conclusión de que el mundo está jodido y no tiene salvación. Ahorré todo lo que pude y tengo mi retiro cubierto. Me mudé a Filipinas porque la vida es baratísima, hay buena fiesta, el clima es espectacular, las playas están que te cagas, la gente es muy amigable y las mujeres son bellas.

—Suena como un sueño. Me encantaría vivir así, sin preocupaciones de ningún tipo. ¿No tienes que trabajar para nada? ¿Cómo te pagas tus gastos? —preguntó Olga, al parecer calmada por salir del tema del comunismo y entrarse al tema del escape exótico.

—Hago uno que otro trabajo independiente para mi vieja compañía y en Filipinas de vez en cuando aparece un proyecto. —contestó Miles.

—¿Qué tipo de trabajo es? —preguntó el francés.

—Hago animaciones y diseño de páginas de Internet. He hecho algunas series de caricaturas en las Filipinas. —contestó Miles.

—O sea que puedes hacerlo desde cualquier país. Perdona que te pregunte pero, ¿eso paga lo suficiente? —preguntó Olga.

—No te preocupes, que no me molesta. Cada proyecto dura unos cuantos meses y me deja algunos miles de dólares. No es mucho, pero me da para unos meses más de vida. Yo no necesito mucho para vivir bien. Yo lo tengo todo claro. No voy a desperdiciar mi vida. Trabajo lo mínimo que pueda; el resto es para relajarme, disfrutar y pasar tiempo con mi hija. —contestó Miles.

No sabía qué pensar de Miles. En un sentido me parecía un genio. Había logrado independizarse casi por completo del sistema y vivir una vida con mínimas preocupaciones. Trabajó duro para ahorrar dinero y simplemente se fue a vivir a un país de bajo costo donde la vida era más amena para él. No tenía obsesiones materialistas. Tenía un estilo de vida simple. Por otro lado, me seguía pareciendo una pérdida de potencial el que tuviera como ambición desconectarse del sistema por completo y no contribuir ni una pisca al cambio y mejoras en las que él creía.

CAPÍTULO XIX

Emoción de la caza

Perdí interés en la conversación entre Miles, Olga y el francés y me distraje viendo bailar a un grupo de chicos desde la plataforma VIP. Uno de ellos, el más alto y tosco del cuarteto, se acercó a una chica como quien no tiene malas intenciones, como cualquier otra persona lo haría. Como la gente seguía llegando en masa al club, no era extraño encontrarse apiñado de vez en cuando entre la multitud. Eso de "espacio personal" no existía. Luego el chico llamó disimuladamente a sus secuaces para que tomaran sus posiciones. Él era como el líder de un juego que jugaron toda la noche. La idea era acorralar a la chica—a veces, varias chicas—formando un círculo con los brazos entrelazados del cuarteto. Acorralada la víctima, lo que seguía era roce agresivo y violación seca. La pobre chica, mientras intentaba salirse del círculo, era atropellada por el baile violento de cuatro penes erectos escondidos por debajo de sus respectivos pantalones y que se lanzaban hacia ella desde todas las direcciones.

Me pareció descabellado ver cómo los chicos disfrutaban de algo que claramente no era placentero para ninguna de las chicas escogidas como víctimas. Reían entre ellos, se burlaban, hacían chistes. Se disfrutaban la búsqueda y el acorralamiento de la próxima víctima tanto como el momento en que casi le desgarraban el traje, le agarraban la cabeza y forzaban sus labios en los de ella. Ellos estaban teniendo una noche divertidísima. Era obvio que no era la primera vez que hacían algo así ni sería la última.

A las chicas también había que asignarles culpa. Me parecía tonto que no hicieran nada para defenderse. Parecían más enfocadas en solo salir del círculo que en darle una bofetada o una buena patada en los huevos al próximo que rozara las pelotas contra sus nalgas. Para mí, esa sería mi reacción instintiva, con memoria o sin ella. Por encima de que la víctima no hiciera el mínimo esfuerzo por defenderse, peor aún era que sus amigas tampoco servían para nada. Ellas no atacaban a los chicos, ni gritaban, ni llamaban a los gorilas de seguridad; no hacían nada. Lo que todas esas chicas hacían con su comportamiento era simplemente perpetuar el abuso, aceptarlo como algo que hacen algunos chicos estúpidos sin hacerles pagar por la falta de respeto, sin hacerles ver consecuencias.

—Pendeja; cayó una. —diría yo un rato después de que Olga se fuera, aún distraída por el espectáculo.

Los cuatro idiotas finalmente encontraron una víctima lo suficientemente borracha y suelta como para verse atraída por el manoseo y agarre de nalgas del más guapo del cuarteto. La muy zorra se dejó seducir por la mano que ese galán romántico le deslizó por debajo de su falda y por el lengüetazo que le forzó. Como si hubieran llegado a un previo acuerdo de caballeros, el cuarteto se convirtió en trío; el galán no tardó mucho en llevarse a su presa a la casa mientras que los otros tres chicos continuaron con la caza felices y contentos.

Acabando de presenciar esa atrocidad, mis recuerdos me volvieron a dar una visita. Ya confirmado por mi pesadilla en el tren que la chica de mi pasado no era más que una prostituta, mi próximo recuerdo sería de una salida de fiestas con el nuevo círculo de amistades a quienes me había asociado: Nigel, su amigo borracho y Anastasia. Entré al club como si nada. Al parecer me habría acostumbrado a las miradas, a los comentarios que susurraban los inquisidores que me identificaban. Esa profesión se debía oler de lejos.

Vale aclarar que por fortuna parecía no estar sucia ni vestía ropa llamativa o vulgarmente sensual. Mi viaje por Rusia me había dejado claro que ese tipo de prostitutas se podían encontrar en Europa del Este y Rusia pero no eran tan comunes como lo serían en Europa. Anastasia y yo vestíamos igual que las chicas comunes y corrientes. Lo que nos delataba era la compañía. Creo que en ningún lugar del mundo sería rutina que dos chicas jóvenes y bellas entren a un club con dos cuarentones tirando a cincuentones que nada tenían que hacer ahí.

Como dije antes, poco pareció importarme. Estaba con mis amistades. No me importaba lo que pensaran los tontos alrededor mío ni tenía a nadie a quien impresionar. Bailamos, bebimos, gozamos.

Me topé con un chico guapo, un extranjero portugués. Era Rodrigo, a quien ya mis recuerdos me habían presentado acostada en la cama junto a él. Lo conocería ese mismo día. Parecía muy interesado en hablar conmigo y a mí me entusiasmó la idea de hablar con un extranjero tras semanas de estar rodeada de rusos.

—Vamos allá, que hay menos ruido y podemos hablar. —dijo Rodrigo.

—OK. —dije, muy coqueta.

El portugués me agarró por la mano y me guió hasta una esquina poco concurrida del club. Quedé recostada contra una columna con él frente a mí. Me acariciaba las manos mientras acercaba su boca a mis oídos para poder hablarme entre tanto alboroto. Rozábamos mejillas.

No alcanzamos a tocar temas profundos. Él hablaba portugués y yo español; eso mezclado con el alcohol y el ruido hacía que nos entendiéramos a medias. En quince minutos de preguntas y respuestas, solo pude entender que estaba en Rusia de viaje de negocios con la misión de vender lozas importadas de Italia. Se regresaba a Europa al día siguiente pero tendría que volver a Rusia por negocios cada dos semanas, por lo que quería reencontrarse conmigo. Le di el número del teléfono profesional.

Como era de esperarse, los roces de mejillas de Rodrigo se convirtieron en besos. Me parecía apuesto, lo suficiente como para ofrecerle mis servicios, pero no ese día. Ese día era para descansar, para estar con mis amigos.

—Tengo que regresar con mis amistades. Me están esperando. —dije.

—¿Estás con los dos viejos esos? —preguntó Rodrigo.

Sabía lo que le había pasado por la cabeza. Me identificó.

—Sí, son mis amigos. Me voy con ellos. Quiero bailar con mi amiga. —dije. Realmente eso quería. Quería divertirme, no trabajar.

—¿Por qué no bailas conmigo? —preguntó Rodrigo.

—Adiós. —dije. Le sonreí y entrelacé los dedos de mis manos con los de él para al menos darle ese gusto.

A simple vista, ese encuentro con Rodrigo no tuvo nada especial. Chica encuentra chico en el bar; chico enseña sus movidas a ver si la chica cae; chica cae, se deja caer, no cae o no se deja caer. Nosotras decidimos qué va. Es una cosa tan compleja que resulta incomprensible para el cerebro animal de un hombre, tan compleja que ponerla en palabras contaminaría la explicación de por sí. Por eso no nos entienden.

Me encontré buscando con la vista a Rodrigo alrededor del club el resto de la noche. Sin equivocarse; no era que me gustaba. Lo que encontré muy interesante de Rodrigo era verlo en acción, verlo operar. Cada vez que daba con él estaba hablando con una chica diferente. Pasaban unos minutos y reía con otra. Una hora después bailaba sensualmente con otra más. Otra hora más y su lengua le limpiaba los pulmones a una con tragos demás. Pocos minutos más y estaba metiendo sus dedos curiosos por debajo de la falda. Luego no lo volví a ver, tampoco a ella.

—Es una cosa de estadística. —me diría Rodrigo, luego de acostarse conmigo dos semanas después. Había quedado intrigada por lo que vi así que le pregunté. —Hablo con todas las chicas del club. Sean cincuenta o sean cien, por estadística al menos una tiene que caer.

Él era un lobo solitario. Fue al club ese día con una meta clara. No fue a divertirse con amigos; no fue a bailar; no fue a beber. Fue a levantarse a una chica y a llevársela a la cama. Otros con las mismas intenciones irían con la estrategia de escoger una y quedarse con esa la noche entera hasta que cayera, arriesgándose a que no cayera; otros comprarían tragos para iniciar conversación, llegándoles a pocas interesadas y terminando la noche con los bolsillos vacíos; otros traerían a un amigo que sirviera de refuerzos para atacar las defensas de chicas inseparables, y así por el estilo. Rodrigo, el lobo solitario, le iba a las estadísticas. Efectivamente, una cayó.

—La chica tenía un hijo. Tuvimos que buscarlo y dejárselo a una de sus amigas para que pudiéramos estar solos en su apartamento. —dijo Rodrigo.

Que no se diga que la engatusó o que la emborrachó. Esas eran las acciones de una chica que sabía bien lo que hacía; ella también quería relajarse un poco.

—¡Qué exagerada! ¿Tan pequeño era su apartamento? —pregunté, acariciándole el pecho.

—Yo pensé lo mismo, pero luego supe cuánto ruido le gustaba hacer. No hubiera podido dormir, el pobre niño. No te miento si te digo que me causó un poco de vergüenza. Hasta el vecino del piso de abajo le estaba dando cantazos al techo con una escoba. —contestó Rodrigo.

—¡Ja! ¿Era bonita? No llegué a verla de cerca. —pregunté. Tenía curiosidad por saber si se mantenía el estereotipo de que los gustos cambian en proporción a los niveles de alcohol en la sangre.

—Preciosa, era. Mírala, te enseño una foto. —contestó Rodrigo, sacando su teléfono y poniéndose a rebuscar entre las cientos de fotos que tenía guardadas.

—¡Está desnuda! ¿Por qué tienes una foto de ella desnuda? ¿Está dormida? —pregunté. Definitivamente había quedado noqueada sobre la cama. ¿Sabría que le habían tomado una foto así?

—¡Ja! Bueno, creo que te lo puedo contar. Después de todo, más abierta de mente no puedes ser. —dijo Rodrigo.

—Dime. —dije.

—Es para una competencia. —dijo Rodrigo. Lo miré confundida y luego aclaró. —Tú sabes, ¿quién puede conseguirse más chicas? Tenemos un archivo en Excel con los nombres de quienes quieren participar y la puntuación.

¿Me estás hablando en serio? ¿Los chicos juegan eso? ¡Tanto me pasó por la cabeza! Sentí algo de rabia contra género masculino; yo que pensaba que ya lo había escuchado todo y sabía de todo. No obstante, mi lugar era el de escuchar sin juzgar. Tenía reglas, y una de ellas era la de evitar cualquier choque con los clientes. Al cliente siempre hay que mantenerlo contento.

—¿En qué lugar estás tú? —pregunté.

—Yo voy segundo. Voy por cincuenta en lo que va del año. El primero va por setenta; el hombre es una máquina. —dijo Rodrigo.

¡Cuánto orgullo se le veía en la cara por su desempeño en ese juego! ¡Cuánta admiración por los poderes seductores de ese primer lugar!

—Pero los chicos exageran siempre. ¿Cómo sabes que no están mintiendo? ¿Se dejan llevar por el sistema de honor? —pregunté.

—Punto. —dijo Rodrigo, apuntando a la foto y riendo. —Cada vez que haces un punto tienes que tomar una foto y enviársela a todos los competidores como prueba.

Asco, me dio. Podía comprender que un hombre tuviera sus aventuras, que quisiera probar un poquito de todo. Había su descaro en eso pero yo era igual y muchas chicas también lo eran. Sin embargo, había que estar compuesto de algo diferente para hacer lo que hacía Rodrigo. Él no solo jugaba a las estadísticas, sino que se asociaba con otros de su tipo hasta el punto de confabular métricas de eficiencia en seducción. Había que estar compuesto de algo diferente para atrapar una presa, devorarla, sacarle una foto y compartirla con un grupo de lobos enfermos que seguramente no la mantendrían en secreto. Esa presa sería una súper estrella y nunca lo sabría. Había que estar compuesto de algo diferente para crear un documento con todos los participantes y mantener puntaje de cada manjar. Con Rodrigo sucedía algo más tétrico, más enfermizo, algo que consiente e inconscientemente lo llevaba a esforzarse más, competir con más ganas, buscar estrategias más eficaces para ser el mejor de los mejores.

Paciencia. Él no tenía por qué saber lo que pasaba por mi cabeza. Regla, regla, ¡regla!: mantener al cliente feliz. Pero, ¿me habrá sacado una foto sin yo darme cuenta? Eso sí que no lo permitiría. Mi promoción tenía que estar bajo mi control y no el de nadie más.

—¿Yo estoy ahí? —pregunté. Mantuve la calma, como si nada. Le quité el teléfono casualmente y comencé a buscar mi foto. Desnudo tras desnudo de mujeres bellas en diferentes posiciones de sueño; no encontré nada.

—No, no es tan fácil. Hay reglas. No puedes pagarle a una chica. Tampoco puedes incluir novias, amigas con las que ya te habías acostado antes de comenzar el juego, o chicas con las que te acuestas más de una vez. Cada punto tiene que ser una chica nueva. —contestó Rodrigo.

—Muy creativo, el juego ese. —dije. No pude evitar la chispa de sarcasmo.

—No te imaginarías cómo era cuando salíamos de fiesta en la universidad. —dijo Rodrigo.

—¿Cómo así? —pregunté.

—¿Has escuchado lo que es la noche de la gorda más fea? —contestó Rodrigo.

►► ◄

Cuando regresé a la realidad, me encontré sola aún reclinada sobre el barandal de la plataforma VIP mirando hacia la multitud de gente que se encontraba envuelta en el trance hipnótico de la música electrónica. Miles y el francés, ambos dos veces mayores a la edad promedio del resto de la gente en el club, bailaban frenéticamente frente al DJ.

Ellos pronto comenzarían la caza.

CAPÍTULO XX

Maestro de ceremonias

► ◄

—Un día Dimitri pasó por recepción a pedir la llave de su habitación; se le había quedado encerrada adentro. La recepcionista que lo atendió comenzó a buscar la llave pero parece que se distrajo con algo y se le olvidó el número de la habitación. Entonces le pidió a Dimitri que le repitiera el número, esto sin faltarle el respeto en ningún momento. —contaba una chica a mi pasado *yo*. Relataba su historia con toda normalidad. Era el día a día de una recepcionista de hotel. Luego pausó como si en shock. —Ahí fue que se volvió loco, desquiciado. "¡Eres una idiota! ¿Cómo puedes ser tan anormal y estúpida? ¡Imbécil!", le gritó. Bueno, le llamó de todo lo que te puedas imaginar. ¡Qué no dijo!

—¿Solo porque a la chica se le olvidó del número de la habitación? —pregunté.

—Así es. La pobre se asustó mucho; no llevaba tanto tiempo trabajando aquí y no conocía ni de él ni de su temperamento. Luego él le pidió que le entregara su correo. ¡Pobre de ella por no saber su nombre! —contestó la chica.

215

—¿Qué? ¿Qué le dijo? —pregunté.

—¡¿Qué no dijo?! "¡Todas ustedes son unas putas in-competentes! ¡Ninguna vale una mierda!", gritó. —contestó la chica, imitando cómo Dimitri perdía el control y levantaba los brazos al aire agresivamente. —¡Ja! Después se bajó los pantalones. —continuó imitándolo, separando las piernas y bajándose sus pantalones imaginarios hasta las rodillas. Luego apuntó a la entrepierna con furia. —"¡Me las voy a clavar a todas aquí mismo sobre el mostrador!", gritó.

—¡Ja, ja! ¡Está loco! ¿Y después que pasó? ¿No lo saca-ron del hotel? —pregunté.

—Nada. Él es intocable. Tiene de amigo al presidente del hotel; puede hacer lo que quiera. Puede hablar malo, gri-tar, insultar, traer prostitutas a su cuarto... —contestó la chi-ca, apuntando la palma de su mano hacia mí como prueba obvia de lo que decía. —Hasta ha tenido el descaro de inten-tar levantarse a las recepcionistas con acercamientos abiertos y directos para invitarnos a irse a la cama con él.

—Me imagino que si lo hace con tanta confianza es por-que le ha funcionado antes. —dije, acusándola con ironía.

—Seguramente. —dijo la chica, delatándose sin ver-güenza mientras se mordía el labio.

—¡Ja! Qué perra eres. —dije.

Dimitri Mamitov. Ahí estaba frente a mí, protagonizando la carátula de una revista que encontré en el tren Sapsan de alta velocidad que me llevaría de Moscú a San Petersburgo en solo cuatro horas. No quería invertir más tiempo en llegar a mi destino final. Los recuerdos se aparecían con más frecuencia, más detallados, más intensos. Sin duda alguna, la chica que me contaba las fechorías de Dimitri era la famosa Anastasia Tomilina: anfitriona de los misterios de mi *passaporto*, tutora de mi prostitución, posible cómplice del asesinato de mi marido.

Poco a poco recordaba más. Dimitri fue solo uno de los varios a quien Anastasia me refirió. Era un joven apuesto y adinerado que creó su fortuna como actor de cine ruso. Era famoso. Vivía en Moscú pero tenía sus cosas que hacer por San Petersburgo, así que pasaba regularmente por el hotel en donde trabajaba Anastasia. Aunque seguramente podía pagar los quinientos euros por noche que costaba una habitación común y corriente, ser famoso y tener como amigo al presidente del hotel le otorgaba ciertos beneficios.

Siguiendo el estereotipo de los famosos, Dimitri era dios de su mundo y el resto eran simples sujetos. Tal vez eso fue lo que me atrajo a él, la experiencia de vivir con un dios autoproclamado. Estaba loca, desquiciada; no sabía en lo que me estaba metiendo.

Llega el día de la boda. El hotel parecía un evento de alfombra roja de Hollywood. Estaba lleno de actores y actrices de alto calibre en Rusia—desconocidos para mí, pero mi ignorancia no les quitaba su estatus. Las damas vestían trajes llenos de resplandor. Los hombres, muy elegantes, salvo por el maldito peinado hacia al frente que no escarmentaba incluso entre artistas. Estaban rodeados de caviar, vinos caros importados de Europa y disfrutaban de un centenar de otros platos que nunca había visto. Era un manjar de reyes.

Dimitri se acababa de casar con una chica de veintiún años y antigua Miss Universo de Rusia. No me gustaba juzgar, pero no pude evitar que me pasara por la mente que Dimitri—viviendo su estereotipo al máximo—se había conseguido una jovencita oportunista—con ganas de ser reina de la pantalla grande—más de diez años menor que él. ¡Era una niña! Pero a Dimitri le encantaban las niñas y estaba en edad para multiplicar su sangre, así que la matemática de su raciocinio no se le hizo dudar en casarse con ella.

Yo los miraba desde afuera por una ventanilla en el pasillo. Había llegado al hotel temprano para curiosear. Después de todo, llevaba varias semanas acostándome con el novio de la boda. Por supuesto, jamás estaría invitada a la fiesta y, aunque hubiera sido invitada, no sabría con qué cara presentarme entre los familiares de los novios. Ahora, la luna de miel era otro tema; a esa fiesta sí me invitaron.

Esperé a Dimitri y a su nueva esposa en la habitación 302. Me puse un trajecito corto de seda blanca; me pareció apropiado para la ocasión. Me acosté en la cama y me puse a comer los chocolates que encontré en el mini bar. Eran chocolates suizos, oscuros, ricos, de los que no se encuentran fácilmente por Rusia; me encantaba la dulce amargura del chocolate negro.

Mi deber sería hacer la luna de miel lo más placentero para los recién casados, que se disfrutaran al máximo el uno al otro. Yo sería facilitadora, estimuladora, catalizadora de sus pasiones.

Se abrió la puerta. Entra Dimitri. Solo.

—¿Y tu esposa? —pregunté.

—¿De qué estás hablando? La dejé en su cuarto. —contestó Dimitri.

—¿No quiso venir? —pregunté, decepcionada porque ya sabía la respuesta.

—¿Estás loca? Esta es mi luna de miel. Ella me mataría si se enterara que estoy contigo. —contestó Dimitri.

En ese momento fue que vine a caer en cuenta de que la intención nunca fue hacer un trío.

—Pero, ¿por qué estás conmigo y no con tu esposa? ¿No se supone que te la estés disfrutando? ¡Es una noche tan importante en tu vida! —dije.

—La muy pendeja no me dijo que le había caído la menstruación. No le tengo asco a la sangre, pero ella sí. Por eso me largué y vine aquí. Además, ya me la he disfrutado varias veces. Ya deberías tener suficiente edad para saber que esos trajes blancos son solo para verse lindas y mantener apariencias. —contestó Dimitri.

—Claro. Qué pena que se te haya arruinado la noche. —dije. Me hacía hervir de rabia cada vez que abría su boca y demostraba cuán poca sensibilidad tenía hacia los demás. Sin embargo, no podía olvidar mi código de conducta. Nunca incomodar al cliente. Nunca debe sentirse juzgado.

—Gracias a Dios que no soy tonto y siempre tengo una salida de emergencia. Te tengo a ti, que sabes lo que me gusta y sabes lo que tienes que hacer. Contigo paso la noche mejor que con la niña. —dijo Dimitri, sus manos frotando mis piernas y subiendo a lo largo de mi cuerpo hasta que mi traje blanco desapareció.

—Yo la vi. Es preciosa. —dije. Pobre de su esposa y lo que le esperaba. Este tipo le chuparía la juventud a la niña.

—Eso no lo dudo. A mí se me para cada vez que la veo, pero la muy estúpida no sabe hacer nada. Es de esas chicas que son tan bellas que no tienen que esforzarse para aprender a complacer a un hombre. Ella está acostumbrada a ser una princesita, a que el hombre le haga de todo. Eso estuvo bien las primeras veces, pero después lo encontré muy aburrido. —dijo Dimitri.

—¿Tú no quieres enseñarle? Sabes mucho; puedes ayudarla. —pregunté.

—No tengo paciencia para eso. Ella es muy bruta y floja para aprender algo útil. Se cansa rápido. —dijo Dimitri, besándome el cuello mientras nos mirábamos a través del reflejo del espejo frente a la cama. Apareció un precioso velo blanco en una de sus manos y me lo puso en la cabeza. —Toma. Es para ti.

Vi a esa chica de mi pasado admirar a ese galán engabanado de negro a través del espejo, con todo y flor en el bolsillo. Deslizaba sus manos desde mi cintura, sobre mi espalda lisa, hasta alcanzar mi pecho y agarrar mis hombros. Se inclinó más sobre mí, sus brazos debajo de los míos, y me haló de espaldas hacia él. Separé mis rodillas lo más que pude mientras me dejaba llevar por él hasta que quedé sentada sobre mis pies, recostada contra su cuerpo. Me sentí querida, segura entre los brazos de un hombre tan fuerte y amoroso como lo era él.

Una escena demasiado familiar, demasiado parecida al tan preciado recuerdo de la luna de miel de mi difunto esposo que me había llegado en el tren rumbo a Jabárovsk. Así me sentí cuando observé el recuerdo: querida. Pero ese no era mi esposo; era el desquiciado de Dimitri. Entonces choqué con la realidad. Mi esposo nunca existió; siempre fue Dimitri el que me arrodilló en la cama y me hizo el amor. Eso de sentirme querida fue una farsa, el producto engañoso de mi imaginación como observadora de mi *yo* pasado. La realidad era que sentía desprecio por Dimitri al ser tan egoísta durante su propia luna de miel pero tenía que fingir disfrutarme su toque.

Alguien tocó la puerta, interrumpiéndonos en el medio del acto. No sabíamos qué hacer. Se suponía que nadie sabía que estábamos ahí. Nos quedamos callados, sin hacer ruido a ver si se iban. No se fueron. Seguían tocando. Dimitri llegó a la puerta en puntillas y miró por el agujero.

—¡Es mi mamá! —dijo Dimitri en voz baja, sorprendido. Corrió de puntillas hasta donde mí. —No sé cómo diablos vino a parar a esta habitación, pero aquí está. Tienes que irte ahora.

—¿Para dónde me voy? ¿Qué haces? —pregunté. Dimitri me tenía agarrada por el brazo y me haló fuera de la cama, luego abrió la puerta del balcón de la habitación y me empujó hacia afuera.

—No te atrevas a hacer ni un ruido o te juro que no te saco de aquí hasta que te congeles. —dijo Dimitri. Cerró la puerta con llave.

—¡Imbécil! ¡Me vas a matar! —grité.

Estaba desnuda, atrapada en el balcón de la habitación y soportando un frío que me quería despellejar los pezones. Pasaron los minutos y Dimitri no regresaba a liberarme. No tenía idea de qué estaba pasando; las cortinas no me dejaban ver. Poco después se apagaron las luces de la habitación. Dimitri se tenía que haber ido. Me había dejado ahí olvidada.

—Hijo de puta. —dije y maldije su ser.

Tenía que hacer algo para salir de ahí. Si no hacía nada, realmente iba a morir. Traté de romper la ventana de un puño pero terminé lastimándome los nudillos y el frío intensificó el dolor. Miré a mis alrededores pero no encontré nada

que me sirviera para romperla. La única salida era la habitación de al lado. La luz estaba prendida y podía alcanzar al
balcón con un brinco y dos piruetas. Sería un espectáculo
para cualquiera de esos pordioseros tirados en la calle que
por suerte aventuraran sus miradas al tercer piso del gran
hotel. Me verían en cueros estirando mis patas para brincar
de un balcón al otro con mi cabello flotando en el aire y mis
tetas temblando para arriba y para abajo.

Efectivamente, recibí algunos aplausos desde la calle oscura y vacía.

Toqué a la puerta del balcón. Me abrió una chica joven y
bella. Las lágrimas habían hecho que su maquillaje se corriera
hasta sus mejillas, pintándolas con rayos oscuros. La había
visto antes. Era la pobre novia recién hecha esposa de Dimitri que lucía tan feliz y radiante durante la fiesta de su boda.
Aún no se había quitado su traje blanco, solo el velo.

El muy cabrón de Dimitri no solo me había contratado
la noche de su luna de miel, sino que había reservado dos
habitaciones, una al lado de la otra. Afortunadamente, ella no
sabía quién yo era. Ambas nos mantuvimos en silencio. Por
mi parte, la situación fue lo suficientemente incómoda como
para no decir ni una palabra. Por parte de ella, me pareció
muy raro que estuviera tan relajada al verme; aunque, pen-
sándolo bien, cosas mucho más extrañas debió haber visto
siendo la esposa de Dimitri. Con gestos solamente, le pedí
una toalla prestada para tapar mi desnudez, a lo cual ella ac-
cedió. Pronto me largué.

Bajé a la recepción para pedir otra llave del cuarto 302,
buscar mis cosas y largarme de ahí. En eso vi a Dimitri en el
salón vacío donde unas horas antes festejaban su boda. Estaba hablando con una señora, quien asumí era la madre que

había tocado la puerta de nuestra habitación. El señor alto y gordo a su lado que estaba tirado en el piso flotando sobre un bache de su propio vómito, asumo era su padre.

CAPÍTULO XXI

La mujer atómica

Llegué a la estación de tren Moscovsky de San Petersburgo sin retrasos, primera vez que llego a tiempo en todo mi viaje transiberiano. No busqué hostales ni nuevas amistades por Couchsurfing. Sabía exactamente a dónde iba. Estaba escrito en mi pasaporte:

« Anastasia Tomilina, San Petersburgo, Calle Yablochkova 2/10 -6 »

Según el mapa, el apartamento de Anastasia estaba en el mismo centro de la ciudad, a pocas paradas de metro desde la estación Sapsan Moscovsky. A la vez, tampoco estaba muy lejos a pie, solo a unos cinco kilómetros. Dejé mi mochila grande en el guardarropa de la estación de tren y me puse a caminar. Ya me había acostumbrado a caminar tanto como los rusos y comenzaba a ver el efecto que eso tenía en mis piernas—lucían espectaculares. Mido, mi nuevo amigo trotamundos en Irkutsk, tenía sus reservaciones al respecto.

—Mis anfitriones de Couchsurfing en Chita me invitaron a visitar un templo budista. "Vamos, que está cerca," me dijeron. —contó Mido en Irkutsk cuando fuimos al bar con la maestra de inglés. —¡Cuarentaicinco minutos estuvimos caminando hasta el puto monasterio! Oye, y yo les preguntaba: ¿dónde está el monasterio? ¿Estamos perdidos o qué? ¿No era una corta caminata? "Vamos, compórtate como un hombre. Ya falta poco."

No solo por eso decidí irme a pie. Claro que estaba loca por llegar y saber qué carajos estaba pasando con mi vida, pero a la vez no sabía qué le iba a decir a Anastasia cuando la viera. Ella parecía estar involucrada en todo lo que había hecho hasta el día del accidente. Ella tenía que saber quién había asesinado a ese hombre que iba conmigo en el carro. Ya lo tengo clarísimo que no era mi esposo—ni esposo tenía yo, solo al idiota de Dimitri como cliente—pero alguien había muerto y si yo estaba ahí con él era por algo. Por otro lado, podía estar metiéndome en un lío al acercarme a Anastasia. Alguien podría estar velándola o ella misma podía estar involucrada en la muerte de ese hombre. Tal vez me quería muerta y yo tan ingenua yendo a tocarle la puerta.

Cuanto más pensaba en mi inminente encuentro con Anastasia, más recordaba de ella. Los recuerdos me seguían llegando. La volví a conocer. Fue ella quien me enseñó todo lo que sabía acerca de la profesión.

—Parezco rusa pero no lo soy. Crecí en Bielorrusia. —dijo Anastasia a mi pasado *yo*.

—¿Cómo terminaste por acá? —pregunté.

—Vine con mi mamá hace unos años atrás. Mi papá murió, luego a ella le dio con casarse con un amigo de la infancia. Nos mudamos con él a Vieliky Nóvgorod, al sur de San Petersburgo. Se nos hace fácil vivir en Rusia porque Bielo-

rrusia antes era parte de la Unión Soviética y todavía mante-
nemos buenas relaciones. —dijo Anastasia.

—Me da lástima lo de tu papá. Murió joven, ¿verdad? Tú
eres casi de mi edad. ¿De qué murió? —pregunté.

—Cáncer. Sabes, yo nací en uno de los pueblitos más
afectados por las nubes de radiación que llegaron desde
Chernóbil. Años después del accidente, mucha gente comenzó a padecer cánceres y enfermedades extrañas. Nosotros
nos mudamos a Minsk pero el cáncer igual se apoderó poco
a poco de mi papá. —contestó Anastasia.

—Debió ser muy duro para la familia, la tragedia. —dije.

—Sí. A mi mamá le cayó lo peor. Para asegurar la salud
del país, el gobierno tuvo que tomar medidas extremas. Todas las mujeres que estuvieron embarazadas ese año fueron
obligadas a abortar. Mi mamá fue una de esas mujeres. Ella
tuvo que matar a su criatura. —dijo Anastasia.

—Me imagino. ¿Cómo fue para ti, de niña? ¿No sentiste
ningún efecto? —pregunté.

—¡Le debo mi vida al derrame nuclear en Chernóbil! —
contestó Anastasia y rió. —A mí me gustó mi niñez. De niña
viví un corto tiempo en Italia. Mis padres me enviaron allá
por miedo a eso mismo, los efectos del desastre. ¡Tengo lin-
dos recuerdos! —continuó. Se quedó pensando hasta que le
chocó un recuerdo. —¡Ja! Bueno, en Minsk se burlaban de
las personas que venían de los pueblos afectados por la radiación. Los compañeros de clase me preguntaban que si
brillábamos en la oscuridad cuando se apagaba la luz.

Yo reí. Me la imaginé con cinco brazos y en verde neón.

—Entonces, ¿cómo fue que llegaste a parar al negocio
de Nigel? —pregunté.

—Le echo la culpa al cabrón mi ex-novio en Bielorrusia. Él fue quien me hizo una mujer sin sentimientos. Me enamoró cuando era joven y estúpida. Yo era muy ingenua para darme cuenta de que me estaba tratando mal. No exigía mucho. Con que fuera honesto conmigo, no me pegara y se diera a valer por sí mismo como hombre me era suficiente. —contestó Anastasia.

—¿A qué te refieres con valerse por sí mismo como hombre? —pregunté.

—¿Sabes que Bielorrusia es la última dictadura que queda en el continente europeo? Es una dictadura enmascarada en democracia. Lukaschenko lleva casi veinte años en el poder. La situación política y económica es difícil y todo el mundo busca seguridad y estabilidad, especialmente las chicas que se quieren casar. Mi novio tenía sus negocios, un futuro. Comenzó exportando tractores desde Bielorrusia a Europa y se hizo muy rico. Yo lo veía como mi futuro esposo. —contestó Anastasia.

—¿Qué pasó? ¿Por qué se dejaron? —pregunté.

—No sé, por cosas raras que no me gustaban. Me contaba de todas las veces que salía con sus amigos a los puteros. ¡Me daba una imagen visual tan asquerosa de lo que hacían! Se paraban él y sus amigos en un círculo mientras una chica se arrodillaba en el medio y les daba una mamada a todos hasta que quedaban satisfechos. —contestó Anastasia, moviendo las manos como si estuviera rociando plantas con una manguera.

—¡Oh! ¡Qué asco! No te lo puedo creer. ¿Entonces te contaba eso casualmente, como si nada? —pregunté.

—Sí. Él no veía nada malo en eso. Era muy honesto, para decirte la verdad. Pero obviamente a mí no me gustaba lo que me contaba para nada, ni que me pidiera que me vistiera con trajes cortísimos cada vez que salíamos juntos, de esos que visten las putas baratas. Yo le preguntaba a las otras chicas, a las novias de los amigos que teníamos en común, y ellas decían que eso era normal. Sus novios hacían lo mismo. Es lo que se espera de un hombre. —contestó Anastasia.

—¿Entonces lo dejaste tú o él fue quien te dejó a ti? ¿Cuánto tiempo estuviste con él? —pregunté.

—Tres años. Fui yo quien lo dejó. Me cansé de esas cosas que no me gustaban. —contestó Anastasia.

—¡Tres años así! ¿Cómo pudiste aguantarle eso por tanto tiempo? —pregunté.

—Sí, me quedé con él porque estaba enamorada. Amor y estabilidad, como te dije. Las chicas no tenemos muchas opciones ni en Bielorrusia ni en Rusia. Sin embargo, decidí arriesgarme y dejarlo porque sabía que en el fondo no iba a ser feliz con él. —contestó Anastasia.

—Una situación tan difícil... Debió tomar mucha fuerza dejarlo después de tanto tiempo juntos, de tantos sentimientos. ¿Cómo lo tomó él? —pregunté.

—Indiferente. Le hablé del amor que había perdido y, ¿sabes lo que él me contestó? "El amor no existe; es una ilusión falsa." —contestó Anastasia.

—¿Nada más? ¿Qué significa eso? —pregunté.

—No lo sé, pero años después me he ido convenciendo de que él no se equivocaba del todo. Mira, me lo encontré por casualidad cuando fui de visita a Minsk hace unos meses. —contestó Anastasia.

—¡Wow! ¿Entonces? ¿Qué sentiste? —pregunté.

—Para serte honesta, no sentí nada. Además, él estaba casado y ya tenía dos hijos. Tal vez me sentí bien por él porque parecía haber encontrado su camino. Se veía más maduro. —contestó Anastasia. Pausó, mirándome seriamente a los ojos por un segundo y agarrándome la muñeca. —Nada que ver. Hace dos semanas me llamó. Me quería ofrecer un trabajo en un hotel que acababa de construir. No te lo pierdas, ¿ah? Me tocaría organizar las fiestas del hotel, el entretenimiento. Como beneficio del trabajo, tendría el privilegio de escoltarlo a varios eventos y compartir la cama con él cuando se le apeteciera.

—¡Qué imbécil! Le dijiste que no, ¿verdad? —pregunté.

—¡Claro que le dije que no! Pero te soy honesta; lo pensé dos segundos. Después de todo, el trabajo no se alejaba mucho de lo que hago ahora, aunque él no se hubiera enterado. Para él, yo soy solo una recepcionista en el mejor hotel en San Petersburgo. No, le dije que "no" por ese historial feo que tuvimos juntos. Para mí hubiera sido como dar dos pasos hacia atrás. —contestó Anastasia.

—¿A qué te refieres con lo que "realmente haces"? Nigel me dijo que habías dejado el negocio. —pregunté.

—En teoría, sí. Hice eso solo unos meses en lo que conseguía trabajo en San Petersburgo. Tampoco fueron tantas veces; no me la pasaba con las patas abiertas. Conseguí el trabajo de recepcionista y dejé de anunciarme con Nigel. La intención era parar por completo, pero en el hotel se han ofrecido algunas oportunidades y las he aprovechado cuando me siento con ganas de aventurar. —contestó Anastasia.

—¿Cómo que se te ofrecen oportunidades? ¿Vienen y te preguntan si pueden acostarse contigo? —pregunté.

—Pueden ser hombres o mujeres. Hay huéspedes quienes, cuando vienen solos, generalmente quieren tener compañía. Salvo a la mínima discreción adicional, nos preguntan dónde pueden conocer chicas, chicos, buenos "masajes", de la misma manera en que vendrían a preguntarnos dónde queda el Hermitage. —contestó Anastasia.

—Pobres desesperados. Nuestra profesión existe gracias a que ellos no son capaces de conseguirse a una mujer por su cuenta. —dije.

—Hay muchos de esos, pero no te creas que tantos. Muchos son más que capaces de conseguirse a una mujer o inclusive ya la tienen pero en ese momento no tienen los ánimos para ponerse a cazar en los bares o no les apetece la pareja que tienen. Si lo que quieren es algo físico, sin complicaciones y no les molesta estar con una chica que cobre por eso, ahí es cuando vienen. —dijo Anastasia.

—Pero, ¿cómo es que tú entras al caso y les informas que tú estás disponible? —pregunté.

—Soy recepcionista. Hago mi trabajo. Cuando me piden información, saco un mapa y les enseño a dónde ir. Sin embargo, si me gustaría complacerlos, les dejo una notita con mi número y mi hora de cambio de turno. Esa no falla. Pagan extra bien. Si te interesa, te puedo referir a algunos. —contestó Anastasia.

—¿No te molesta? —pregunté.

—No te preocupes. Hay más que suficientes y, de todas maneras, ahora estoy saliendo con un chico. En teoría, me debería ir alejando de esas cosas. —contestó Anastasia.

Ahí se detuvo la recuperación de recuerdos. Nada que delatara las posibles intenciones viles de la chica a quien estaba de camino a visitar. No obstante, de nada valía tener solo un fragmento del esquema completo. Podía haber estado fingiendo. Pudo haberse inventado toda esa mierda de Bielorrusia. Honestamente, ¿quién sabía algo de Bielorrusia?

¡Odiosa frustración! ¡Qué estrés! No recordar ahora se me hacía más frustrante que antes. Antes sabía poco y nuevos recuerdos podían tardar días en llegar. Ese dejó de ser el caso. Ahora los recuerdos venían seguidos de más recuerdos, más detalles, más instancias. Tan cerca que estaba de saberlo todo, tan segura que estaba de que todo seguía en mi cabeza, tan dispuesta que mi cabeza fingía estar a revelarme lo que escondía solo para cortarme el hilo y dejarme con las ganas.

Seguí caminando a lo largo de Nevsky Prospekt, la avenida principal de San Petersburgo. Era la ciudad más bella que había visto en todo mi viaje. No obstante, no le quitaba todo lo que tenía en común con las demás: los edificios desgastados sin mantenimiento, las calles agrietadas, etc. Sin embargo, sentí una magia diferente. Me pareció una ciudad con un pasado más refinado, glorioso. De eso aún le quedaba algo, aunque se le hubiera opacado su antiguo lustre. Era como encontrarse una joya antigua en las gavetas de un mueble en desuso, una joya olvidada por generaciones.

Había mucha gente caminando de un lado a otro, mucho tráfico en las carreteras. La ciudad se mantenía dinámica, viva. Llegué a un puente y pude observar el primero de los muchos canales que tenía. Ahí, frente a la famosa estatua del caballo con sus cojones moldeados a la semejanza del rostro de Napoleón Bonaparte, volví a entrar en onda con el pasado que me ataba a Anastasia.

►◄

—Siempre trae tus propios condones. No puedes nunca confiar en que tus clientes van a tener extras. Tampoco puedes arriesgarte a perder un buen trabajo por algo tan elemental como olvidar traerte condones. —dijo Anastasia mientras caminaba con mi pasado *yo* por los mismos pasillos del gran hotel, el cual ya conocía gracias a mi experiencia durante la luna de miel de Dimitri. —Si los consigues de sabores, mejor. Los normales dejan un mal sabor en la boca que no se va, por más que te cepilles los dientes.

—¿Siempre lo usas? —pregunté.

—¡Siempre! —contestó Anastasia.

—A mí no me gusta; me siento como si me estuvieran metiendo una funda de plástico. —dije.

—Debes usarlo para todo, incluso cuando mamas. Tú no sabes por dónde se han metido esos hombres. Pueden verse de lo más apuestos y limpios pero claro está que no son vírgenes y que no eres la primera prostituta con quien han estado. —dijo Anastasia, rebuscando dentro de su cartera hasta que sacó un paquete verde. —Mira, traje también toallas mojadas. Siempre puedes usar las toallas del hotel para limpiar el reguero, pero es bueno tener toallas mojadas a la mano por si acaso ya él las usó todas. En todo caso, te sirven para refrescarte a ti misma.

—¿Y el pote ese? —pregunté, anticipándome a lo que Anastasia estaba por sacar de la cartera.

—Lubricante. Consejo: úsalo aunque creas que no lo necesites. Para nada te recomiendo irte a lo natural. Tanto tira y jala te dejará desgastada, adolorida y rasguñada. Rasguño sobre rasguño te debilita y te puede dar algo. Mira que estos tipos no te van a tratar con amor; te van a tratar como carro alquilado. El lubricante ayuda. Úsalo. —contestó Anastasia.

—Me siento un poco nerviosa. —dije.

—No te preocupes, que yo estoy contigo. Nunca sabrás si esto es para ti hasta que pases por el primero. Si te sientes muy incómoda solo acuéstate a un lado y nos miras. Yo me encargo de él. Le va a gustar que lo mires. —dijo Anastasia, sonriéndome. —Haz ruido si te gusta lo que te hace. Dale cariño. Si hace algo que no te gusta, házselo saber rápido. Yo tengo mis reglas: no quiero que me peguen, ni que me amarren, ni que me cubran los ojos, ni que me digan puta. Eso se lo dejo a los amantes sadomasoquistas que se inspiran de las novelas rosadas que últimamente han estado saliendo por ahí. Tampoco quiero tener nada que ver con drogas ni con asuntos de mi vida privada. Si el chico se pasa de la raya, le explicamos las reglas. Si no se comporta, nos largamos. Así de sencillo.

—OK. Te seguiré la corriente. Tú eres la experta. —dije.

—¡Ja! Está bien. Sí, he desarrollado el ojo para esto. No comiences nada hasta que yo te diga. Me quiero asegurar primero que el cuarto esté seguro y que el chico no esté muy cochambroso. Es posible que nos tengamos que duchar juntos. Encuentro asqueroso tener que hacer algo con alguien que esté todo sudado y apestoso. —dijo Anastasia, con labios amargos. —Cuando lo comencemos a desvestir, asegúrate de sacarle más dinero. Tócalo. Provócalo. Lame tus labios con la lengua y asegúrate que él te mire. Que él saque lo que tenga dentro de sus bolsillos y te lo dé.

—¿Cuánto tiempo vamos a pasar con él? —pregunté.

—Una hora. Si nos gusta podemos estar más. ¡Si nos encanta podemos estar la noche entera! —contestó Anastasia, apretándome el brazo de la emoción. —No he estado con este chico antes, así que no sé qué esperar de él. Es lindo; te va a gustar. Lo que espero es que nos rinda para ambas. Hay algunos que parecen dioses de la raza masculina pero no te duran nada. Un hombre así no sirve. —continuó, deteniéndose frente a la habitación 302 del hotel. —Recuerda, cuando abra la puerta, de lo primero que queremos asegurarnos es que no haya nada extraño alrededor y que nos paguen. Queremos pasar un buen rato y no queremos trabajar de gratis. Sonreímos y somos coquetas en todo momento, pero especialmente al cobrar.

Toqué la puerta. Pasaron unos segundos y nadie abrió. Me quedé mirando a Anastasia sin saber qué hacer.

—Si se tarda en responder la puerta, insiste. Éste probablemente está nervioso y no se atreve a abrir. Tiene cojones para preguntar pero a la hora de la verdad se les achican. Hay que quitarles el miedo. Hay que tocar más fuerte. —dijo Anastasia dándole cantazos a la puerta.

La puerta abrió.

—¿Dos? —preguntó el chico apuesto que nos abrió.

—Hoy estás de suerte. —contestó Anastasia.

CAPÍTULO XXII

El más que mea

Según el mapa, pasando la Catedral de Kazán me encontraría a solo unas cuantas cuadras más del famoso museo Hermitage. Lo recordaba. No tenía que mirar las fotografías para saber cómo era. Docenas de estatuas elegantes observando al público desde los altos del palacio, un contraste de azules para las paredes, blancos para el centenar de ventanas señoriales, y dorados para los adornos intricados. Una cuadra entera de pomposidad. Mi pasado *yo* debió haber caminado por allí cientos de veces. Seguramente cada una de esas veces que lo vio pensó en lo mucho que se parecía a un bizcocho de cumpleaños gigante.

Para mi sorpresa, poco antes de llegar a la Catedral de Kazán, ahí estaba; era el hotel de mis sueños—o de mis pesadillas. Ahí había sido donde Anastasia me había entrenado en el delicado arte de la prostitución de clase alta. Ahí me acosté con Dimitri durante lo que una vez pensé que era nuestra romántica luna de miel pero que resultó ser solo la suya. Ahí el hijo de la gran puta me dejó desnuda, a la merced del invierno, desfilando por la pasarela angosta—que era el balcón de la habitación 302—seguido por actos de acroba-

cia y un salto de la muerte hasta la habitación 301. Encontraría a la recién bautizada "Mrs. Dimitri Mamitov" limpiando
las lágrimas de su rostro y salvándome del frío.

Luego de mi show invernal en el hotel más importante de
San Petersburgo, me pareció buena idea distanciarme de la
ciudad. Nigel me lo propondría al día siguiente por pura casualidad. Su negocio de "masajes" le iba bien y quería seguir
expandiendo su territorio, por lo que me propuso que yo
fuera a Vladivostok a tener el primer contacto con posibles
clientes. A cambio, me pondría en contacto con Román, un
riquísimo empresario ruso, quien me mantendría ocupada
durante mi estadía.

Ahora recuerdo bien a Román. Él era un gran hombre
de negocios—extrovertido al máximo—de esos tipos energé-
ticos y dinámicos que parecen derivar su energía del solo
tener gente a su alrededor. Por eso era tan bueno en lo que
hacía. Román era un conector. Él conocía a todo quien había
que conocer. Todos, desde los más pequeños hasta los más
grandes, sabían quién era él. Más aún, todos se conocían mutuamente gracias a él.

¿Cómo lo hacía? Fácil. Aplicaba una de sus técnicas e invitaba a su casa a diez o quince poderosos que no se conocían y rompía el hielo entre ellos.

—Les presento a Stanislav Luzginov. Él es el dueño de
la cadena de centros comerciales más grande de toda Rusia.
—dijo Román, presentando a uno de sus invitados durante
una de sus fiestas ciegas. —Aquí tienes a Alexander Gali-
chenko y Aleksei Krasavcev. Alexander es el dueño de la

compañía de construcción más grande de Moscú y Aleksei maneja las finanzas. Hay que confiar mucho en Aleksei; tiene todo el dinero. A su lado está Tinophey Pelenkov, el hombre ancla para el Canal Uno; seguramente lo has visto antes en la televisión. Este es Vladimir Burdukov, profesor de administración de empresas y autor de más de cinco libros de gestión. —Y esta es Signe. —Román dijo mi nombre como si se atragantara con su lengua al pronunciar la i. —Ella es la sobrina de un muy buen amigo italiano y gran empresario en tecnología de computadoras en Moscú. Signe está aquí de vacaciones dando vueltas por toda Rusia.

Así presentó a cada uno de sus invitados a medida que llegaban a su casa. Era un maestro, Román. Los exaltaba al entrar y les quitaba cualquier ansia que podían sentir al entrar a una habitación llena de desconocidos. Exaltaba a su vez a los invitados ya presentes, quienes se tenían que sentir muy bien al ser presentados ante otros como si fueran invitados de honor a una convención de negocios. Cada invitado, cada perfil, era combustible para una infinidad de temas de conversación. En mi caso decidió mentir acerca de mi verdadera razón de estar allí. Yo lo entendí; a pocos le enorgullecería anunciarle al mundo que andan con una prostituta.

Se pasaron la noche hablando en ruso, salvo a las cuatro instancias en las que les pedí que hablaran en inglés. Me hacían caso por un momento porque sabían que no era de buenos modales pero es que no podían evitar revertirse a la lengua materna. A uno que a otro le daba cargo de conciencia y hablaba en inglés, pero le contestaban en ruso. Un ruso hablaba inglés mientras otro ruso contestaba en ruso, así que pronto se formó un meollo de "ruskinglish"—ruso mezclado con el inglés.

Para mí era imposible seguirles la conversación. Era complicado de por sí descifrar el inglés con acento ruso, luego poder escuchar un cincuenta por ciento de la discusión en "ruskinglish" no simplificaba las cosas. Ni hablar de que todos, por naturaleza o profesión, tenían el nivel de atención de un mosquito y brincaban como locos de tema en tema. De todas maneras, estaba rodeada de hombres poderosos que me veían a mí como una joven dándose un viajecito por placer alrededor de Rusia. Mi opinión, mis puntos de vista, no contaban. Yo era pequeña al lado de ellos. Me ignoraban tal vez porque pensaban que no sabía nada del mundo; o tal vez me ignoraban para protegerse a sí mismos, para que una chica no fuera a hacerlos lucir como tontos.

Me tenía que quedar ahí sentada. Era mi única opción. No podía hablar porque mi opinión no valía; no podía nutrirme de la discusión porque no la entendía; no me podía ir porque sería una falta de respeto. Al fin y al cabo, poco me importaba. No tenía interés en sus negocios.

Entonces me di cuenta de algo. Dejé de pensar que tenían algo personal en contra mía y me puse a observarlos. Los magnates de la construcción y el hombre ancla de las noticias dominaban la conversación, luego les seguía el dueño de la cadena de centros comerciales, luego el empresario de canales de medios, y así en orden jerárquico—el equilibrio entre posición socioeconómica y habilidad carismática— hasta llegar a los jóvenes que antes de llegar a sus treinta habían fundado sus compañías de servicios por Internet y estaban sedientos de poder. Yo era la última, la extranjera que no hablaba ruso, la que no tenía nada para ofrecerle a sus intereses, la que tampoco valoraba en absoluto sus intereses. Lo había dejado todo para precisamente no transformarme en

238

uno de ellos. Lo que observé era que entre ellos lo que había era una competencia para ver quién podía mear más lejos. Ese era el punto mágico en el que la red de negocios se formaba. Era un espectáculo y Román era el maestro de ceremonias, el facilitador.

Las cosas se pusieron algo más interesantes cuando se aparecieron dos chicas—quienes por discriminación visual yo ya sabía que eran prostitutas de las sucias—veteranas, mayores de los cuarenta y cinco.

—¿De dónde son? —pregunté. Rusas no eran.

—Somos rusas. —dijeron en unísono las dos asiáticas. Se miraban una a la otra y reían como idiotas.

—De Buriatia son. ¡Ja! —dijo uno de los magnates.

Evidentemente no eran rusas. No me cupo la duda porque frente a las prostitutas, ahora todos hablaban inglés. Se habían tomado un descanso; dejaron de medirse mutuamente la circunferencia de sus pelotas y regresaron a sus estados normales primates. Me pareció asqueroso ser testigo de cómo se babeaban por esas mujeres tan pálidas y desgastadas.

—Yo no fumo. No sé fumar. —dijo la de pelo castaño tintado de farmacia cuando uno de los magnates le ofreció un cigarrillo. Su coqueteo, natural o actuado, era el de lucir como una estúpida con maní por cerebro.

—Yo sí. Dame uno. —dijo la rubia, de farmacia también. Se puso el cigarrillo en la boca y apoyó su mano sobre el muslo del magnate, acercándose al encendedor que él ya tenía listo como buen caballero.

Esta señora era más sensual. Tenía cara de mala. Era seria, de labios hinchados y con una mirada de que nada le impresionaba. Mucho habrá visto si está picando casi por los cincuenta años de edad.

—Me entra el humo y me ahogo. Si no dejo que entre el humo, entonces no siento nada. No puedo llegar a obtener un equilibrio entre las dos. —dijo la de pelo castaño.

Me endiablaba tener que escuchar tanta tontería.

—¿Signe? —preguntó el magnate. Me ofreció un cigarrillo desde el otro lado de la mesa.

—No, no fumo, gracias. —contesté, luego me levanté para ir al baño. —Con permiso.

Me refresqué la cara y respiré hondo. Debía recordar la regla: el cliente debe siempre estar feliz y nunca notar mis molestias. De vuelta a la mesa, me encontré con hombres viejos hablando de sus experiencias recientes con hongos, crack, cocaína, ácido y heroína.

Yo no tomaba drogas y no tenía la intención de comenzar a tomarlas pero, estando entre gente joven que ve la vida sin penas ni arrepentimientos, ¿a quién no le gusta escuchar una que otra historia de los arrebates de un amigo?

Sin embargo, lo que sentí fue vergüenza ajena al ver a hombres casados de la edad de mis padres, o inclusive abuelos, contando cómo recientemente pasaron cuatro y cinco horas perdidos por un bosque colorido intentando escaparse de unicornios endemoniados.

—¿Qué tú cuentas, Signe? Estás muy callada. No dices nada. —preguntó la de pelo castaño.

—No, nunca he tomado drogas. —contesté.

—¡Ja! ¡Qué mentirosa eres! No te preocupes, que no se lo vamos a decir a Román. —dijo el magnate.

—No estoy mintiendo. Claro que tengo amigos que las hacen; no por eso dejarán de ser mis amigos. Simplemente no es algo que quiero hacer. No es lo mío. —dije.

—¿Entonces cuál es tu vicio, Signe? Todos tenemos un vicio. —dijo la rubia, disgustada con mi apariencia puritana.

—Ja, ja. —reí.

No tomé la pregunta en serio y los dejé que siguieran hablando sandeces entre ellos. Alrededor de los cuenta-cuentos: risas, caras sonrientes, admiradores, testigos colabo-radores a la riqueza de la descripción. Yo intercambiaba mi-radas con algunos de los jóvenes y sabíamos lo patético de la situación pero igual reímos, igual sonreímos y admiramos. Me sentí vacía, plástica, superficial. Me sentí estúpida por proyectar algo falso.

Ahora no veo el fingir, o el mentir, con tan malos ojos. Uno puede tener muchas razones para mentir. Se me ocurre que cuatro de ellas son las más comunes: mentir para mani-pular a que otros hagan lo que uno quiere, mentir para causar daño directo al prójimo, mentir para proteger los sentimien-tos de otros y mentir para esconder fechorías. Sin embargo, ahora me percato que hay una quinta razón que tambalea entre esas cuatro: el mentir para comprender.

Digo que tambalea entre esas cuatro porque de veras lo hace. Yo puedo fingir ser quien no soy o saber lo que no sé para obtener ayudas y favores; puedo robar; puedo proteger a un ser querido de noticias que lo devastarían; puedo es-conder mi doble vida. Mentir para comprender busca fingir interés por alguien en quien no se tiene interés. Y no tiene nada que ver con engañar, ser falsa, vacía, plástica y superfi-cial. Tiene que ver con hacer el esfuerzo de resistir las ganas de alejarse de algo o alguien que no gusta—esa energía que separa polos opuestos y ennegrece auras—lo suficiente co-mo para comprender algo inesperado de ellos, algo que haga atraer a polos opuestos.

Román y el resto de sus amigos eran expertos jugando a este juego. Fingían reír cuando no tenían las ganas de reír; admiraban morales y éticas dudosas para evitar caer fuera del grupo; fingían conocer temas que en realidad no conocían para echarle gasolina a la conversación; fingían interés por temas que no les interesaban para mantener animosidad entre colegas desconocidos. Así formaban su red, alianzas importantes que daban paso a nuevas oportunidades. Sabían bien la técnica de la mentira sin estar conscientes de ello. No obstante, por eso en ocasiones resbalaban y caían en el engaño y lo superficial.

Podría sonar maquiavélica esa mentira, la de mentir para comprender, pero solo lo sería cuando su propósito ya estuviera resbalando. ¿Cómo encontrarnos a nosotros mismos si solo queremos escuchar a quienes nos dicen lo que queremos oír? Con todos los prejuicios que tenemos hacia otros, ¿cómo romperlos sin mentirle a los prejuiciados desde un principio? ¿Cómo romper esos prejuicios sin fingir que queremos acercarnos a esos prejuiciados? ¿Cómo lograr el cambio si no podemos llevarnos bien con la gente con el poder para llevar a cabo el cambio? ¿Cómo más abrir una mente cerrada, la propia, sin fingir el querer comprender?

Un tiempo después, para cuando los invitados comenzaron a irse uno a uno, el mayordomo de la casa sorprendió a las dos prostitutas haciendo fresquerías con dos de los negociantes. No obstante, ellos no escarmentaron, sino que cambiaron de habitación mientras que los demás continuaron conversando en la sala.

—¡No soy tan barata! —gritó la prostituta mientras salía de una de las habitaciones. Ambas recogieron sus cosas y se largaron restallando puertas.

—Debieron habérselas llevado y hacer eso en otra parte, no en mi hogar. No en mi hogar... —dijo Román.

Otro se molestaría o los insultaría sutilmente. Román se puso triste, dolido. Los magnates no tuvieron más remedio que echar sus egos a un lado y pedirle disculpas al anfitrión. Un maestro, era Román.

Aunque se rodeaba de gente que en su mayoría para mí era detestable, Román era de los buenos. No se metía en esas cosas sucias. Una vez estuvo casado y con hijos, pero su esposa quiso romper con él. Me hablaba constantemente de eso, sin importarle que me hubiera conocido por primera vez solo unos días atrás.

Román estaba enamorado de su trabajo; así me lo había dejado claro mientras dábamos nuestras vueltas de ejercitación alrededor del parque. Amaba tanto lo que hacía que no tenía tiempo ni para su esposa, ni para sus hijos, ni para su propio cuerpo.

No me sorprendía que hubiera perdido a su familia. El hombre estaba disponible las veinticuatro horas al día, los siete días a la semana. Tenía reuniones en su casa todas las mañanas con los altos oficiales de su compañía. Al terminar, se iba a la casa de sus clientes grandes a tener más reuniones. De ahí se iba a su oficina a tener más reuniones, luego a las oficinas de más clientes o más contactos en su red de negocios. Entre reuniones, mantenía control sobre las operaciones de su empresa a través de su teléfono. Sus almuerzos y cenas los pasaba rapidísimo si estaba a solas, rápido si estaba acompañado de alguien fuera de su círculo empresarial—yo, por ejemplo—y a paso moderado, pero de discusión densa, con socios. Regresaba a la casa tarde en la noche a acostarse. ¿Qué tiempo y energía tendría para dedicarle a su familia?

Y las vueltas en la pista... A ese esfuerzo patético, además esporádico, le llamaba hacer ejercicio. Dábamos esas
vueltas porque estaba tan gordo que su cuerpo sufría. El
doctor le dijo que tenía que bajar de peso si quería continuar
con vida. Necesitaba ponerse en forma. ¡Dormía con un tanque de oxígeno pegado a su boca para no asfixiarse, por el
amor de Dios!

No era que a Román no le importara su familia. No creo
eso. Al contrario, se la pasaba hablando de su esposa, de sus
hijos, de lo mucho que los quería y de lo mucho que los extrañaba. Se le aguaban los ojos cada vez que hablaba de ellos;
se le anudaba la garganta.

¡Pero estaba ciego! ¿Se justificaba tanto sufrimiento que
fácilmente pudo haberse evitado? Su esposa no le tenía ni
odio, ni le prohibía ir a visitar a los hijos que tenía aún viviendo en la misma ciudad que él. ¿Por qué no les daba una
visita si los extrañaba tanto? ¿Por qué no hacía más para poder tenerlos de vuelta? El hombre que lo tenía todo y a quien
tantos admiraban por sus grandes logros estaba tan envuelto
en lo que "amaba" hacer que había perdido el control del
resto de su vida. Lo peor era que sabía todo lo que tenía que
hacer para enderezarse pero no era capaz de hacerlo.

Poco pude hacer yo. Yo solo era la mascota que él se llevaba consigo por toda la ciudad a toda cena, a toda actividad
de gala a la que él asistía. Salí de su casa una semana después
con cientos de miles de rublos en mi bolsa como paga por
mi compañía y sin que él ni tan quiera sugiriera con su mirada tocarme ni un pelo. Román tenía sus cosas que mejorar,
pero era de los buenos.

►◄

CAPÍTULO XXIII
Russian girl beautiful, yes?

Pasado el Hermitage, crucé dos puentes hasta el otro lado del río, cerca de donde se encontraba una fortaleza y un museo con todo tipo de cañones, misiles y tanques gigantescos que podía ver desde el puente. Pero no tuve que llegar hasta allá tan lejos. Mi destino, la calle Yablochkova 2/10 -6, quedaba solo a unas calles más adelante cerca del Parque Alexander. Miro el reloj y era tarde pero las noches blancas de San Petersburgo, una ciudad tan metida al norte del mundo entero, me hacían sentir como si me estuviera dando una caminata al medio día.

Ahí estaba el edificio de Anastasia, uno de muchos en una calle tranquila de clase media. Si iba a ver a Anastasia, quería agarrarla imprevista, que fuera yo quien la sorprendiera a ella en vez de que ella me sorprendiera a mí. Probablemente ella pensaría que yo estaba muerta o, como mucho, que seguía viva pero con memoria. Sabría sus intenciones tan pronto me topara con ella cara a cara. De ahí, respuestas. Tuve suerte que un hombre gordo con el coco pelado salió y me pude meter sin tocar el timbre. Me miró de abajo para arriba y me regaló una sonrisa de enfermo que me dio asco.

—*Russian girl beautiful, yes?* —diría dentro de mi cabeza un hombre de aspecto similar. Otro recuerdo.

Mientras Román trabajaba, yo también trabajaba. Por más que me estuvieran tratando como una princesa con mayordomo y cenas exquisitas en su apartamento palacial, no podía olvidar mi propósito en Vladivostok. Estaba trabajando para Nigel y mi labor era conseguirle chicas para su sitio web.

No fue un trabajo difícil. Más que nada, lo encontré placentero. Me la pasé caminando por las calles alomadas de la ciudad, admirando las espectaculares vistas a la bahía, los parquecillos, los pequeños mercados de agricultores. Vladivostok era una ciudad con porte soviético, desgastada como el resto de las ciudades en Rusia, pero con un poco de ese encanto que tenía San Petersburgo. Definitivamente no la encontré tan fría y carente de carácter como encontré a la tan sobre-valorada Moscú.

Entre cada parada de turisteo, visitaba uno que otro hotelillo. Al igual que en San Petersburgo, los hoteles eran los mejores lugares para conseguir información. Llevé conmigo una nota escrita por Román, ya que rara sería la ocasión en donde me podría comunicar en inglés.

« Привет, я хотела бы провести ночь с красивой девушкой. Ты знаешь, где я могу найти такую? »

« Hola, quisiera pasar la noche con una chica bella. ¿Sabes dónde podría encontrar una? »

—*Russian girl beautiful, yes?* —dirían ocho de cada diez recepcionistas de hotelillos baratos, en su mayoría varones con sonrisitas de pervertido, mientras buscaban algunas tarjetas de presentación o apuntaban un número que ya sabían de memoria de tanta gente preguntarle. No los podía culpar por mirarme así, especialmente siendo chica. ¿No era tener dos chicas el sueño de todo hombre?

De las docenas de números de teléfono que marqué, más de la mitad eran hombres. Seguramente eran los *pimps* de las chicas, pero ninguno de ellos hablaba inglés. Esos se los dejaría a Nigel para cuando viniera a cerrar "contratos" grandes. La mayoría de las chicas hablaban inglés, así que me reuní con las que pude. Me sentí tan profesional, como cuando tenía mi trabajo antes de comenzar esta aventura. Solo que esta vez el producto que mostraba era un sitio web para prostitutas haciéndose pasar por masajistas. El producto cambiaba pero el proceso seguía siendo el mismo.

Si se miraba estrictamente desde la perspectiva de un servicio, el sitio web estaba muy bien diseñado. Era un sitio para que las chicas pudieran promoverse, mantenerse activas y desarrollar una marca personal. En fin, era un sitio para conectarlas de manera más efectiva al mundo exterior.

—Mira, puedes escoger cuánta promoción quieres. Basado en eso, se te hace una cotización del servicio. —dije a una de ellas, una chica joven de rizos castaños.

—¿Cuál es la tarifa mínima? —preguntó la chica.

—Bueno, para una chica solamente, o sea, para que te promuevas independientemente a través de tu propia página, saldría en cincuenta euros mensuales. Eso es escogiendo uno de los diseños que ya tenemos disponibles en la página y promocionándote solo en el área de Vladivostok. Si quieres algo más personalizado o cubrir más terreno, tendríamos que evaluar tus necesidades para entonces cotizar. —contesté. Me sentí muy profesional.

—¿Hay opciones más baratas? —preguntó la chica.

—Pues lo más fácil sería que te juntaras con tus amigas o hablaras con tu *pimp* para que creen un club entre ustedes. Así se reparten los gastos y pagarían menos por persona que si cada una tuviera su propia página individual. Mira, aquí hay algunos ejemplos. —contesté, abriendo la página en una computadora. —El que entra al sitio web del club encuentra una selección de chicas y puede escoger la que más le guste. Tienes clubes de masaje, de acompañantes, de saunas, de bailarinas exóticas...

—¡Qué muchos tienen! No creo haber escuchado de algo así en Vladivostok. Tengo varias amigas a quienes les encantaría la idea. —dijo la chica.

—El club es mejor porque al hombre no le gusta perder tiempo buscando; es lo mismo con los extranjeros. A todos les gusta tener opciones y escoger de acuerdo a sus gustos. La belleza es subjetiva; ya lo debes saber. —dije.

—Sí, muy cierto. ¡Ja! Tengo amigas que me han contado de chicos que les preguntan cómo conseguirse mujeres increíblemente gordas o enanas. —dijo la chica.

—¡Ja! No se les puede juzgar. Para los gustos, los colores. En tu caso yo te recomendaría que tengas tu propia página solo si eres bien conocida. —dije.

—Yo también pienso que es mejor así. De todas maneras, todavía no tengo tanto dinero. —dijo la chica.

—Esto te va a ayudar, créeme. A mí me ha servido muy bien. Si quieres, me dejas tus datos y ponemos una reunión en la agenda con Nigel, el gerente de ventas, para la semana que viene. Así tendrás tiempo para hablar con tus amigas, estudiar el contenido del sitio y tomar una decisión. ¿Está bien? —dije.

—Sería genial. —dijo la chica.

Una tras una las fui añadiendo a la agenda de Nigel, todas convencidas del alto potencial del producto. Ninguna dudó. Cuando Nigel aterrizó en Vladivostok, le tenía una lista de números de teléfono de *pimps* y la agenda de la semana cargada de reuniones: veinticinco chicas jóvenes y dispuestas a promocionar su sensualidad.

Le di la bienvenida a Nigel sin Román porque éste tenía un compromiso de negocios. Era un martes, por lo que no había mucha actividad nocturna. Sin embargo, fuimos a un bar solo a darnos unas cervezas y resultó que era noche de salsa.

Aunque sí tocaron salsa de la vieja, la mezclaron con bachata. El lugar estaba lleno de chicas rusas y un puñado de chicos rusos, estudiantes de baile que venían a practicar sus movidas. Todos bailaban sorprendentemente bien, mejor que yo. Los chicos sabían liderarme bien y mantenían buen ritmo. Lo único que no me gustó era que bailaban salsa de salón, no de la salsa que aprendí de niña. Siento que la salsa de salón es más compleja, con más vueltas y enredaderas; se presta más para hacer un espectáculo y que otros te admiren en lugar de tomarte la oportunidad de disfrutarte a tu pareja. Por más que dominaran los pasos, a los rusos les faltaba algo de pasión. Será que era parte del aprendizaje. Igual me lo disfruté mucho.

—¿Eres Cuba? Salsa es Cuba —me preguntaron en inglés varios rusos y rusas mientras bailamos.

—No, no. Salsa Puerto Rico. Yo Italiana —contesté.

—No. Salsa Cuba. —insistían. El último apuntó con su dedo a un hombre negro, alto y musculoso que bailaba bachata pegadito a una rusa rubia muy sensual en tacos altos.

Ese fue el primer y único latino que vi durante mi estadía en Vladivostok, incluyendo el período donde perdí mi memoria y comencé mi estadía con Yana. —Cuba.

Yo siempre había dado por hecho que la salsa era de Puerto Rico. Tanta gente contradiciéndome me ponía en duda. En Vladivostok daban por hecho que la salsa era cubana y la opinión de una sola chica extranjera como yo no era suficiente como para cambiar o corregir el conocimiento general de un país. ¿Será que pensaban eso por la amistad que había entre Cuba y Rusia? ¿O por la ola de cubanos que se mudaron a Rusia? Se me hacía difícil discutir el tema sin poder hablar ruso.

Nigel no tenía ni idea. Él era inglés. Además que cuando me regresé a la mesa, él estaba ocupado hablando con un grupo de marineros recién llegados de altamar. Vladivostok era la base de la flota naval del Pacífico.

—¿Qué quieren? —pregunté a Nigel.

—Nada. Están muy emocionados por verme. Son chicos de las afueras de Vladivostok. Si los mismos que viven en Vladivostok casi nunca han visto extranjeros, menos éstos. —contestó Nigel.

—¿No se la pasan viajando de país en país? —pregunté.

—Se supone. A lo mejor es que llevan demasiado tiempo metidos en el barco y se les aflojaron par de tuercas. Nos escucharon hablando inglés antes de que te fueras a bailar y aquí están. —contestó Nigel.

—¡Ja! ¿Por qué no les hablas en ruso? —pregunté.

—Están muy borrachos. No quiero darles mucha conversación. Quieren invitarnos a unas cervezas pero les dije que nos íbamos ya. —dijo Nigel.

Los marineros rusos parecían estar muy preocupados por la discusión. Lo que dijeron después, me dejó incrédula.

—¡Te... a...mo...! —dijo uno de los marineros.

No era que le gustaban los hombres, sino que estaba muy feliz de ver a Nigel. "Te amo" fueron las únicas dos palabras que tenía en su vocabulario para expresar la felicidad que sintió al interactuar con un extranjero.

—¡Gracias! ¡Yo te amo también! —contestó Nigel, dándole un buen apretón de manos para despedirse.

Al salir del local, mi teléfono vibró.

—Mira, Dimitri jodiendo otra vez. Me ha enviado tantos mensajes que ni me queda memoria. —dije. Fue en ese momento que borré el historial de llamadas.

—¿Todavía te llama? Lo tienes enamorado, al hombre. —preguntó Nigel.

—Pues, cada vez que pasa por San Petersburgo me bombardea con mensajes. Me pide perdón. Dice que lo que hizo fue estúpido y que se arrepiente. Pura mierda. ¡Ni que fuera novio mío! Yo ni le contesto. Anastasia tampoco le hace gracia alguna. Que se busque otra o que se quede con las ganas. —contesté.

No hicimos más que dar unos pasos en la acera y nos topamos con un gordo que se interpuso en nuestro camino.

—Mierda. —dijo Nigel.

—¿Qué? ¿Lo conoces? —pregunté.

—No, pero creo que es de la mafia rusa. No digas nada. —susurró Nigel.

En mi mente, la palabra mafia tenía otra connotación. Pensaba en un mafioso ruso y me imaginaba a alguien musculoso, enchaquetado de negro y con cara de malo. No sé de dónde se habrá originado esa imagen. Frente a mí tenía un gordo en camisilla y pantalones cortos; detrás de él, un flacucho alto en jeans con una camiseta blanca. Tenían cara de malos, sin duda, pero malos de campo, rústicos. El bendito peinado para al frente no les podía faltar.

—Hola Nigel. —dijo el gordo.

—¿Nos conocemos? —preguntó Nigel.

—Por favor, venga con nosotros. —dijo el gordo, poniendo su mano sobre la espalda de Nigel y guiándolo hacia adelante mientras que el flaco me agarró por un brazo.

—Nigel, ¿qué pasa? —pregunté. No forcejeé mucho porque presentía que no eran del tipo de gente con quien me las debía jugar.

—Signe, todo va a estar bien. Vamos a ver qué quieren. —contestó Nigel.

Solo dimos unos pasos hasta donde un carro que nos esperaba. Me había equivocado una vez más. Pensaba que un mafioso ruso vendría en un buen carro, no en un Lada despintado de la era soviética. En el asiento del conductor había un mafioso más, o sea que pretendían apiñar a cinco dentro de esa cajita de fósforos que le llamaban carro. Nigel y yo nos sentamos atrás con el flaco mientras que el gordo se sentó en el asiento delantero. Claramente, no hubiéramos cabido de ninguna otra manera.

Ninguno de los tres mafiosos nos dirigió la palabra hasta que llegamos a las afueras de la ciudad. Mientras tanto, el gordo conversaba en ruso por su teléfono. Debió haber estado hablando con el jefe. Nigel lo miraba, pero no me quiso decir lo que decía.

Al colgar, el gordo sacó una cuchilla y luego el flaco sacó un destornillador de paleta.

—¿Sabes por qué estás aquí? —preguntó el gordo.

—No. Dime, por favor. —contestó Nigel.

—Te estás metiendo con nuestras chicas, con nuestro dinero. —dijo el gordo, impaciente. —¿Tú crees que puedes meterte en nuestros asuntos, en nuestro territorio, sin que haya consecuencias para ti?

—¿Quitarte el negocio? ¿De qué hablas? ¡Yo no quiero quitarte tu negocio! ¡Yo solo vine a visitar a las chicas y ofrecerles una herramienta para mercadearse por el Internet! —contestó Nigel, elevando la voz pero sin perder la calma. Su tono seguía siendo el de un vendedor, solo que ahora estaba siendo amenazado con armas blancas.

—No, no. Tú estás aquí porque alguien te envió a joder con nuestra organización. —dijo el gordo. Tomó un frasco del interior de la chaqueta del conductor, lo abrió y escarbó por polvo blanco con la punta de su cuchilla. —A nosotros no nos gusta que la gente se ponga a joder con nuestra organización. ¿Entiendes? —continuó mientras se daba un pase. Era cocaína.

—No tienen por qué preocuparse. Yo no quiero quitarles nada de negocio. Al contrario, quiero darles más negocio. —dijo Nigel.

—Dime para quién trabajas. —dijo el gordo.

—Quiero darles más negocio, ¿me entienden? Si las chicas ganan más, ustedes ganan más. Pueden seguir administrando a sus chicas como de costumbre. A mí solo me pagan por el servicio de mercadeo en Internet. Es una tarifa fija mensual. Pueden verificarlo. ¡No les miento! —dijo Nigel.

—¡Dime para quién trabajas! —gritó el gordo.

—No trabajo para nadie. ¡Te lo juro! —gritó Nigel. La presión y la ansiedad comenzaron a invadirle su ser.

—¡Dime para quién trabajas! —gritó el gordo una vez más, dándole un puño a la cabecera de su asiento.

Nigel no respondió. Momentos después, el flaco no dudó en apuñalarlo con el destornillador.

—Soy... mi... propio... jefe. —dijo Nigel.

Comencé a gritar. Fue ahí donde comenzó ese primer recuerdo que tuve tras el accidente. Empujaba mi espalda contra las paredes del carro e intentaba bajar el cristal. El gordo puso su atención sobre mí, que estaba inquieta, y comenzó a amenazarme con la cuchilla mientras el flaco forcejeaba con Nigel.

La sombra borrosa a mi lado, de los primeros que resurgieron tras encontrarme en el hospital, era la de Nigel; acababa de ser apuñalado con un destornillador de paleta por el patético mafioso esquelético. En ese momento, el cristal de la ventana junto a mí se cayó; simplemente se fue por la ranura de la puerta como si ya no tuviese nada adentro que lo aguantara en su sitio. Volé y caí, restallándome contra la brea y separándome de mi pasado *yo*.

▶ ◀

CAPÍTULO XXIV

El capítulo veinticuatro

Subí las escaleras del edificio en la calle Yablochkova 2/10 -6 hasta el apartamento de Anastasia. Aunque por afuera tuviera una fachada aceptable, por dentro los pasillos se veían igual de feos que los otros complejos residenciales de la era soviética en donde me había quedado a lo largo de mi viaje. Escaleras y pasillos despintados, descuidados, sucios y sin terminaciones, como si nadie estuviera a cargo de ellos.

Reconocí la puerta del apartamento de Anastasia. En ese momento me sentí como si dos personas completamente diferentes—el pasado *yo* y mi *yo* actual—se hubieran fundido en un mismo ser. En un instante comprendí la carencia de identidad real, el aburrimiento y la monotonía que había llevado a mi pasado *yo* a tratar algo tan inesperado, tan impensable para mí como la prostitución.

Impensable para mí—la que despertó sin memoria en la cama de un hospital en Vladivostok—no para mi pasado *yo*. Ella tenía toda una vida de dichas y desdichas que le hicieron una aventurera, atrevida. Para ella la prostitución era una de muchas cosas que le intrigaban en la vida. ¿Qué mejor forma de satisfacer una intriga que metiéndose de fondo en ella?

Nada que ver con los maltratos psicológicos por los que pasó Anastasia. Ella, lamentablemente, es un estereotipo viviente que inspira temas de películas ya gastados. A la gente le encanta ver que al personaje principal se le joda la vida; se saborean su tristeza y se sienten complacidos cuando cae en lo más "bajo" y logra rehacerse, que alguien o algo lo salve de la perdición o muera en el intento. Les gusta ver a los "atrevidos" sudar por volver a encajar dentro del recuadro minúsculo denominado "psicológicamente aceptable", confirmando así la grandeza de sus existencias banales.

Yo, la chica del hospital, le pedía explicaciones a esa otra que hacía lo que le venía en gana; le pedía una historia triste que justificara su decisión de cambiar de mundo y convertirse en "putita". Le pedía una historia que pudiera contar para que se apiadaran de mí, me perdonaran por salirme del rebaño. Ella no me la dio. Ella no sufría de esos estorbos existenciales por los que sufría yo. Su batalla existencial era otra; ella rechazaba dejarse regir por métricas tan subjetivas como la moral social.

Tras esa decisión tanto tiempo atrás, lo primero que sucedió fue que los círculos afluentes en los que mi pasado *yo* se movía, poco a poco se distanciaron de ella al igual que ella se distanció de ellos. Ya no buscaba ese estilo de vida, por lo que los lazos de la amistad fueron desatándose. ¡Es que no podía contar lo que hacía ni por qué lo hacía sin que la juzgaran o trataran de salvarla de un error irremediable e imperdonable! Podía contarles sus aventuras y por un lado le darían todo su apoyo—admirarían sus ideales aventureros— pero por el otro la declararían maniaca a sus espaldas frente al resto de un círculo empañado por su membresía. Si a lo que iban era a juzgarla, mejor no les contaba nada.

Ante el cambio y la desvinculación con esos círculos del pasado, le tocó vincularse a otros círculos. Encontró a gente como Anastasia y Nigel, gente a quienes la vida les guardaba pocas sorpresas, gente que veía el mundo con otros ojos y que no veían razón alguna para justificarle o rendirle cuentas morales a nadie. Yo, la chica sin memoria, no hubiera encajado con ellos; los hubiera ignorado o condenado. No caían en mi círculo; eran un mal para la sociedad.

Luego ellos la liberaron. Con ellos pudo ser honesta acerca de sus sueños dementes y disfrutó. Con ellos pudo tocar a fondo temas que con viejos círculos solo hubiera podido tocar de manera superficial. Esa gente se convirtió en su círculo, en sus amistades. Anastasia y Nigel fueron los catalizadores para adentrarla en ese mundo de lo vil y enfermo porque ella misma se había convencido de que vivir esa experiencia valía más que la moral aparente. Sin embargo mi pasado *yo*, genio o ingenua, se metió a fondo y con gusto sin darse cuenta que se convertiría en una adicta a esa vida.

Adicta a la vida, "esa" vida. ¿No estábamos todos adictos a nuestras vidas? ¿A "esas" vidas?

Primero estuvo adicta al estatus-quo, a seguir el camino esperado de ella. Nacer, crecer, estudiar, trabajar, formar una familia, retirarse, morir. ¿Y qué de los sueños? ¿Qué de la espontaneidad? ¿Qué de ver mundo? "Sí, un poco de todo, gracias, pero siempre y cuando no jodas con el orden de las cosas. Déjame convertirme en alguien importante primero cosa de poder ahorrar todo el dinero que necesite para vivir una vida plena—incluyendo todo lo superficial que me distinga de los demás—y entonces ponemos hablar de cumplir los sueños que nunca tendré el tiempo de alcanzar. Me encantaría, pero tengo cosas que hacer."

Excusas. Mi pasado *yo* quería escapar de eso antes de que fuera muy tarde, antes de que quedara atrapada en esa vida. Sí, atrapada. Cada año un teléfono nuevo que no necesitaba, cientos de dólares en ropa que compraba para impresionar a otras chicas y no a sus novios—ni se darían cuenta, ellos—, cientos en regalos repartidos por doquier durante las fiestas, autos cada vez más lujosos solo por darse el gusto, inversiones en apartamentos o casas porque "siempre aprecian", hijos, esposo... ¡Ah! ¿Cómo dar un cambio completamente radical en su vida si cada vez quería meter la pata más adentro en el estatus-quo? ¿Cómo dar ese cambio si estaba tan ocupada metiendo la pata como para ponerse a pensar si su pata debía estar ahí en primer lugar? ¡Adicta era si en eso era que pensaba y no en vivir!

Mi pasado *yo* se salió de ese círculo entrando al área gris del vicio. Habrá sido un poco ambiciosa, tal vez. No era su sueño de niña, claro estaba, pero era algo diferente y excitante. Estaba más feliz que antes, mucho más. Y aprendió. En ese oficio se encontró a otra gama de personalidades consideradas defectuosas por la humanidad. Encontró adictos al sexo y a la caza de mujeres como a Rodrigo—el portugués acumulador de puntos—o Dimitri—el famoso desquiciado infiel que la dejó desnuda en un balcón a la merced de los elementos. Encontró a gente como el círculo de negociantes de Román—supuestos modelos de la sociedad que todos debemos admirar por sus logros—pero que entre ellos el vicio era una demostración de su intrepidez, del dominio que ejercían sobre el sistema, sobre la ley; todo era parte de una adicción a lujos y a poder que no necesitaban porque no hacían uso consciente de éstos para hacer el bien a nadie. Claro que Román era de los enfermos buenos. Por su ética y moral, él consiguió una solución más elegante a esa polémica. Román se convenció de que su sueño era su trabajo y nada más, sin vicios adicionales. Se convirtió en adicto a su oficio, sacrificando de paso a la familia que estaba montando.

La adicción estaba por todos lados, incluso en quienes pensaba que no la tenían. Pensé en Mido y lo mucho que lo admiraba aún por su renuncia al estatus-quo y por todo el conocimiento espiritual que su experiencia rondando el mundo le debió haber otorgado. Sin embargo, estaba adicto al viaje. Para eso vivía, para bañarse de experiencias y quizás llegar a tal punto en que seguirá bañándose y no se mojará más. Como todo en la vida, habrá una curva en donde lo que va a aprender disminuirá con el tiempo y se convertirá en repetición, en mundano. ¿Qué bien hacía Mido a sí mismo o a los demás si se quedaba solo viajando y no hacía nada con eso? ¿Encontraría el significado de la vida y se esfumaría de la faz de la Tierra?

Pensé en Miles, quien simplemente renunció a la sociedad enferma y adicta y la cambió por una vida sin preocupaciones. Toda su inteligencia y su conocimiento, ha preferido llevárselo con él y no compartirlo. Si Miles—y gente como él—decidía no tener hijos, su conocimiento moriría con él y la humanidad lo perdería. De lo contrario—ya que tuvo una hija—, ¿qué haría? ¿Haría que su hija se integrara al mismo sistema al que él no contribuyó o dejaría que se pudriera criticando a un mundo sin salvación? ¿Se le podría llamar a eso adicción a la indiferencia? ¿Sería eso egoísmo?

No los puedo juzgar. ¡Claro que no! ¿Cómo hacerlo si solo vi una fracción de sus vidas, una fotografía? Además, tanto mi pasado *yo* como yo hemos participado en todo eso y mientras siga viva participaré de alguna manera u otra. De lo que hice hasta ahora—con y sin mi pasado *yo*—me había disfrutado las buenas, las malas y las malísimas. Seguía viva y saludable para contarlo. Seguía adicta a las abrumadoras sensaciones de placer que experiencias totalmente nuevas e inesperadas me instigaban. Si no hubiera sido porque perdí la memoria, tal vez mi otro *yo* estuviera todavía ahí metida con gusto en toda esa mierda de asesinatos y mafiosos, pero a cambio tuve el viaje de mi vida y me asocié a otros círculos que como prostituta difícilmente alcanzaría.

No obstante, esos mundos fuera del estatus-quo —el de vicios y el de viajes—, seguían siendo parte de la adicción. Justo ese era el problema. Era una adicción, una masturbación mental. Era lo anti-aburrido, lo anti-mundano. ¿Cómo curarme de esa enfermedad? ¿Cómo dejar esa droga?

Frente a mí tenía la puerta del mundo de Anastasia. Si tocaba el timbre podían pasar tres cosas. La más probable: que después de todo lo que había pasado me encontrara con un ser incompatible conmigo misma porque su vida ahora la encontraba triste, deprimente. Lo que teníamos en común, la búsqueda de placer físico, se había desvanecido y nuestro encuentro sería uno frío e incómodo. Ahí quedaría todo y nunca nos volveríamos a ver. La menos probable: que me encontrara con una Anastasia que me convenciera a volver a un mundo que ya había dejado atrás, lleno de incógnitas peligrosas y exhilarantes tras de la muerte imprevista de Nigel a manos de mafiosos violentos. La más improbable: que me encontrara a una Anastasia iluminada por la vida, cambiada, rejuvenecida, con propósito y encaminada. Esa última sería mucho pedir considerando que yo le llevaba la delantera y que aún no llegaba tan lejos.

Toqué el timbre, solo por joder.

www.ingramcontent.com/pod-product-compliance
Lightning Source LLC
Chambersburg PA
CBHW020744250626
47155CB00003B/911